长恨书

THE LETTER

Kathryn Hughes

〔英〕凯瑟琳·休斯 著
张源 译

江苏凤凰文艺出版社
JIANGSU PHOENIX LITERATURE AND ART PUBLISHING, LTD

目 录

PART TWO

PART THREE

序言　今时今日

能令她开心的都是一些极微小的事。比如，一只毛茸茸的大黄蜂伴着轻轻的嗡嗡声从一朵花飞掠到另一朵花上，丝毫没有察觉到自己正在做的是整个人类都仰仗的工作；菜地里的豌豆花散发出醉人的芬芳，开得灿烂明艳，也不管这片地原本是不是有可能腾出来，种上更具有实用价值的蔬菜。这时候，她看到丈夫一边揉着疼痛的后背，一边默默地在玫瑰花坛里施肥，虽然此刻他更想做的事情可能有千万种，却毫无怨言。

她蹲下拔草的时候，感觉到孙女的手滑进了自己手里，那只小小的、温暖的手，盈满了信任感。又是一件小事。这件小事是最让她开心的，总能令她喜笑颜开，心头一颤。

“奶奶，你在做什么？”

她转身看着可爱的孙女。小女孩的双颊被午后的阳光镀上了一层粉红，纽扣般的小鼻子上蹭了一点泥。她拿出手绢，轻轻把泥擦掉。

“我在拔草呢。”

“为什么要拔草？”

她想了一下，回道：“呃，因为它们不属于这儿。”

“哦。那它们属于哪儿？”

“它们只是些杂草而已，宝贝儿，它们不属于任何地方。”

孙女噘起下嘴唇，皱了皱眉：“这样好像不太好。所有东西都应该有一个归属。”

她笑笑，在孩子额头上轻轻一吻，顺便瞥了一眼那边正在干活的丈夫。虽然他曾经的黑发已变得花白，脸上的皱纹也更深了，但岁月并没有令他的光芒黯淡，她每一天都在庆幸自己能够与他相遇。他们的命运不可思议地相互交叠，在时光荏苒中，彼此早已融为一体。

她转身对着孙女说：“你说得对，我们把它们种回去吧。”

她一边挖着小坑，一边感叹，从孩子身上可以学到太多东西，他们的智慧真的被严重低估甚至被忽视了。

“奶奶？”

沉思中的她突然被惊醒：“怎么了，宝贝儿？”

“你跟爷爷是怎么认识的？”

她站起来，拉着孙女的手，把滑到她小脸上的一绺金发撩到一边，然后缓缓答道：“呃，让我想想啊。这个，说起来话可就长了……”

PART ONE

01 十二个不可能

1973年3月

这一次她要死了，她非常确定。她知道自己肯定只剩下几秒钟的时间了，默默祈祷这一切快点结束。她能感觉到热乎黏稠的血液正顺着自己的脖颈往下流。当丈夫把她的头撞到墙上时，她听到了自己头骨可怕的碎裂声。嘴里有个什么东西，感觉像块小石子。她知道那是她的一颗牙，疯狂地想把它吐掉。他的双手紧紧扼住她的喉咙，她根本无法呼吸或者发出任何声音。她的肺咆哮着寻找氧气，眼球后面紧绷着，她非常确定眼球一定会蹦出来的。她的大脑开始进入溺水状态，然后，谢天谢地，她开始失去知觉。

她听到了久违的学校铃声，突然又回到了五岁。其他孩子的谈话声几乎被不曾间断的铃声吞没。她大声尖叫着让他们闭嘴，突然意识到自己又可以发出声音了。

她盯着卧室的天花板看了一会儿，然后眯眼看看刚才把自己从梦中叫醒的闹铃。冷汗沿着她的背脊向下流，她用力向上拉扯睡衣，一直拉到下巴底下，试图再多感受一下那份温暖。从噩梦中惊醒的她心脏仍然怦怦直跳，她张开嘴，轻轻地呼着气。温暖的呼吸在卧室冰冷的空气中萦绕。她鼓足勇气从床上下来，但当光着的脚碰到冰冷粗糙的木地板时，整个人还是缩了一下。她瞥了一眼里克，谢天谢地，他还睡得很香，正在鼾声中消化着昨天晚上喝的那瓶威士忌。她检查了一下他的烟，还在床头柜上，那是她之前小心翼翼地放在那里的。如果有什么事情可以惹得里克心情不好的话，那准保就是让他早上起来时找不到他的烟。

她悄悄溜进洗手间，轻轻地关上门。吵醒他可能会引发自广岛被炸以来最严重的一次爆炸，不过蒂娜可不会让自己冒任何险。她打了一盆水洗漱，水还是像往常一样冰冷。他们时常要面临这样的两难选择，究竟是喂饱他们自己，还是喂饱电表。

“里克丢了公交公司的工作，所以我们几乎没有钱交暖气费。可是，他却有足够的钱喝酒、抽烟、赌博。”她在心里默默想着。

她下了楼，把水壶装满水，放在炉子上。送报纸的男孩来过了，她漫不经心地把报纸从信箱里抽出来——她的《太阳报》和里克的《体育生活报》。标题引起了她的注意：全国越野障碍赛。她的肩膀一下子耷拉下来，想到里克将要在这场大赛中挥霍掉的那些钱，她忍不住一阵颤抖。等到午饭时间，他会因为喝得太醉而不愿冒险去赌注登记处，然后只能是蒂娜去下注，这一点几乎毫无疑问。下注点就在她周六去帮忙的慈善店旁边，而赌注经纪人格拉哈姆已经是她多年的老朋友了。除了每周在一家保险事务所当速记员，蒂娜还非常期待去慈善店的日子。里克对她说，她明明可以去一家体面的店里工作，同时给家里多做一点贡献，却偏偏要花一天时间去做志愿者，整理死人衣服，这实在是太可笑了。但对于蒂娜来说，这是能避开里克一整天的大好借口，而且她喜欢跟顾客们聊天，喜欢可以正常地聊天而不必字斟句酌的那种自在感。

她打开收音机，稍微调低了音量，托尼·布莱克本总是能用他烂俗的笑话把她逗笑。他正在宣布唐尼·奥斯蒙德的新单曲《第十二个不可能》，正在这时，水壶开了，发出空洞的呼啸声。趁噪音还没有变得太尖锐，她一把抓起水壶，然后往一个满是茶渍的旧锅里倒了两勺茶叶。她坐在餐桌旁，一边等着茶烹好，一边打开了自己那份报纸。听到楼上冲厕所的声音，她屏住了呼吸，接着又听到里克嘎吱嘎吱地踩着地板回到床上，她长舒一口气。之后她又僵住了，因为她听到里克在喊："蒂娜！我的烟呢？"

天哪，他抽起烟来就像比格犬。她一跃而起，一步两个台阶地往楼上冲。

"就在你那边的床头柜上，我昨天晚上放那儿的。"她上气不接下气地跑到他旁边，回答道。

她摸着黑在床头柜上摸索着，但没有摸到烟。她使劲压下涌起的恐惧。

"我得去把窗帘拉开点，这样看不见。"

"看在上帝的分儿上，婆娘，一个男人醒了之后想抽根烟，这个要求很过分吗？我在这儿都快窒息了。"他清晨的呼吸中散发出陈腐的威士忌的恶臭味。

蒂娜终于在床和床头柜之间的地板上找到了烟："在这儿。可能是你睡着的时候把它碰掉了。"

里克盯着她看了一会儿，然后走过来，从她手上一把抓过烟。蒂娜缩了一下，本能地用双手挡住脸。他抓住她的手腕，俩人四目相对地看了几秒钟，蒂娜突然闭上眼，怕眼泪会流下来。

/ # /

她依然记得里克第一次打她的情形，仿佛就发生在昨天，只是回忆便让她觉得面颊火辣辣的痛。但真正痛的不是身体，而是突然要面对的，一切再也不会如初的残酷现实。而那痛苦的遭遇还是发生在他们新婚当晚，这就更加让人难以接受。在那一刻之前，那一天一直很完美。里克穿着崭新的棕色西装、奶油色衬衫，系着真丝领带，看起来是那么英俊。纽扣洞里的白色康乃馨再次证明他的新郎身份，蒂娜觉得自己再也不可能像爱他那样去爱任何人了。所有人都对她说，她美极了。她的黑色长发松散地盘成一个发髻，点点小花穿插其中。淡蓝色的眼睛在浓密的假睫毛下闪耀着光芒，脸上散发着自然美丽的光彩，根本不需要更多化妆品修饰。婚礼后的派对在当地一家比较便宜的酒店里热闹地举行，一对幸福的新人和他们的宾朋在舞步中度过了欢快的夜晚。

晚上，回到酒店房间准备睡觉的时候，蒂娜注意到里克异常安静。

“你没事吧，亲爱的？”她问。她张开双臂搂住他的脖子。“今天真是太棒了，是不是？真不敢相信我终于成了克雷格太太了。”她说着，突然往后一退，“嘿，我得去练练我的新签名了。”她从床头柜里拿出纸和笔，龙飞凤舞地写下“蒂娜·克雷格太太”几个字。

但里克仍然一言不发，只是瞪着她。他点燃一根烟，给自己倒了一杯廉价香槟。他将香槟一饮而尽，然后走到正坐在床边的蒂娜面前。

“站起来。”他命令道。

他的口气让蒂娜有点丈二和尚摸不着头脑，但还是按他说的做了。

里克抬起一只手，一巴掌扇在她脸上。

“别想再耍我！”说完，他便怒气冲冲地出了卧室。

那天晚上，他瘫倒在酒店的沙发上，周围全是空杯子。过了几天他才告诉蒂娜她到底犯了什么错。显然，他是因为不喜欢她跟他某个同事跳舞的样子，说她看他的眼神充满挑逗，还当着其他宾客的面跟他调情。蒂娜甚至都不记得那个人，更不用说那件事了，但这就是里克偏执地认为她会调戏每个她认识的男人的开端。她常常怀疑自己是不是应该第二天就离开他，但她内心里是一个浪漫的人，愿意把所有可能的机会留给自己羽翼未丰的婚姻，并且期望它能成功。她确定那一次只是特殊情况，当里克捧着一束鲜花向她道歉时，任何微不足道的怀疑都烟消云散了。他那么悔恨懊恼，蒂娜立刻毫不犹豫地原谅了他。可没过几天，她便发现了埋在花里的卡片。打开卡片，她不由得苦笑。“怀念我们最爱的奶奶。”她读道。那束花竟然是那个混蛋从教堂墓地里偷来的！

/ # /

现在，四年之后，他俩四目相对了好一会儿，里克松开了手。

“谢谢你，亲爱的。”他笑着说，“现在乖乖地去给我泡杯茶。”

蒂娜揉着自己发红的手腕，如释重负地舒了一口气。自从“新婚夜事件”之后，她一直发誓不要做一个受害者。她绝对不要沦为那些被家暴还要为自己丈夫的无耻行为找借口的妻子之一。有好多次她都威胁说要走，但又总是在最后一分钟反悔。因为里克总是追悔莫及，非常谦卑，当然，还承诺以后再也不会对她举起拳头。只是这些天，他喝得越来越醉，爆发得也越来越频繁，终于到了她忍无可忍的时候了。

但问题是，她无处可去。她没有家人，虽然有几个好朋友，但她绝对不会麻烦他们，求他们收留她。虽然房租是用她的薪水付的，但里克绝对不会自愿离开。所以，她已经开始攒逃跑基金了。她需要足够的钱在一个新地方付租房定金和一个月房租，然后她就自由了。可凡事说起来容易，做起来难，她几乎没有什么余钱可以存起来。但不管要存多久，她已经下定决心必须离开这里。她藏在橱柜后面的旧咖啡罐渐渐满起来，现在刚刚凑够五十英镑，然而即使是租最基本的开间，一周的租金也要八英镑，还要外加至少三十英镑的定金，所以她还要再多存一点钱才能出逃。就目前的情况来说，她会努力应对，尽可能地避开里克，不去激怒他。

/ # /

她把里克的茶端上楼，顺便把《体育生活报》夹在胳膊底下。

“给你。”她试图让自己听起来有点生气。

但没有人回答。他又睡着了，头搁在枕头上，张着嘴巴，一根烟摇摇欲坠地贴在他干裂的下嘴唇上。蒂娜把烟拿掉，掐灭了。

“看在上帝的分儿上，你会把我们俩都害死的！”她嘟囔着。

她放下茶杯，思索着该怎么办。是不是应该叫醒他，惹他发火？还是应该直接把茶放在床头柜上？可等他醒来的时候，茶肯定会变得冰凉，这肯定又会让他很生气，不过，那个时候她可能已经在商店了，他打不到她。这时他动了一下，努力睁开眼睛时，她同时也已经做好了放下茶杯的决定。

“你的茶放在这儿了，”她说，“我现在要去店里了，你自己没问题吧？”

里克用胳膊肘把自己撑起来。

“我渴得像头骆驼。”他不屑地说，“谢谢你的茶，亲爱的。”

他拍拍毯子，示意她坐下。

“过来。”

这就是跟里克在一起的生活。前一分钟他还是一个面目可憎的混蛋，后一分钟就仿佛变成了天使唱诗班的男孩。

“刚才的事情，对不起。你知道的，就是烟的事，我不会伤害你的，蒂娜，你知道的。”

蒂娜根本不相信自己所听到的，但反驳里克从来都不是一个好主意，所以她只是点点头。

“听着，”他继续说道，“你能帮我个忙吗？”

她轻轻地、微不可察地叹了口气，抬头看着天花板。

“来了。”她心里默念。

“能帮我去下个赌注吗？”

她再也无法保持缄默：“你认为这是个好主意吗，里克？你知道我们手头多紧吗？只有我一个人挣钱，哪还有多余的钱去赌博什么的？”

“只有我一个人挣钱，”里克模仿她的语调说，“你从来不会错过任何机会强调这一点，对吧？真是道貌岸然！”他恶毒的回应顿时让蒂娜震惊不已，但他还没有说完：“看在上帝的分儿上，今天可是全国越野障碍赛！所有人都会在今天下注的。”

他向下伸出手，从地板上把昨晚扔掉的裤子捡起来，然后掏出一卷钞票。

“这是五十英镑。”他把烟包盖撕下来，在背面写下一匹马的名字，“五十英镑赌它赢。”

他把钱和纸片递给她，蒂娜呆住了。

“你这钱从哪儿来的？”她举着那卷钱问。

“哦，其实跟你没什么关系，不过既然你问了，那我就告诉你吧，是我赌马赢的。呐，瞧瞧，谁说这玩意儿不能赚钱来着？”

骗子！蒂娜脑子里一阵眩晕，她感觉一股热血直往脖子上涌。

“这可是我一个多星期的工资，里克。”

“我知道。我是不是很聪明？”他自鸣得意地说。

她两个手掌合在一起，仿佛在祈祷，然后举到唇边。她透过手指轻轻地吹着气，努力保持冷静：“但是这些钱够我们交完欠下的电费或者吃一个月了。”

“天哪，蒂娜，你真是太没意思了！”

她把那些钱在颤抖的手掌中摊开。那一刻，她知道自己根本不可能将这么一大笔钱交到赌注经纪人那儿去。

“你不能自己去下注吗？”她乞求道。

“你就在那该死的下注店隔壁上班，顺路就去了，我这不算是给你找麻烦吧。”

蒂娜可以感觉到眼泪开始刺痛眼眶，但她已经下定决心不听里克的话，她要拿着钱去问问格拉哈姆应该怎么办。她之前也干过从里克那里拿了钱不下注的事。当然，那匹马毫无意外地输了，他从来就没有聪明过。但是，在那场比赛过程中，蒂娜感觉自己仿佛老了十岁。而这一次又不一样，这次的赌注高多了。五十英镑，看在上帝的分儿上，真是疯了！

突然，她感到一阵莫名恐慌，她感觉一股热血从脚趾一直冲到后脖颈，自己开始呼吸困难。她退出卧室，嘟囔着编了个忘了拿烤面包的借口，连忙冲向楼下的厨房。她爬上凳子，把手伸进橱柜，四处摸索着装逃跑基金的咖啡罐。她的手指感觉到那熟悉的形状，即刻拉出罐子，紧紧抱在胸前。试图打开盖子的时候，她的双手忍不住地一直颤抖。汗涔涔的手掌拧不开盖子，她开始四处摸索着找纸巾。最后，盖子终于打开了，她往里面一看：罐子里空空如也，里头只剩下几个铜板。她晃晃罐子，又看了看，完全不敢相信自己的眼睛。

“混蛋！”她大叫着，“混蛋，混蛋，混蛋！”

她开始哭泣，肩膀因剧烈地抽泣而上下起伏。

“你以为你可以骗过我是吧？”

她跳起来，转身看着倚在门口的里克。他嘴里又叼了一根烟，身上只穿着沾了茶渍的灰白背心和脏兮兮的内裤。

“你拿走了?！你怎么能这样？那可是我辛辛苦苦好不容易攒的钱，我攒了好几个月！”

她瘫倒在地板上，身子前后摇晃，手上仍然紧紧抱着那个几乎空了的罐子。里克大步走过来，粗暴地把她拽起来：“振作点。你背着自己老公藏钱的时候在想什么？你攒钱是要干吗？”

“要离开你，你这个酒鬼，你这个喜欢使唤别人的废物。”她心里想着这些，可说出口的却是，“我想……给你个惊喜，你知道，一个只属于我们两个人的小假期。我以为休个假对我们俩都有好处。”

里克思索了一会儿，然后松开了抓住蒂娜的手。他怀疑地皱着眉头。

“这个想法不错。告诉你吧，等那匹马大获全胜，我们就可以享受一个超棒的假期了，或许甚至可以去国外。”

蒂娜凄惨地点点头，揉了揉眼睛。

“去收拾收拾，你上班要迟到了。我还要回去睡会儿。真是累死了。”他在她头顶吻了一下，转身朝楼上走去。

蒂娜一个人孤零零地站在厨房中央，她这辈子从来没有感到如此悲惨、如此绝望过。但她已经下定决心绝对不会去下注。那五十英镑是她的，绝对不能浪费在赛马上，管它是不是全国越野障碍赛！她把钱塞进自己的钱包里，然后匆忙看了一眼里克写在烟包纸上的名字——红朗姆。

你这个混蛋，最好不要赢！

/ # /

蒂娜到了店门口，在包里摸索着钥匙。虽然店门口挂了牌子，但还是有人不听劝告，把一袋旧衣服丢在了门口的台阶上。之前蒂娜也不相信真的会有人偷慈善捐赠的衣服，但这种事情确实发生了好几次。即使是在罢工、停电的经济萧条时期，某些人的堕落还是会令人惊讶。她把包举过肩膀，打开门，走进去，虽然已经在这里工作两年多了，但这里的气味还是会让她微微皱鼻。二手衣服本身就有股味儿，每家慈善店或慈善义卖店都一样，充斥着樟脑丸、腐臭汗水和饼干混合在一起的气味。

这天早上，蒂娜第二次放好水壶，然后打开那袋衣服。她掏出一件旧西装，拎起来大致检查一遍。西装已经很旧了，但做工出奇地好，质量也是她从没见过的。颜色是很不常见的青绿色，配有金丝细条，整件衣服完全由羊毛制成。

店门口的铃响了，她只能暂停检查。

“西装不错，呃……颜色也很可爱，难怪他们不想要了！”来者是隔壁赌注登记处的格拉哈姆。

“早上好。真让我惊讶，你今天怎么有时间跑来闲聊了？”蒂娜打趣他说。

“对，今天是我这一年中最忙的一天，不过我不是在抱怨。”他搓搓双手，回答道，“奈杰尔在开门，所以我得了几分钟的空。”

蒂娜热情地拥抱了他。

“哦，很高兴见到你。”

“你今天怎么样？”

这是一个颇有深意的问题，格拉哈姆对她家里的情况一清二楚。他曾经不止一次地询问过她身上的瘀伤或裂开的嘴唇。他总是那么友善，蒂娜能感觉到自己开始摇晃了。格拉哈姆托着她的胳膊肘把她扶到椅子上。

“这次他又干了什么？”他抬起她的下巴，一边仔细检查着她的脸，一边问。

“有时候我好恨他，格拉哈姆，真的好恨他。”

他把她拉进怀里，抚摸着她的头发。“蒂娜，你太值得拥有更好的了。你二十八岁了，本应拥有美满的婚姻，或许还有几个孩子……”

她抽出身来，用那双已经哭花了妆的眼睛盯着他：“所以，你不是来帮忙的？”

“抱歉。”格拉哈姆再次搂住她的脑袋，“告诉我发生了什么事。”

“你没有时间关心这个，今天没时间，哪天都没时间。”

但蒂娜知道格拉哈姆总会为她留出时间。自从他们相遇那天起，他就绝望地爱上了她。蒂娜也爱他，但只是像爱一个亲密的朋友和父亲那样。他比她大二十岁，而且，他已经有妻子了，撬别人的丈夫这种事她骨子里就做不到。

“他想让我去下注。”她抽了抽鼻子，格拉哈姆抽出一张清爽的上浆手帕递给她。

“这不是什么新鲜事，”他说，“他是我的老主顾之一。而且，今天是全国越野障碍赛。”

“他也是这么说。可是这次不一样，格拉哈姆，他投的可是五十英镑！”

这回连格拉哈姆都愣了一下。

“他到底从哪儿弄了那么多钱？”

“从我这儿偷的！”蒂娜抽泣着说。

格拉哈姆面露疑色，蒂娜的话有点让他难以置信。“从你这儿？”他问，“我不明白。”

“我一直在攒钱，格拉哈姆，攒钱准备逃——”她突然不说了。此刻，她还不想跟格拉哈姆聊这个话题。之前他曾提出过要给她钱，但被她拒绝了，她还是保留了最后一丝骄傲和自尊。“我攒钱要干什么已经不重要了，事实就是，这是我的钱，而他竟想让我把这些钱拿去下注在全国越野障碍赛的一匹马身上！”她的声音中充满了难以置信。

格拉哈姆不确定应该如何回应，但作为赛马赌注经纪人的那个他却先开口了：

“哪匹马？”

蒂娜狐疑地看着他：“这重要吗？我不会去下注的。”

“对不起，蒂娜，我只是好奇，仅此而已。”他犹豫了一下，“如果它赢了呢？”

“它不会赢的。”

“叫什么名字？”格拉哈姆坚持问道。

蒂娜叹了口气，从包里翻出那张烟纸递给格拉哈姆。他看着那个名字，轻轻舒了口气。

“红朗姆！”他缓缓点了点头。“我必须说实话，蒂娜，这匹马有机会。虽然这是它第一次参加全国越野障碍赛，但可能会成为新宠。不过，还有一匹大块头的澳大利亚马，叫‘脆爽’，我想它可能也会参加比赛。”他双臂环在蒂娜肩上，“他有机会，蒂娜，不过这是全国越野障碍赛，谁也不敢保证。”

蒂娜靠在他身上，感受着来自他双臂的安慰。“我不会下注的，格拉哈姆。”她轻声说。她声音中的坚定让格拉哈姆明白再争论下去毫无意义。

“那是你的选择，蒂娜，不管发生什么事，我都会在你身边。”

蒂娜微笑着吻了吻他的面颊：“你真是个好伙伴，格拉哈姆。谢谢你。”

格拉哈姆的视线移向别处，略显尴尬。

“不管怎样，”他轻快地说，“谁也不知道，说不定你会在那件旧西装里发现一张五十英镑呢。”

蒂娜揶揄道：“真的有五十英镑的钱吗？我还从来没见过呢。”

格拉哈姆哈哈大笑起来。“我得回去了。”他说，“奈杰尔肯定在想我去哪儿了。”

“当然，我不会再留你了。比赛什么时候开始？”

“三点十五分。”

蒂娜瞥了一眼手表，只剩六个小时了。

“下注的事，要是你改变主意了，随时告诉我。”

“我不会改变主意的，不过，还是谢谢你。”

/ # /

格拉哈姆走了之后，蒂娜的注意力又回到店门外那袋衣服上。她再次拎起那件西装，想到格拉哈姆刚才的话，便把手伸进内口袋里。她突然感觉自己有点蠢，但随后手便碰到了类似纸的什么东西，心脏骤停了一秒。她把那东西拿出来，打开，里头不是五十英镑，而是一个发黄的旧信封。

02 赛马

蒂娜把奶油色的信封捋平，好奇地观察着。她把鼻子贴近信封，嗅着上面陈腐的气味。信是寄给曼彻斯特森林花园33号的C.斯金纳小姐的，信封的一角贴着一张不熟悉的邮票，上面不是正常的女王伊丽莎白二世的画像，而是一个男人，蒂娜推测是国王乔治六世。她把信封翻过来，注意到信封仍然封得很好。她又看了一眼那张邮票，惊讶地发现上面竟然没有邮戳。因为某种原因，这封信一直没有寄出。打开这封信似乎是对别人隐私严重的冒犯，好像她是偷窥狂似的，但是她又不能直接把它扔掉。店门口的铃又响了，吓了她一大跳，她感觉自己的脸竟然莫名其妙地红了。她把信封塞到自己包里，准备招呼今天的第一位客人。

“早上好，格林塞斯太太。”

“早上好，亲爱的蒂娜。我就是像往常一样来淘点东西，有什么新玩意儿吗？”

蒂娜看看之前留在门口台阶上的那袋衣服，用脚把它挪到柜台后面。“呃，可能晚点会有吧，我还有些东西没整理。”在把衣服拿出来放到架子上之前，她想好好检查一下袋子里还有没有什么线索能看出这袋子是从哪儿来的。

一上午川流不息的人流成功地让蒂娜暂时忘记了即将到来的比

赛，但三点的时候，她还是打开了里间那台黑白手提电视机。马儿们正在往起点走，蒂娜搜寻着那匹即将决定她命运的马。它戴着毛茸茸的大鼻羁，并不难找，骑师的运动衫前面有一颗巨大的钻石，评论员说是黄色的。所有的马在起点线后排成一排，就地起舞，迫不及待地想要冲出去。终于到了三点十五分，旗子一挥，解说员喊道："开始了！"

它们接近第一个栏的时候，蒂娜几乎要看不下去了。到目前为止，解说员甚至都没有提到过红朗姆。第一个栏有人倒下了，她迫切想看清到底是不是它，但是没有，它安全跨过了。第二个栏又有人倒下，但红朗姆再次跨了过去，不过已经落后很多。她能想象到里克此刻在家里的场景，冲着电视大喊快点，骑在扶手椅上，仿佛自己就是骑师，一手握着啤酒罐，另一只手拿着烟。他很可能连衣服都没穿。它们第一次朝毕氏溪流跑去的时候，蒂娜用手捂住了眼睛。她不太了解赛马，但连她都知道这里的栏出奇地难，过去几年里已经有许多人在此落马。

现在是由朱利安·威尔逊解说："跨越毕氏溪流，灰色宽边帽紧随脆爽之后，位于第二名；第三名是黑秘密，第四名是无限愚蠢，第五名是阳光小伙，第六名是秋胭脂，第七名是乞丐之路，现在它倒下了。乞丐之路在毕氏溪流摔倒了。"

蒂娜长长地舒了一口气。她都没有意识到原来自己一直在憋着气，同时感到有点眩晕。红朗姆甚至都没有被提到，她终于敢稍微放松一点了。在这场胜负分明的比赛中，里克不可能挑到胜利者。

店铺门开了，蒂娜一边小声骂着一边走去招呼新顾客。令她万分沮丧的是，来的是老布思曼太太。这位老太太特别喜欢待在这儿聊天，要是换作其他任何一天，蒂娜都会很乐意成全她。布思曼太太自从丈夫去世后就一直寡居，两个儿子也不常来看她。跟蒂娜一起喝杯茶、聊聊天就是她每周最重要的事。

“您好，布思曼太太。”蒂娜朝她打了个招呼，“现在后面有点忙，我很快就出来，您可以先随便看看。”

布思曼太太看起来很困惑，蒂娜知道为什么。她根本不需要随便看看，她来店里这么多次，从来没有买过一样东西。

“没关系，亲爱的，我就在这儿等你就行。”她拉出凳子，“砰”地一下把包放在柜台上。

“后面是开着电视吗？”

“呃，是。”蒂娜愧疚地说，“我正在看全国越野障碍赛。”

布思曼太太似乎很惊讶：“我都不知道你还对赛马感兴趣。”

“不是，是——”

“你下注了吗？”布思曼太太打断她说。

“没有！上帝啊，我没有。”蒂娜脱口而出。她不确定自己应该如何找个借口搪塞过去。

“我这辈子都没赌博过。”布思曼太太继续说道，“我们家杰克总说傻子才会赌博。干吗要把辛苦挣来的钱浪费在那种事情上？”

“我没有下注，布思曼太太。”蒂娜耐心地说，“我只是好奇，仅此而已。”

她站在店铺和里间之间的过道上，所以还是能听到电视里传来的声音，解说员已经换成了彼得·奥沙利文。

“现在是脆爽领先红朗姆，但是红朗姆正努力追赶。”

它第二了！到底发生了什么？蒂娜感觉一下子喘不过气来。

“你没事吧，蒂娜？感觉你的脸色突然变得不太好。”布思曼太太说。

“我没——没事。”

“哎，你绝对猜不到发生了什么事。”布思曼太太鬼鬼祟祟地小声说，“9 号那个女孩——你知道，就是那个小妓女，叫什么来着？”

“特鲁迪。”蒂娜努力听着电视，心不在焉地答道。

“对，就是她，被人抓到在商店里偷羊毛内衣。”她双手叉在丰满的胸部下方，噘着嘴巴，等着看蒂娜的反应。

“哦，真的吗？”

“这就是你要说的？”布思曼太太大叫道。这么有料的八卦就这么随便地说完了，她似乎不太高兴。

蒂娜无视老太太的恼怒，继续集中精力听彼得·奥沙利文的解说：

“脆爽脚下利索，还需要跨过 1973 年全国越野障碍赛的两个栏。它的负重是 12 英石，后面紧追不舍的红朗姆的负重是 10.5 英石，它们似乎已经完全占据优势。倒数第二个，脆爽跳过去了，甩开了红朗姆，红朗姆正在后面很远的地方起跳。”

蒂娜抓住门框，深吸一口气。

“你确定没事吗，蒂娜？”

彼得·奥沙利文的声音继续从后面无情地传来：

“现在已经到了本届全国越野障碍赛的最后一个栏，脆爽仍然一马当先，跳得非常好。红朗姆跳的时候是在脆爽后面大约 15 个马身长度。脆爽要拐弯了，它距离终点还有 250 英尺。”

蒂娜确信自己不去下注的决定是正确的。红朗姆似乎已经输了，现在它需要追赶的距离太长了。她稍微振奋了一点。

“我没事，我们喝杯茶吧。”

这让她有了回到里间的借口，在那里她可以看到电视。她放好水壶，拿了两个杯子和小碟子，然后便在电视屏幕前僵住了。

彼得·奥沙利文的语调都变了：

“脆爽开始无法集中精力了。它独自一个跑了太久了，红朗姆正在赶上来。现在它们之间的距离是一弗隆，脆爽还有 200 英尺，红朗姆正全力追赶。”

蒂娜恐惧而又难以置信地看着电视机，杯子开始在小碟中咔咔作响。

“不！不！”她不出声地吼着，“求求你，上帝啊，不要。”

“脆爽现在已经非常累了，红朗姆就在它身后，红朗姆才是坚持到最后、最强壮的那个。红朗姆就要成为全国越野障碍赛的冠军了！就在终点线前，红朗姆超过了脆爽，冠军就是红朗姆！”

蒂娜感觉自己的脸上已经没了血色，肠子里翻江倒海，她一下子跪在地上，茶杯摔得粉碎。她双手抱住突突直跳的脑袋，像街头的流浪狗一样颤抖起来。滚烫的眼泪顺着她的脸颊滑下，正在这时，不请自来的布思曼太太走进了里间。

“到底发生了什么事？你真的下注了，是不是？”她大叫道，“我跟你说什么来着，赌博绝对不会有什么好结果的。我们家杰克总是——”

“不好意思，布思曼太太，我需要一个人待会儿。”

她把老太太推出里间，推出店铺，一直推到街上。布思曼太太还没来得及说话，蒂娜就“砰”的一声关上门，上了门闩，把牌子翻到了红色的“停止营业”那面。之后，她把额头靠在大门玻璃上，感受那股清冷。她感觉自己好像要吐了，胆汁好像真的在往上涌，都快涌到了喉咙里。她用力压下去，搓了搓脸。充满绝望的蒂娜再次回到里间，关掉所有的灯。她需要想想接下来该怎么办。里克会期待她带着多少钱回家？鬼才知道呢，她甚至都不知道赔率是多少，因为之前她以为自己根本不需要知道，结果现在却成了这样。这一次他肯定不会放过她的。

/ 廿 /

蒂娜不知道自己在黑暗中待了多久，直到突然被一阵敲门声惊醒。想到有可能是里克，她恐惧地瞪大了眼睛。

“关门了。”她无力地喊道。

“蒂娜？是我，格拉哈姆。让我进来。”

“这正是我需要的，”她想，“格拉哈姆的同情和友善一定能让自己好起来。”

她起身去开了门。

“很抱歉没能早点过来，今天忙得晕头转向了。”

“没关系，格拉哈姆。”

他望着她泪痕未消的脸，关切地问道：“你刚才看了？”

“他会杀了我的。”她直截了当地说，“我是说真的，我真的觉得他会杀了我。”

格拉哈姆伸手从后兜里掏出一把钞票。

“这是什么？”蒂娜问。

“450 英镑。给。”他把钱塞到她手里。

“什么意思？我不懂。”

“嘘——”格拉哈姆把一根手指放在她嘴上，“我帮你下注了。”

“你？”她无法消化这句话，“可是你是赌注经纪人，格拉哈姆。

你自己不能下注的。”蒂娜不是傻子。

“我知道。我让奈杰尔去拉德布鲁克斯那儿下的。”

蒂娜能感觉到自己的下巴又开始颤动。

“你是为我这么做的？”

“我只是觉得那匹马会赢。我不能冒险。押在它身上的钱太多了，它的赔率是9/1。”

“可是它们离得很近，格拉哈姆，它差点就输了。”

格拉哈姆耸耸肩：“瞧，你已经有450英镑拿去给家里那位老爷，而且你还能留下自己的50英镑，皆大欢喜。”

“要是它输了，你就永远也不会告诉我这件事，是不是？”

格拉哈姆摇了摇头：“可是它没有输，我们就不要去想可能会发生的事情了。”

“我真的不知道该说什么，格拉哈姆，我觉得你真的救了我的命。”

“好了，好了，别搞得这么像电视剧。”

蒂娜双手捧住格拉哈姆的脸拉过来，在他嘴唇上留下坚定的一吻。

“谢谢你。”她简单地说。

格拉哈姆顿时红了脸。

“不客气。”随即他又严肃地说，“我愿意为你做任何事，蒂娜，你一定要记住。”

“我不会忘记的，格拉哈姆。”说着，蒂娜把钱塞进自己的包里，“我得走了，他肯定在等我了，这次至少他会有个好心情。”

03 蒂娜的出逃

当蒂娜把钥匙插进前门的锁眼时，她的脑袋砰砰直响，嘴巴干得厉害，手也抖得厉害，几乎转不动钥匙。走进黑暗的门廊时，她能听到电视的声音。迪克·戴维斯主持的《体育世界》即将结束，里克肯定是瘫在沙发上，可能已经睡着了，而且当然是喝醉了。她瞥了一眼客厅，但客厅里没人。

“里克，我回来了。”

“在楼上。”他答道。

她一边走上楼梯，一边从包里翻出那团钞票。

“在浴室。”里克喊道。

蒂娜推开浴室门，大吃一惊。他正在洗可爱的泡泡浴，水放了很多，有好几加仑滚烫的热水，甚至还点了几根蜡烛。凝结的水珠顺着窗户流下来，蒂娜透过弥漫的蒸汽费劲地看过去。

他弯着腰，一只手在浴缸的泡泡里打转。“我开启了‘浸泡模式’。”他解释道。

“浸泡？可是那得花——”

里克把一根手指放在她嘴上不让她说。

“你没有什么东西要给我吗？”

蒂娜把钱递过去。

“如果你觉得没什么区别的话，我把那五十英镑留下了。”她听起来比自己想象中更大胆。

里克并没有注意她的语气，而是把钱贴到鼻子上。他深吸一口气，闻了闻钞票上的油墨味，然后塞到了自己衣服的后兜里。

“从现在开始，一切都不一样了。蒂娜，我保证，看着我。”

蒂娜不得不承认，他确实已经洗得干干净净了。他已经穿好了衣服，但绝对不是为了参加预定的周六下午茶；胡子也刮得很干净，还用了很多“老香料”止汗露。她不是很确定，但他可能连头都洗了。说实话，他的气息中确实还有残留的酒精味，但他似乎已经相当清醒了。

“蒂娜，我知道，我今天早上有点发神经，你能原谅我吗？对不起。”

他把她拉过来，把头埋在她乌黑的长发中。蒂娜僵硬地站在那里。这个场景他们已经上演了许多次。他先是表现得混蛋十足，让她不开心，然后又万分悔恨，乞求她的原谅。

她轻轻推开他：“你需要帮助，里克，我说的是喝酒。”

“我没事，蒂娜。我想什么时候不喝就能不喝。瞧……我现在不就没喝吗？就这样。”

蒂娜叹了口气，指着浴缸说：“这是给我准备的吗？”

“当然。来吧，我帮你洗。”

他把她的小外套从肩膀上褪下来，丢到地上，慢慢解开她的衬衣扣子，也丢到地上，同时开始吻她的脖子。蒂娜闭上眼睛，他把她轻轻推到墙边，嘴唇凑近她的嘴唇，他吻得很热切。

“水要凉了。”她往他身下一缩，小声说。

里克试图掩藏自己的失落："好的，宝贝儿，不好意思。听着，你好好泡一泡，我去沏茶。"

蒂娜充满怀疑地看着他，惊讶道："什么？"

"我会沏茶，你知道的。我向你保证，蒂娜，我已经变了。赢得这笔钱正是我们需要的新开始。"

他听起来似乎很真诚，要是蒂娜以前从没听他说过这些话，可能真的会信。但里克就是个操控女人的高手，这项技能是他很小的时候就学会的，而蒂娜非常清楚这应该怪谁。

/ # /

里克·克雷格于战时出生，是乔治·克雷格和莫莉·克雷格的独生子。当他的父亲正在远方为祖国而战时，母亲带着他和她的姐姐一起住到乡下，在那里他很安全。母亲和没有子嗣的姨母非常宠爱小里克，他的童年过得无忧无虑。对于他的任何突发奇想，两位女士都会满足，所以，当有一天她们拒绝给他买玩具店里的一个木火车时，三岁的里克非常震惊。

"那个太贵了，宝贝儿。"母亲解释说。

"我就要。"里克要求道。

"或许你生日的时候可以给你买。"

"我现在就要。"里克双手叉在胸前，一副生气的样子。

姨母插嘴说："再过几个月就是你的生日了，不用等太久的。"

里克没有回答，只是怒视着两位无助的女士。然后，他深吸一口气，憋住了。

"你在干什么？"母亲问。

里克不理她，还闭上了眼睛。两位女士恐慌地看着他的小脸变成鲜红色，嘴巴慢慢变青，然后，他晕倒了。

“快做点什么！”母亲大喊道。

姨母拿起木火车，朝惊呆了的售货员挥了挥：“这个我们要了。”

过了一会儿，当里克醒来时，第一眼便看到了那辆小木火车。他偷偷笑了。他知道母亲和姨母从此之后再也逃不出他的手掌心了。

五岁的时候，战争结束，父亲回来了。里克开始上学，但不出所料，他一点儿也不喜欢上学。他不遵守纪律，先后被好几个学校开除，最后终于在十五岁的时候永远离开了学校。他接受了公交车售票员的培训，之后却成了一名公交车司机。黝黑帅气的脸意味着他从不缺乏女性的关注，而他也跟所有的乘客，尤其是女乘客，相处得非常融洽。此外，他唯一的爱好就是马和狗。每周六早上，他都会陪父亲去赌注登记处，然后去酒馆里喝几杯，周四晚上总是在贝莱维的遛狗道上度过。但从蒂娜踏上他那辆公交车的那天起，这种单调枯燥的生活终于结束了。他们四目相对，互相凝视的时间略微久了点。就是从那一刻起，里克说过很多次，就是从那一刻起，他知道自己要拥有她，绝对不会放走她。

/ # /

在浴缸里泡过之后，蒂娜稍微感觉好点了。这一天，不管是精神上还是身体上，她都已经被折腾得筋疲力尽了。她的眼皮沉得直打架，四肢像灌了铅一样。远处的厨房里传来平底锅上正在滋滋冒泡的声音，虽然不是什么美味佳肴，但至少里克在尝试。她走进厨房的时候，里克正在煎鸡蛋。

“稍微坐一下，亲爱的。”他拉出一把餐椅说，“很快就好了。我还开了桃子罐头当饭后甜点，还可以配点三花淡奶。”

“很不错，谢谢。”

“你今天店里怎么样？有空看比赛吗？”

“呃，有，我稍微看了一点。”

“真是太精彩了，是吧？我还以为要输了呢，没想到它最后竟然追上来了。我敢打赌格拉哈姆肯定很恼火，赌注经纪人恼火的时候我可开心了。”

“是啊，他这几年可赚了你不少钱呢。”

“蒂娜，不要开始……”

“我没有。”

“听着，我们今天撞大运了。四百五十英镑。我开公交车一年才挣三千英镑。你知道，我们应该庆祝一下。这里你照管一下，我去曼尼那儿弄瓶香槟来。”

“香槟？你以为自己在哪儿呢，里克，我都怀疑曼尼有没有储备香槟。这附近可没几个人买那种东西。”

里克一下子跳起来，手指插进她的头发里，说道：“哦，那就买点别的，百美①或者杯杯香②，或者有什么买什么。”

“里克，没必要，我其实不怎么喝酒，而你戒酒了，还记得吗？”

他迟疑了一下：“呃，我说戒酒的时候，不是说要完全戒掉，特殊场合还是可以偶尔喝几杯的，比现在更特殊的场合可不多。”

---

① 一种苹果酒。

② 一种甜味梨子汽酒。

“你就是个酒鬼，里克，你根本做不到偶尔喝几杯。”

“你现在都成专家了，是吧？”

“说实话，是的，跟你住在一起已经让我成为‘酗酒副作用研究’方面的专家了。”

“不要一直说那个词。你是谁啊，就断定我是个酒——你知道的，他们中的一个。”他迅速穿上外套，“我五分钟就回来。”

蒂娜摇了摇头：他永远都不会变的，他甚至连那个词都不敢说出来，更不用说真的去寻求专业帮助了。要是她允许的话，他会把她一起拖下水。

/ # /

蒂娜早年的生活充满了更多希望，这反而让她现在的处境更加令人心碎。作为家中的独女，她成绩优异，通过了 11+ 考试[①]，进入文法学校就读。她是学校有史以来成绩最好的学生之一，学校的女校长和她自己都认为她进入大学是志在必得。蒂娜曾经想学英语，以后当记者，但是，命运却另有安排。她四十五岁的父亲杰克·梅纳德突然去世，她立刻离开学校，在一家小保险公司找了份工作补贴家用。虽然学校和母亲都不同意，但蒂娜却非常决绝。她在公司就是个打杂的，薪水也不高，但她去上了夜校，在那里学会了打字和速记。她的坚持和努力终于得到回报，在公司内不断被提拔，最终成为公司最优秀的速记员。但是，这份工作很枯燥，工作时间也很长，蒂娜一天的生活中，唯一的亮点就是回家的那趟公交。192 路公交车的司机长得特别

① 英国部分城镇实行的小学毕业考（身兼小升初）。

帅，每次她上车的时候都会对她笑着眨眼睛。有一天，他终于鼓起勇气邀请她去喝一杯，从那天起，他们便再也分不开了。或许蒂娜必须放弃自己当记者的理想，但能跟里克·克雷格在一起已经足够了。

/ # /

他们回到客厅，里克打开了一根电暖气管。因为没有集中供暖，房间里总是冷冰冰的。此刻，里克已经在喝第三杯廉价起泡酒了，说话也开始含糊不清。这就是他的症结所在。他一直都没有完全清醒过，所以很快又变得语无伦次。而蒂娜仍在慢慢啜着她的第一杯酒，她甚至根本不喜欢起泡酒的味道，那味道让她头疼。

里克躺在沙发上看着《世代游戏》。

“你见过这么垃圾的奖品吗？上帝啊，竟然是一套火锅组合？”

“那是个可以加热芝士酱，让你用面包蘸着吃的小锅。”

“听起来一点儿也不好。”

“那个应该很时髦，也很贵。”

里克拍拍自己旁边的沙发：“关上电视坐过来，亲爱的。”

蒂娜放下杯子，慢吞吞地朝他走去。

“还有泡泡吗？”他问。

“有，还有点，不过你不觉得你已经——”

“喝得够多了？不，我不这样认为。我没事的，蒂娜，拜托你不要这么唠叨，真是煞风景。过来。”

他把她拉进怀里，想要吻她。蒂娜条件反射地抿紧嘴唇，僵住了。

“现在是怎么回事？”里克质问道。

“没什么，”她轻轻推开他，“我再去给你拿一杯。”

他用力抓住她的两个手腕："等下再说。"

他把她摁回沙发里，然后压在她身上。他用舌头撬开她的嘴，她差点恶心地吐出来。她求他停下，但根本没有他力气大，也无法阻止他扯下她的裤子，把她的双腿分开。

"里克，等一下。"她寻找着借口，想给自己多赢得一些时间，"我们去楼上吧，那里更舒服点。"

他一巴掌重重地掴在她脸上。

"你以为我是小孩子吗？现在给我闭上嘴好好享受，你这头冷淡的母牛。"

蒂娜把头转向一边，闭上了眼睛。这已经不是他第一次强行跟她做爱了，但她发誓这绝对是最后一次。她已经忍了太久了，她要摆脱这种生活。她的人生就看这一次了。

/ # /

周日是蒂娜一周中过得最糟糕的一天，她一直在找借口溜出去。里克昨晚睡在了沙发上，他喝得太醉了，连楼梯都爬不上去，这一点她很庆幸。她坐在厨房里，一边抱着茶杯暖手，一边查看满屋的狼藉。屋子里满是油腻食物的臭味，还有个煎锅在盛着冰水的盆里结了冰，那是昨晚里克丢在那儿的。里克出现在门口，头发以奇怪的角度竖着，困得眼皮直打架，身上穿的还是昨天的衣服。

"我的烟呢？"他声音粗哑，令人作呕地打了个嗝，同时捶打着胸口。

蒂娜一脸痛苦："早上好。我没事，谢谢，你怎么样？"

"什么？"他愣了一下，"哦，瞧，是因为昨晚的事吗？"

蒂娜把一包烟推到桌子那边："给。"

他拉过一把椅子，跟她一起坐在桌前："能帮我沏杯茶吗？"

蒂娜点点头："水壶在那边。"

里克缓缓地抽出一根烟："你说得对，我就是个彻头彻尾的混蛋，你值得更好的。现在，请你帮我沏杯茶。"

"你终于明白了。"

"但是，这并不全是我的错。"里克辩驳道，"我的意思是，你也有错。"

蒂娜把茶缸放下，摇了摇头。

"我哪里错了？昨晚你答应我不会喝酒之后，我就告诉过你不要去头酒，可是结果呢，你再清楚不过了。说什么一两杯无伤大雅，昨天是个特殊的日子，等等。"

里克朝她脸上喷了一口灰色烟雾："我还记得你昨天跟我说不要下注呢。哈？到底是谁再清楚不过了！"

"那些钱是我的。"蒂娜冷静地说。

"你的就是我的。我们是夫妻。"

"好啊，那你把赢的钱分我一半。"

里克冷笑一声："那是我的。你都不支持我赌博，还记得吗？"

跟他讲道理根本行不通，蒂娜也没有那个精力。等她再开口时，她听起来比自己想象中更勇敢。

"我要离开你。"

里克似乎一下子愣住了，他抓住她的手："上帝啊，蒂娜！我知道我昨晚上有点，呃，热情，可是你不能冲动。我爱你，你是知道的。"

她能感受到他的绝望，这些她之前都见过。这个时候，只要能安抚住她，让他做什么、说什么都行。这个循环是如此熟悉。

“你还是不明白，是不是？我怕了你了，里克，我害怕你接下来要对我做的事情。我讨厌早上起来上班要编谎话遮掩我的伤痕，讨厌一脚踩到满屋子的鸡蛋壳，讨厌生活在这个冷冰冰的猪圈，还要不停地工作来付账单！”

“可是——”

蒂娜抬起手：“我还没说完。你知道生活在恐惧中是什么滋味吗？为什么我要这样生活？是我在养家，你一分钱也不挣。你只会耗尽我的钱财，耗尽我的感情。”

“好极了，真是好极了！我昨晚还给你做茶点来着。”

“那盘薯条鸡蛋？”蒂娜揶揄道，“如果你认为这样就算是做好了自己的本职工作的话，那你比我想的还要令人失望。”

此刻，里克已经呼吸急促，双拳紧握，但蒂娜还是执意说下去。她以前从来没有这样站在他面前过，这让她突然感觉自己充满了力量。

“你需要的帮助是我给不了的。”

他毫无征兆地站起来，手越过桌子，一把揪住她的头发。

“你是不是有别人了？是不是？他是谁？我要杀了他，然后再杀了你。”

蒂娜毫不畏惧地瞪着他：“没有别人，里克。我要离开你就是因为你自己，你为什么不肯接受这一点？谁都没有错，错的只有你。”

他揪住她头发的手松开了。“为什么要逼我这样对你？”他温柔地说，“求你了，蒂娜，不要走，我需要你。”

蒂娜伸手拿过外套，拎起自己的小箱子。

“你已经收拾好行李了？你这个臭婊子。你计划了多久了？”

“哦，我也不知道，可能是从你使劲揍我的脸，害我必须在眼睛上面缝针的那天。”

“那不是我的错，是我的戒指刮到你了——”

“也可能是从你揍我，把我嘴唇打裂的那天，或者是从你把烟蒂摁在我胳膊上那天；从你第一次强奸我那天，从你偷了我的钱去下注那天，或者从我们该死的婚礼那天……还要我继续说吗？”

随着她第一次大声地把这些都说出来，蒂娜发现心中涌出一股潜藏已久的力量。同时她也坚信，她的理智，实际上包括她的小命，都取决于她能不能走掉。

此刻她已经到了门廊，打开前门的那一刻，她头也不回地昂首挺胸走了出去。

“蒂娜，回来，对不起。”里克双膝一软，瘫倒在地上。

走在梯形的街道上，蒂娜唯一能做的就是不让自己突然跑起来。她感觉自己可以一直、一直走下去。等里克发现她趁他睡着洗劫了他的衣兜，拿走了他所有的奖金时，她就真的需要跑了。

/ # /

那天晚些时候，蒂娜敲响了一栋小巧的半独立式住宅的门，焦急地在门外等待着。一个画着浓妆、戴着各种金首饰的漂亮金发女人开了门。

“您好，有什么能帮您的吗？”

“你一定是希拉吧，我是蒂娜。”她伸出手，但希拉没有理她。

“呃，格拉哈姆在家吗？”

“他认识你吗？”

“认识，我们是朋友，我每周六都在他隔壁的店里工作。”

“是谁啊，希拉？”格拉哈姆不知在屋里的什么地方朝外面喊道。

希拉把门开大了一点，让蒂娜进去：“说是你的朋友。”

“蒂娜！”走到门廊的格拉哈姆兴奋地喊道，“发生什么事了，亲爱的？”

看到格拉哈姆关切的神情，蒂娜的声音忍不住颤抖起来：“我离开他了，格拉哈姆。”

“哦，上帝啊，快过来。”他把她拉进怀里，紧紧地抱住她。

希拉似乎很困惑，格拉哈姆转身对她说：“希拉，把水烧上，可以吗？”

蒂娜整理了一下自己，然后说：“不用了，希拉，我一会儿就走了。我只是想让格拉哈姆知道发生了什么事。他一直是我的好朋友，如果不是他昨天为我做的那些事，我绝对不可能离开。”

“你拿了他的钱？”格拉哈姆不敢相信地问。

蒂娜挤出一丝微笑，答道：“一分不留。我已经找到了一个可以租的小开间。几个星期前我就看好了，只是那时候租不起。不管怎么说，房子还在，所以我打算住那儿了。环境还不算太差，真的，虽然家具很旧，墙很薄，我都能听见隔壁小伙子脑袋里的嗡嗡声，但至少它是完全属于我一个人的。”

“他会去找你的，你知道。”格拉哈姆严肃地说。

“这个我一点儿也不怀疑。他知道我上班的地方，可能还会去那家慈善店，但我不在乎。在公众场合他不会动我一根手指。他太聪明了，肯定能想到这一点。”

“可是，他可以跟踪你。”

“拜托，格拉哈姆，你以为这些我都不知道吗？你以为我为什么拖了这么久才行动？”

“抱歉。需要帮忙搬家吗？”

“我就带了一个小箱子，所以真的没什么好搬的。不过还是谢谢你。听着，我得走了，我还有几件事情要做。”

“如果你确定的话，下周六我会去店里看你。这会儿，你照顾好你自己。”

/ # /

那天晚上再晚些时候，等她安顿下来，手里捧着一杯可可的时候，蒂娜的心情终于稍微放松了一点了。她已经筋疲力尽了，所以任脑袋往后面的沙发上一靠，闭上了眼睛。回首自己四年苦难的婚姻生活，她心里有种奇怪的空落落的感觉。她不知道未来将何去何从，这让她既害怕又兴奋。她想从包里找张纸巾，但是没找到，便把包里的东西全倒在了地板上。一堆凌乱的东西上正躺着她从慈善店旧西装口袋里发现的那封信。带着一种难以抑制的偷窥欲，她把信捡起来，小心地打开密封着的信封，尽量不把它弄坏。信上的字迹非常工整，但出奇地幼稚，好像写信人并不习惯用钢笔写字。蒂娜蹲在地上开始阅读那封信。

吉尔本特路 180 号

曼彻斯特

1939 年 9 月 4 日

亲爱的克里斯蒂娜：

正如你所知道的，我不太擅长这种事情，但此刻我的心已经碎了，这促使我必须采取行动。我昨天那样对待你真的是不可原谅，但请你理解，我当时只是太震惊了，那并不是我对你的真实感觉。过去的这几个月是我这辈子最快乐的日子。我知道我以前从来没有对你说过，但是，我爱你，克里西，如果你允许，我愿意用我们余生中在一起的每一天来向你证明。你父亲对我说你再也不想见到我了，我不怪你，但现在已经不只是我们两个人的事了——我们还要考虑未出世的孩子。我想成为一个好父亲、好丈夫。是的，克里西，这就是我笨拙的求婚。请你说你愿意做我的妻子，这样我们就可以一起将我们的孩子抚养长大。战争或许可以使我们的肉体分离，但我们的感情纽带是牢不可破的。

希望你能原谅我，克里西。我爱你。

你永远的

比利 XXX

读完信，蒂娜忍不住一阵颤抖。虽然她从来没有用过自己的全名，但她自己的名字就叫克里斯蒂娜，这让她感觉自己与信中这位克里西冥冥中有种莫名的联系。真是太悲伤了。比利为什么没有把这封信寄出去？克里西和她的宝宝后来怎么样了？或许她可以试着找出这些人是谁，把这封信交到正确的收信人手中。最起码，这是一个可以让她暂时忽略其他问题的好办法。

04 战地上的罂粟

1939 年春

比利·斯特林一直都知道自己很帅，因为母亲总在不厌其烦地告诉他这一点。正如众人所预料的，二十一岁的他从来都不缺乏异性的关注。涂了发胶、略有点长的黑发整洁地梳在脑后，刮得干干净净的脸上露出深色甚至有点黝黑的皮肤。更令人惊讶的是，虽然他抽很多烟，但牙齿却亮白整齐。他大笑的时候，笑容照亮了整张脸，双颊上的酒窝也会露出来，看上去就像个大胆的男学生。左眉处的伤疤也只是更加凸显了他的异域气质，而当他讲述这条伤疤的由来时，总能引来爱慕他的女孩儿们一阵唏嘘同情。并不是说他可以记得那次意外的所有细节，而是因为母亲已经给他讲了无数次。

爱丽丝·斯特林强烈地爱着她的儿子，并且对他呵护有加。丈夫亨利认为她彻底把儿子宠坏了，甚至有点嫉妒她在这个男孩身上倾注的大量爱和关怀。自从他们的第一个儿子爱德华在襁褓中死于肺痨后，爱丽丝一直伤心欲绝，自责不已，不管亨利说什么或者做什么都无法让她相信那不是她的错。要是他能说得更令人信服些，或许她会相信他的。但亨利唯一知道的就是，当第一次世界大战结束，他返回故乡时，儿子死了。他甚至都没有抱过他。

爱德华去世的时候只有五个月，他羸弱的小身体根本无法长期忍受咯血、夜里盗汗和高烧这些肺痨典型病症的折磨。虽说肺痨的致病原因与卫生条件差有关，但爱丽丝已经尽全力照顾儿子了。她知道他们很穷，自 1918 年 1 月开始定量配给后，食物也很匮乏，但战争中大多数家庭的情况普遍如此，可是他们的孩子并没有死。他们租住的公寓只有一间简陋的小屋，但爱丽丝已经尽量把它打扫得干干净净了。屋里潮湿阴冷，所有东西都湿漉漉的。爱德华从出生起就体弱多病，空气中总是弥漫着他每天吐出来的奶味。睡觉的时候，爱丽丝用毯子把他裹住，放到床上，然后一整宿都紧紧抱着他，半夜里还要时不时起身察看他是不是还在喘气。然而，尽管她做了这么多，爱德华还是走了。那种愧疚吞噬着她，不断动摇她自认为可以做好一位母亲的信念。

从战壕里回来后，亨利一直很封闭，爱丽丝发现他越来越难以接近。他们极少交流，这种悲惨的生活似乎即将成为他们日后婚姻生活的真实写照。虽然怀疑自己以后可能没法再做母亲了，但爱丽丝依然渴望再有个孩子。她心中的空虚只能通过抚养一个新生命来填补。但是，随着与亨利之间的距离越来越远，她根本没有怀孕的机会。

小爱德华去世后不久，有一天，爱丽丝无意间听到两个女人在街角的店里聊天。她竖起耳朵，悄悄凑过去，好听清她们在说什么。等听够了，她便马上激动地离开商店跑回家。亨利不在家，她松了一口气。她迅速换上自己最好的一套衣服，还搭配了皮帽子和手套。帽子上有股霉味而且还很潮，但必须得戴。她迅速打理了一下，然后仔细地戴在头上，又在厨房水槽（也兼做盥洗池）上面的小方镜里打量了一下自己，抹了一点粉色口红。她知道自己要走很长的路，应该穿平底鞋，但高跟鞋搭配她的套装看起来会优雅得多。爱丽丝最后往镜子里看了一眼，脸上一副坚定的表情，随后便关好前门，迈着欢快、坚定的步伐离开了。

孤儿院灰色的墙面上覆满陈年旧尘，野草在水沟里疯长。正门上的黑漆早已失去原本的光彩，开始破裂剥落，整个地方看起来朴实肃穆，根本不欢迎外人到访。但是爱丽丝压抑着自己的恐惧，踏上了通往入口门廊的石阶。她吹掉缠住帽子的蜘蛛网，笨拙地摸索着门环。巨大的黄铜门环冷冰冰的，费了很大力气，她终于用门环敲响了门。似乎过了很长一段时间，沉重的大门终于打开了，一个穿着上浆护士服的女人站在门口，上下打量着爱丽丝。

“您好，有什么能帮您的吗？”

此刻爱丽丝才意识到，自己还没有把要说的话预先排练好。

“您好……呃……我……我的名字叫爱丽丝·斯特林。”她结结巴巴地说，“我能进去吗？”

护士双手叉在胸前，居高临下地看着她：“您预约了吗？”

“没，恐怕没有。没有预约就不行吗？”

护士看着她的脑袋叹了口气，但还是把门开得更大了点，招呼爱丽丝进去。

“在这儿等着，我去叫护士长。”

爱丽丝看着她消失在大厅远处。空气中弥漫着消毒水和煮烂的白菜味，这种混合气味让她恶心得想吐。她的嘴巴很干，后脖颈上全是汗珠，她开始后悔戴帽子了。

“有什么能帮您的吗？”

她转过身，发现护士长正一脸慈善地看着自己，她的样貌和声音一点儿也不搭。爱丽丝立刻退后了几步。

“我叫爱丽丝·斯特林，我来这儿是为了宝宝。”

“什么宝宝？我们这儿有很多宝宝。”

“当然，”爱丽丝抱歉地说，“对不起，我不知道他的名字。”

“恐怕您得说得更具体点。”

远处有个宝宝开始哭起来，爱丽丝突然觉得自己喉头一紧，泪水涌满了眼眶。她用戴手套的手擦掉眼泪。

“您没事吧？”护士长问，她的语气柔和了许多。

“没什么，就是，我的孩子没了。”

“您觉得他可能在这儿？”

爱丽丝恍惚了一下：“哦，不，当然不是。他死了。”

爱丽丝回答得太直接，护士长不禁瞪大了眼睛。她抱住爱丽丝，把她带到自己的办公室里，然后关上门。

“现在，何不跟我说说到底是怎么回事呢？”

爱丽丝感到一种强烈的释放自己的欲望。

“我的孩子，我漂亮的儿子爱德华，只活了五个月就死了。他们说是因为肺痨。我什么也做不了，可是我知道亨利——”

“亨利？”护士长打断她。

“就是我的丈夫。”爱丽丝解释道，“我知道他会怪我的。当然，他嘴上说不怪我，但我都没能让爱德华活着等到他爸爸从战场上回来。我算什么母亲？他都没见到自己的儿子。现在我俩基本不说话。他总是喝得酩酊大醉，对我从来不会表现出任何关心。他以为他比我还痛苦，因为我至少还跟爱德华一起度过了宝贵的五个月。”

护士长递给她一张纸巾：“好了，好了，别自责了。好多孩子都因为肺痨死了，您知道，这很常见。我相信您能做的都已经做了。”

爱丽丝使劲擤了擤鼻涕：“可是还是不够，不是吗？”她不知道还能坚持多久。

护士长看了看墙上的钟：“下午茶时间到了，我现在得出去看一看，不如一起来吧？”

“您真是太好了，我很乐意，谢谢您。”

“那您可以告诉我您为什么到这儿来吗？您提到了一个宝宝……”

爱丽丝跟着护士长来到餐厅，孩子们都已经在长木桌旁坐好了。下午茶很简单，只有厚黄油面包片和稀炖菜。

看到他的第一眼她便知道就是他了，他左眉上深深的伤疤更是确认了这一点。她朝正坐在高椅子上敲汤匙的他走过去，她一靠近，他便停了下来，咧嘴露出一个没有牙齿的笑容，然后高高张开双臂，让她抱他。她把他抱起来，闻着他身上的奶味。他手腕上戴着一个小纸环，上面写着他的名字和生日。

威廉·爱德华兹。1918 年 3 月 20 日。

“没事。”爱丽丝凑到他耳边轻声说，“妈妈来了。”

后来，在护士长的办公室里，爱丽丝详细了解了小比利是怎么来到孤儿院的。跟爱丽丝一样，比利的母亲弗朗西丝·爱德华兹也是在战时生下了他，但不幸的是，他的父亲阿尔伯特在战争结束前一个月的一次行动中牺牲了。1918 年 11 月 11 日休战纪念日那天，当全国的教堂敲响庆祝的钟声时，弗朗西丝把她珍贵的孩子放在摇篮里，紧紧抱着他跳下了铁路桥。弗朗西丝立刻气绝身亡，但比利却奇迹般地活了下来，只是在左眉处留下了一条深疤。好像是母亲的身体缓冲了他的下落，他才得以幸免。后来，虽然发了很多公告，但一直没有亲人来认领他，所以政府只好将他寄养在孤儿院。

爱丽丝抹掉眼角的泪水："那他以后会怎样？"

护士长耸耸肩："我们会在这里照顾他，他会得到很好的照顾。"

"我要带他走。"爱丽丝大声说，"他是一个失去母亲的孩子，而我是一个失去孩子的母亲。求求您了，护士长。"

护士长似乎还有疑虑。"我们没有正式的收养政策，但有一些检查和文书工作是必须要做的。"她看看爱丽丝充满恳求的表情，"我看看能做些什么。"

爱丽丝挤出一丝微笑："谢谢您，我会跟我丈夫谈谈的。"

一周后，比利带着仅有的两件物品——母亲的订婚戒指和阿尔伯特在战壕里压印并送给弗朗西丝的一株法兰德斯罂粟——离开了孤儿院。同时，还带上了一封信。

1918 年 10 月 12 日

亲爱的弗朗西丝：

真希望你可以看看这些战地上的罂粟，它们随风摇曳时还要更美。这一株是我从法兰德斯的泥地里救出来的。好好照顾我们的儿子。我都等不及想见他了。

我的爱和关心直到永远。

阿尔伯特 XX

两天后，他在行动中牺牲了。

/ # /

此刻，1939 年春，二十一岁的比利非常爱他的养母。而他与父亲的关系，退一步说，就有点复杂了。他发现应对现状的最好方式就是与他保持距离。亨利·斯特林绝大多数时间都耗在酒馆里或在街上游荡，所以这并不难。他从来没有真正接受比利成为他儿子这件事，而爱丽丝在这个男孩身上倾注的大量爱和关怀只会加重他的愤恨。

一天晚上，比利和他最好的朋友克拉克靠在当地酒馆的吧台前。

“我真替你感到难过。”克拉克称。

比利缓缓地抽出一根烟，打量着他的朋友：“为什么呢？”

“哦，你从来没有体会过追求别人的刺激感，是不是？我的意思是，女孩儿们直接就拜倒在你脚下了，你唯一需要做的就是走进一个房间，然后屋里所有女孩的目光都会停留在你身上。这有什么挑战性？”

比利耸耸肩，朝酒保敲敲手指：“伙计，一会儿有空的时候麻烦再来两杯朗姆酒。”

他转身对着克拉克：“你真是这样想的吗？你就没有想过那些因为男人样貌而着迷的女孩真的很肤浅吗？她们没有任何内涵，虽然一夜情时你可能会觉得她们很有趣，但之后就会厌烦。我跟别人一样，也希望有一段正式、稳定的关系。”

他递给克拉克一杯酒：“干杯！”

克拉克似乎并不相信他的话。“跟你一起出来我一点儿机会也没有，是不是？”他凄惨地说。

这是实话。舞厅里，女孩儿聚集在两人周围，但她们想要搭讪的总是比利，想让比利搂着她们在舞池里跳舞，想让比利在夜晚结束时送她们回家。

“你是我最好的伙伴，克拉克。我们俩从穿开裆裤、总是摔跤、一脸邋遢的小屁孩时起就是朋友了。你是想说我们俩以后不要一起出来，好让你更有机会钓到女孩吗？”

克拉克叹了口气：“不，当然不是，我不是那个意思，我只是觉得我永远都不会认识任何人了。”

比利一巴掌拍在他背上：“振作起来，克拉克，别再为自己感到难过了，没有女孩喜欢老是自怨自艾的男孩。”

比利在雾蒙蒙的酒馆里打量着自己的朋友。虽然克拉克姜黄色的头发和一脸雀斑确实对女孩不是很有吸引力，但他那双敏锐的冰蓝色眼睛却似乎能看透你的灵魂。而再仔细看看那张脸，其实也是挺英俊的。他个子不高，在穿高跟鞋的女孩面前可能没什么优势；浓重的黑乡口音在曼彻斯特也显得格格不入，使他听起来像是有点反应迟钝，但实际上，根本不是那样的。他真的是一个非常难得的老实可靠的好小伙。

“抱歉，比利。”克拉克说，“还要再来一杯吗？”

比利看了看手表。“最好还是不要了，妈妈这会儿应该已经给我准备好茶点了。明天‘巴克’见，行吗？”

/ # /

海盗舞厅是他们周五晚上最喜欢光顾的消遣场所，一群女孩在舞池边缘紧张地傻笑，眼睛四处偷偷张望，希望有人来邀请她们跳舞。那里有一支三人乐队，灯光昏暗，随时可以制造一种浪漫气氛。这跟在当地教堂大厅里跳舞完全不一样，在教堂里，牧师会强行做监护人，将那些在他看来彼此靠得太近的人分开。有一次，因为手在舞伴后背上放得太低了，比利竟然真的被扔了出去。当然，不用说，克拉克觉得这件事实在是太好笑了。

但在海盗舞厅就没有这些限制了，而且，昨晚聊过之后，比利下定决心要帮克拉克找一位愿意把他带回家见家长，愿意嫁给他和他生孩子的可爱女孩。或者，如果不行，至少找个愿意跟他跳舞的人也好。乐队正火力全开，要压过音乐交谈可不容易。比利两手捂住嘴，直接凑到克拉克耳边："有没有看上哪个姑娘，想邀请她跳舞的？"

克拉克揉了揉耳朵："我没聋！"

"那边那两个怎么样？"比利指指旁边的两个女孩，她们已经朝他们这边看了一晚上了。其中一个个头很高，声音很大，脸上化了浓妆。看到比利投来的目光，她赶紧将黑长发拢到脑后。她的朋友显然不太适应，一直低头盯着地板。比利突然直起身，推了推克拉克："哇，她们过来了。"

他们一起看着那个高个女孩快速滑动舞步从舞池那边穿过来，她的朋友急忙跟在后面，努力不把饮料洒得到处都是。

"你们好，姑娘们。"比利说。

"晚上好。"克拉克点点头说。

"我看到你们看我们了。"高个女孩再次把头发往后一撩说，"我叫西尔维娅，不过你们可以叫我西尔，这是我的朋友克里西。"

"你们好。我叫比利，这是克拉克。"

克拉克再次点点头，在裤腿上擦了擦汗涔涔的手掌，然后跟两个女孩握了握手。

克里西笑得很甜，蓝色的大眼睛饶有趣味地忽闪着。她虽然没有她的朋友话多，但到目前为止，两人之中更有吸引力的是克里西。她的金色长发整齐地打着卷，皮肤熠熠发光，脸上只抹了一点淡淡的口红，比利的目光几乎无法从她身上移开。但西尔却另有打算。她牵起他的领结，迫使他放下自己的酒杯："来吧，让我们看看你是什么做的。"

比利表示抗议，但根本没用，西尔此刻已经紧紧抓住他的胳膊，带着他朝舞池走去。他回头看到克拉克和克里西在一张桌前坐下，突然感觉到一阵强烈的嫉妒。

西尔舞跳得很好，但谦虚却不是她的优良品德之一。"嘿，我们俩真是太配了，是不是？"西尔笑着说。

等他们再次回到桌前与朋友会合时，克拉克和克里西已经聊得火热，几乎没有注意到他们回来了。乐队此时放慢了节奏，一对对舞伴开始踏着舒缓的节奏在舞池中滑步。比利知道克拉克一直很害怕夜晚的这个时候，但今晚似乎除外。他一声不吭地朝克里西伸出一只手，克里西羞怯地抓住他的手站了起来。比利只能眼睁睁地看着克拉克护着她走向舞池，把手环在她腰间。比利和西尔看着他们随着音乐摇摆。

"啊，他们那一对真可爱，是不是？"

比利无法回答，他心里有种可怕的感觉，好像刚刚失去了什么特别珍贵的东西——一种他从来没有拥有过，但就是应该属于他的东西。

克拉克把克里西拉近一些，转身看向比利，他笑着在她背后竖起两个大拇指。比利挤出一丝微笑，朝他们举起酒杯。他无法解释为什么，但他感觉自己的心好像被人狠狠地挖出来，然后在里面换上了一块铅。他突然意识到，克里西将会成为他一生的挚爱。但不幸的是，此刻她正在他最好的朋友怀里。

05 海盗舞厅

克里西——1939 年春

克里西把自行车靠在墙边，小声咒骂着。车链子掉了，她的白色短袜上全是土，而且她还得走完剩下的路。幸运的是，现在的春天感觉更像夏天，而且她基本上快送完这一轮了，所以还不算太糟糕。作为医生和助产士的女儿，她早就习惯了被别人叫去帮忙，此刻她正在做的就是她每天都要做的，给父亲的病人送药的活儿。

克里西在曼彻斯特森林花园的诊所工作，她的职责很多，包括开药方、打扫华丽的红木药柜等。斯金纳医生是一位受人尊敬的医生，克里西敬畏他，但更害怕他。他是一个纪律严明的人，对妻子、女儿甚至病人皆是如此。他没有时间理装病的人，对于那些“惯犯”，他通常只会把乳糖和一些发臭的东西混合到一起，调制成药，打发他们。那股恶臭足以让病人相信这药会治好他们想象中的疾病。同时还有一个优点就是，让医生可以以三先令六便士一瓶的价格把它们卖出去。许多母亲都后悔带自己喉咙痛的孩子来斯金纳医生这儿看病，因为第二天那个不幸的男孩或女孩就会躺在自己家的餐桌上，喷出一股带着氯仿味的气息，静待着医生来摘除他们的扁桃体。

这就是人们对于一个好医生的敬畏，没有人会质疑这些方法，而他也在社区里建立起了药到病除、妙手回春的好名声。附近所有的有钱人都到斯金纳医生这儿来看病，他们被允许使用诊所的前门，并且可以在斯金纳医生家环境优雅的餐厅里等待。他们等待的时候，克里西甚至要为他们沏茶。虽然没有明文规定的预约制度，但所有人都认定从前门进来的病人比从后门进的病人拥有优先权。从后门进的那些人都是不太有钱、勉强能支付医药费的人，斯金纳医生认为他们是讨厌的人。但不幸的是，这些人生病的频率似乎要高于那些资金充足、能够按时支付医药费的曼彻斯特好人。父亲冷酷的态度经常让克里西觉得很尴尬，她曾不止一次让顾客没有付钱就离开。当她开始实际管账时，她逐渐变得非常善于隐藏这些坏账。斯金纳医生可能是个有天赋的医生，但却不是个有天赋的会计。

她决定暂时把自行车丢在那里，把前面车筐里的棕色纸包拿出来。里面还有四瓶药，都是今天需要送的。那些调制药是克里西自己亲手做的，瓶子上还小心地涂了封蜡，用白色标签标明了病人的名字。看到有两瓶药是给同一个病人的，她松了一口气，所以，这意味着再去三家今天的工作就结束了。

今天她必须准时回家，这很重要，因为今晚她要挑战父母的严厉家规，跟她的朋友西尔维娅一起去海盗舞厅。她们打小就认识，从西尔维娅把她护在身后的那一刻起，她们就一直是好朋友。虽然两人几乎每个方面都截然不同，但她们的友谊却莫名其妙地克服了所有阻碍，其中一个不小的阻碍就是克里西父母的反对。克里西的父母认为西尔维娅会带坏他们的女儿，想尽一切办法阻止两个女孩走得太近。但是今晚，斯金纳夫妇出去了，克里西抓住机会，安排了偷偷跑去海盗舞厅的机会。只要她能在午夜子时前回到家，就不会被他们发现。

克里西一送完药便找到自行车，一路推着车回了家。他们最忠诚的万能梗犬利奥正在花园门口等她。它真的是克里西见过的最忠诚、最勇敢、最聪明的动物，不管她什么时候出去送药，它都会在门口耐心地等她回来，热情洋溢地跟她打招呼。它摇着尾巴，整个身体也随之左右扭动，嘴唇的边缘甚至能卷起来，看起来就像在微笑。如果斯金纳医生外出看病的时候有急事需要他立刻回诊所，他们就会在利奥脖子上挂一张字条，派它去附近找他。

“你好，利奥。”克里西拍拍它的耳朵说。她给它打开嘎吱作响的花园门，但它却跳过墙头，一路跑到前门。她能听到父母正在厨房里谈话，心不由得沉了一下。虽然现在才是下午茶时间，但她需要开始为晚上去舞厅的事做准备了。她想把头发卷起来，但这样至少得花费一个小时，而且父母还在家，可能也弄不了。

她走进厨房，努力表现得若无其事：“你们什么时候走？”

“你也晚上好啊，克里西。”斯金纳太太说，“送药一切顺利吗？”

“什么？哦，还好，就是我的车链子又掉了。”她指指自己的脏袜子。

“你爸爸明天会修好的，对吧，塞缪尔？”

斯金纳医生把烟头掐灭，又点上一根：“是时候该让你学学怎么更好地照顾那辆自行车了。不是链子掉了就是胎爆了，再不就是刹车坏了。”

“爸爸，又不是我的错——”

斯金纳太太一根手指压在下嘴唇上，瞪了克里西一眼，克里西立马住嘴了。

她转身对着丈夫：“好了，好了，塞缪尔，别生气。要不你去洗个澡，我给你拿杯威士忌。”

“好主意，我这就去。真是太累了，今晚的晚宴舞会我很可能会错过。”

听到这个消息，克里西突然感觉一阵恐慌，屏住了呼吸。再过几个小时西尔维娅就会打电话来。

梅布尔·斯金纳把丈夫推出厨房，跟着他上了楼。“洗完澡就会好多了，不管怎么说，我这次可是特意买了条新裙子呢，是不是？要是浪费了就太可惜了。”

克里西如释重负地叹了口气，在母亲身后喊道：“茶点是什么？”

楼上传来母亲模糊的回答：“你自己弄点面包和酱吧，行吗？爸爸和我晚上舞会再吃。”

太棒了，克里西一边想着，一边给自己切了一片厚面包，抹上黄油，然后撕了一点给正在旁边流口水的永远耐心的利奥。

最后，父母终于走了，但走之前还不忘对她千叮万嘱：“别忘了更新今天诊所的病人记录，列出那些还有钱买药的人，十点钟左右再带利奥出去溜达最后一圈。”等他们说完，克里西真的是把他们推出去的。

“我不会忘记的，祝你们玩得开心。”

“乖乖的。”斯金纳医生一边扶着妻子的胳膊往外走，一边警告道，“我估计我们大约十二点半回来。”

克里西一直看着他们消失在视线中，然后便迅速关上门，一步两个台阶地跑上楼。门铃响起的时候，她已经洗完澡、弄好头发，换上了自己唯一一件得体的裙子。她把前门打开，留了个恰好可以让西尔维娅进来的缝隙。

“你没有被人跟踪吧？”她着急地问。

西尔维娅翻了个白眼：“我们是去跳舞，又不是要加入特工局。现在，让我好好瞧瞧你。”

她上下打量着她的朋友，夸赞她的美貌：“不错，不过你可以稍微抹点胭脂和口红。”

“哦，我不确定，我可不想看起来跟个小丑似的。”

“看着我的脸，”西尔维娅命令道，“我看起来像个小丑吗？”

克里西摸摸她朋友浓妆艳抹的脸。她的眉毛呈现出完美的弓形，还用眼影粉涂黑了，皮肤洁白无瑕，这让她鲜红的嘴唇成了焦点。克里西绝对不想变成这样。

“当然不是，西尔，你可比我精致多了。你个子又高，又优雅自信——”

西尔维娅抬起手：“但你甜美漂亮，像个金发洋娃娃。”

克里西不是十分确定这到底算不算称赞，但她还是说了声谢谢。“那么，或许我最好涂点口红。”

“很好。”西尔维娅说着，打开了手包。

“哦，不，不要你的。你的太……你知道……呃，不适合我。我这就上楼去看看我妈妈的。”

不一会儿她就回来了，嘴唇上闪着可能会获得西尔维娅肯定的淡粉色口红。

“好多了。”她说，“现在快点，我们还得好好去跳舞呢。”她打开门沿着小路跑去。克里西匆匆在她身后追了出去。

/ # /

女孩们到达舞厅的时候，那里只有一半的人，大家都还没有真正开始跳。尽管如此，乐队还是在继续演奏。舞厅里的人渐渐多起来的时候，西尔维娅提议俩人去买点喝的。没过几分钟，她便使劲用胳膊肘戳克里西的肋骨。

“喂，干吗？”

“嘘，瞧那边那两个家伙，刚走进来那两个。”

克里西转过头，看到一对年轻人走进了酒吧。

“高的那个简直太帅了，是不是？他是我的。”

克里西只能表示赞同。他的长相颇有些异域情调，但她知道他根本不会看她一眼，更不用说两眼了。“太好了。”她说，“不过，我更喜欢他朋友的长相。他看起来很友善，不过好像很紧张，对自己很不自信，就像我一样！”

“要不要我去邀请他们过来？”

克里西吓坏了：“可是，难道我们不应该等他们过来邀请我们吗？我的意思是，那也太直接了。”

“好吧。”西尔维娅让步了，“给他们半个小时的时间，然后我再过去。”

她跷着二郎腿，在那俩人走过的时候拉了拉裙子。克里西摇摇头，专心盯着自己的杯子，她的朋友真是无药可救了。

舞池中开始涌满了人，西尔维娅注意到那两个年轻人并没有离开靠近吧台的位置。突然，那个高个子朝她们的方向指了指，西尔维娅毫不犹豫地迎上他的目光。

“快走，克里西。”她说，“就是现在。”她滑着舞步与跟在她身后的克里西一起穿过舞厅。

两个年轻人介绍说他们的名字是比利和克拉克，西尔维娅立刻把比利拖进了舞池。

“我们坐一坐？”克拉克为克里西拉出一张椅子，大胆地开口道，“我能再请你喝一杯吗？”

“不用了，谢谢，我这杯还没喝完呢。”克里西答道。

“你朋友跳得真好。”克拉克说。

“你朋友也是。”

“什么，比利？对，他跳得多。我想，还没有哪个女孩拒绝过他的邀请。”

克里西注意到克拉克目光中的忧郁：“别管比利了，跟我说说你吧。”

“我？”克拉克似乎很惊讶，“呃，你想知道什么？”

克里西意识到他竟然比自己还紧张，这让她稍微放松了一点。她耸耸肩，首先打破沉默：“呃，你是哪里人？听你的口音不像是这附近的。”

“你说得对。我出生在伯明翰，但七岁的时候就搬到曼彻斯特来了。我在学校认识了比利，从那之后我们就一直是好朋友。我曾经因为跟别人说话不一样而被别人嘲笑，但比利却站出来维护我，因为他是班里最受欢迎的家伙，所以大家都听他的。要是没有他，我上学的日子会很难熬。不过反过来，我有时候要替他写家庭作业。你知道，并不是因为他太笨什么的，只是他忙着搞体育活动和其他事情，所以从来没有真正考虑过学业。他妈妈也把他宠坏了。那家伙可以比任何人都优秀。”

克里西瞥了一眼舞池里的比利和西尔维娅。比利似乎心不在焉，一直朝他们桌子这边看。发现克里西在看的时候，他冲她微微一笑，她感觉自己的脖子都红了，忙尴尬地转过身。“看起来他跟西尔维娅算是棋逢对手了。”

“哦，他没问题的。她很漂亮，对不对？比利总是能约到那些最漂亮的女孩。”

克里西盯着克拉克蓝色的眼睛，等着他意识到自己刚才说了什么。

他似乎有些窘迫。“哦，抱歉。我不是那个意思……你很漂亮，只是不太明显而已。”他语无伦次地说，“我的意思是，你不需要化妆什么的，你是天生丽质而且——”

克里西抬起手，笑了笑：“够了！我原谅你了。”

她偷偷瞄了一眼手表。

“我留不住你了，是不是？”克拉克问。

“不是。只是我午夜之前必须到家，也就是说，我大约十一点半就得开始往家走。”

“还早着呢。”克拉克稍微松了一口气，“要来根烟吗？”

“不用，谢谢，我不抽烟，不过你随意。”

“你确定吗？”

克拉克打开一包“白锡包”抽出一根。“跟我说说你吧。”

“其实没什么可说的。我在门诊帮我爸爸——斯金纳医生——干活。我妈妈是本地的助产士，所以我有时候也会去给她帮忙，不过我有点洁癖。我见过太多人分娩了，这已经足以让我与性生活绝缘。”

这句话一说出口，克里西就恨不得找个地缝钻进去，她能感觉到自己满脸通红。她不知道自己到底是发什么神经，竟然会说出这种话。正在喝饮料的克拉克呛了一口，琥珀色的液体喷到了他的下巴底下。

“对不起，我不是故意的……”克里西连忙道歉。

克拉克大笑起来，随即克里西也跟着笑起来，最后俩人都笑得停不下来了。

比利和西尔维娅回到桌旁的时候，他们已经再次聊得热火朝天了。乐队放慢了节奏，克拉克默默站起来伸出一只手。克里西抓住他的手，任自己被他引导着走向舞池。起初，他们跳得有些羞怯笨拙，克拉克总是笨手笨脚地踩到她的脚，但等他们熟悉了对方身体的感觉，便都慢慢开始享受起来。克拉克不比克里西高多少，所以她可以很容易地看到他的眼睛。他笑着退后，把她拉近，让她捕捉到他身上的香味，是清爽的柑橘味，略微被烟草味掩盖。她突然想，如果他试图吻她该怎么办，这个念头让她心里骤然恐慌起来。她深吸一口气，强迫自己冷静下来。看在上帝的分儿上，她已经十九岁了。

此刻，她的双臂正搂着克拉克的脖子，她把他拉近，偷偷在他脑后瞥了一眼手表。他的头埋在她的脖子里，胳膊紧紧搂着她的腰。她惊讶地发现差不多已经十一点半了。她必须有所行动，但又不愿解除这个咒语，心里默默咒骂着父亲。

音乐终于停止，他们慢慢分开。

“抱歉，但是我现在真的必须走了。”

“我知道。我可以送你回家吗？”

克里西瞥了一眼比利和西尔维娅。她正在抚摸他的脸，手指轻抚着他的伤疤。他看起来明显很不舒服。

“那太好了，谢谢你。不过我得去问问西尔维娅介不介意。”

西尔维娅当然不介意了。比利令她着迷，而且她很高兴克拉克和克里西要走了，这样他们俩就有时间独处了。

克拉克悄悄凑到比利旁边。“我简直不敢相信，她太可爱了。”他激动地说，“我说要送她回家。你不会介意的，对吧？反正你现在好像也挺忙的。”

“不介意，伙计。去吧，祝你好运！”

克里西走到克拉克和比利旁边。“你准备走了吗？”她问。

“嗯，走吧。”克拉克牵起她的一只手说。

“再见，比利。很高兴认识你。”她朝比利伸出另一只手，他握住她的手，二人的目光交汇的一刹那，克里西被自己看到的东西弄糊涂了。他眼中竟然掺杂着令人难以置信的悲伤和渴望。他那深棕色的眼睛几乎看不到瞳孔。

“再见，克里西，克拉克就交给你了。”他一边说一边眨了眨眼。克里西的脸又红了，她抓住克拉克的胳膊稳住自己，有些目眩神迷。

“呃……好。再见。”她终于挤出这句话。

比利盯着她和她的手看了一会儿，直到西尔维娅把他拉起来。

“快走吧，我们还有时间再跳一支舞。”

克拉克和克里西手拉着手朝出口走去。克拉克为她打开门，克里西努力压抑住想要回头看的冲动。克拉克很可爱，跟他在一起她非常放松，可是，为什么她会有一种跟错误的人离开了的感觉呢？

/ # /

虽然四月的夜晚还有点冷，但当克拉克送克里西回到家的时候，因为走得比较快，俩人身上都很暖和，甚至有点喘粗气。克拉克看了看手表："十二点过五分。我想我们刚刚好。"

克里西松了一口气。屋里一片漆黑，她父母显然还没有回来。此时气氛突然有点尴尬了。

"恐怕我不能让你进去。我爸妈很快就会回来，而且——"

克拉克用手指抵住她的嘴唇："没关系，不过我真的希望还能再见到你。"

想到比利以及在他眼中看到的沮丧，她犹豫了一下。她想象着比利和西尔维娅一起在沉醉昏暗的舞池中摇摆，他是绝对不会对她这样天真幼稚的女孩感兴趣的。突然，她注意到克拉克充满期待的脸，她点点头："我也是。"

"真的吗？"克拉克听起来似乎很惊讶。

克里西笑起来："是的，真的。我周日有空，或许我们可以去散散步。"

"太好了。"克拉克说，"我一点钟左右给你打电话。"

克里西突然一阵恐慌："呃，不行，我去演奏台那个公园找你。我可以带点三明治，如果你愿意的话，再加一瓶酒。"

"我会很期待的。"他抬起她的手，在她手背上轻轻吻了一下，之后，便一言不发地转身离开了。

打开花园门的一刹那，克里西恐惧地彻底僵住了。坐在门口颤抖呜咽的，竟然是利奥。她知道自己肯定把它关在屋里了，所以这只能说明一件事：她父母已经回来了。

06 男人的战争

克里西在包里摸索着钥匙。她疯狂地乱翻一气，找了两遍才想起来钥匙一直在她的外套口袋里。利奥围着她，在她脚边打转，寻求关注。

“停，利奥，求你了。我得去屋里。”

走进客厅的时候，她屏住了呼吸。周围寂静无声，一片漆黑。真是太奇怪了。或许她父母根本没有回家，或许是她忘了关后门，利奥自己跑出去了。她摸着黑一路从门廊走到厨房，打开灯，突然的亮光刺得她睁不开眼。利奥一直跟在她身后，此时正迫不及待地舔着它的水盆。后门是锁着的，桌子上放着两个用过的咖啡杯。

克里西听到楼梯发出嘎吱嘎吱的响声，心沉了一下。当她转过身看到父亲站在门口时，恐慌彻底变成了恐惧。他肯定已经怒不可遏了，脸涨得通红，喘着粗气，显然是觉得任何话都不足以表达他的愤怒。克里西战战兢兢地站在那里，利奥缩在她身后。斯金纳医生上前一步，抬起手在她脸上重重扇了一巴掌。她踉跄地向后倒在利奥身上，随后头撞在了石头地面上。斯金纳医生还是一言不发，猛地转身朝楼上走去。

克里西能尝到嘴巴里的血腥味，突然感觉有些恶心。她坐起来，但这个动作让整个屋子都转起来，所以她只能再躺回去，同时开始哭泣。利奥舔舔她的脸，然后缩成一团，靠在她旁边。他们就躺在冰冷的地板上，半睡半醒地度过了那一夜。

/ # /

周六的午餐时间，比利和克拉克约在酒吧里喝一杯。

“我都等不及了，比利。”克拉克把一杯酒递给他的朋友说。

“哦，那你们要在哪里见面？”比利问。他知道自己应该为克拉克感到高兴，因为他等待一次约会已经等了太久。但他却嫉妒他，而且他发现这种嫉妒很难隐藏。

“公园，演奏台旁边那个，她会带上野餐的东西。”

“很好。你吻她了吗？”

听到这个问题，克拉克缩了一下：“呃，没有，只是吻了一下她的手。”

比利松了一口气：“那你明天是不是要吻她了？”

“这个，我不着急，比利，我不想把事情搞砸，我想她可能就是那个人。”

“你跟她才见过一面而已。”

“我知道，这很荒唐，但她很温暖，很友善，很——”

“像拉布拉多一样？”

克拉克端起酒杯，“哼”了一声。“比利，你混蛋。”他大笑起来，“你知道我是什么意思。”

这就是问题所在。比利确实知道，因为他也有一模一样的感受。

/ # /

第二天，克拉克在演奏台附近焦急地等待着。已经一点十分了，但压根没有见到克里西的身影。现在还没有必要惊慌，他一边安慰自己，一边又看了一眼手表。这个春天温暖得有些过分，他后悔自己穿了西装还打了领带。他的胃里抽搐着，感觉需要再去一次厕所。目光所及之处有几处公厕，但他不敢去，怕万一克里西到的时候自己不在，她会以为他没来。他两只脚来回跳着，紧张地拉拉袖口，顺顺领带。他目不转睛地盯着公园门口，希望克里西从人群中蹦出来。他想象着她一脸稚气、热情洋溢的样子，手里拿着棕色的柳条编制的野餐篮和格子呢的小毯子，诚恳地为自己的迟到道歉。他会礼貌地亲吻她的脸颊，并坚持说“不，你并没有迟到太久”，然后告诉她她看起来很漂亮。她会因为赶路而稍微有些上气不接下气，他们会一起倒在毯子上，然后十指相扣地躺下来，就好像彼此已经认识很久了一样。

到一点半的时候，克拉克非常确定克里西不会来了。他怎么会这么蠢，竟然相信她会来？克里西这样的女孩，一直都是他可望而不可即的，这一点从来没有改变过。他瘫倒在草地上，野蛮地拔掉一朵水仙花的头。花瓣已经过了最好看的时候，干瘪成一片片硬壳。它们很快就会彻底枯萎，变成令人厌恶的东西，再也不像曾经向人展示希望和幸福时那般美好。

/ # /

克里西独自待在房间里，看着梳妆台上镜子里的自己。嘴唇上的血现在已经凝住了，但嘴唇还是肿的，头也很痛。看着钟，想到克拉克不知道还要在演奏台旁等多久才会放弃，她的心也很痛。无言的怒火已经将她吞噬。父亲没有权利这样囚禁她。周六整整一天她都被锁在自己的房间里，几乎是不吃不喝。现在已经是周日了，但她似乎仍然没有被放出去的希望。

周六早上，因为头天晚上的越轨行为，父亲和母亲都对她严加审问。

“我只是跟西尔维娅去了趟舞厅。”她抗议道。

“哪个舞厅？”父亲质问道，似乎这个问题很重要似的。

“海盗。”

“那个龌龊的地方？”他转身对妻子说，“我跟你说，梅布尔，这孩子真是无法无天了。”

克里西竟然忍不住大笑起来。

“塞缪尔，别那么夸张。”梅布尔劝诫说。

她转身对着女儿说：“要是你想出去的话，你应该先问过我们。你知道，最让我们无法忍受的是欺骗。”

“我没问是因为我知道你们根本不会同意。”

“跟你在一起的那个男孩是谁？”塞缪尔·斯金纳突然质问道。

“他肯定是朝窗户外面看了，”克里西想，“谢天谢地，幸亏我们没有接吻，否则他肯定要气炸了。”

“他叫克拉克。”她挑衅地说，“是个不错的家伙，非常有礼貌，他要确保我安全到家。”

“西尔维娅发生什么事了吗？”梅布尔问。

“我在舞厅跟她分开了，当时她跟克拉克的朋友比利在一起。”

“那个女孩会把人带坏的，她一直都那样。”塞缪尔嘟囔着说。

克里西开始维护自己的朋友，但她嘴巴张得太大，导致嘴唇又开始流血。她赶紧拿纸巾擦。父亲移开视线，看上去似乎有些愧疚。

“听着，我很抱歉打了你。”他说，“我们只是太担心你了。如果你愿意，我们可以安排一下，让你多出去走走，但你昨天越界了，所以必须接受惩罚。”

“看来脸上挨一巴掌外加在厨房地板上睡一宿的惩罚还不够？”克里西凄惨地想。

“今天一天你都要待在自己的房间里。”梅布尔说。她盯着地板，以免看到女儿脸上的怨恨。

“这个周末。”塞缪尔坚持说。

梅布尔瞪了丈夫一眼，继续说道：“这个周末你都要待在自己的房间里。”

克里西想到跟克拉克的约会，开始表示抗议。父亲抬起一只手打断她，克里西竟然又缩了一下。

“够了！马上回你自己的房间。”

她凄惨地站起来，开始往楼上走。

梅布尔在她身后喊道：“我一会儿给你拿点吃的过去。”

“那你们别忘了带利奥出去。”克里西回了一句，“还有返回来的药瓶周一之前要洗干净。哦，还有手术器械要消毒。”这让她感觉像是一场小小的胜利，关上卧室门的一刹那，她的唇边露出一个坏笑。

现在，让克拉克失望这件事，让她感觉很糟糕。虽然她一直在默默祈祷他不要来找她，因为那样会惹得父亲大发雷霆，但她更害怕自己从此以后再也见不到卧室四面墙之外的世界了。她没有办法联系他，因为她甚至不知道他姓什么，更不用说他住在哪里了。她很想跟他解释，那种无助和愧疚感令她有些喘不上气来。克拉克会以为他被放鸽子了，以为是他自己不配。他看起来那么善良，那么体贴，但却总是自我怀疑，完全没有自信。克里西回想起自己同意跟他见面时他脸上的表情，一种根本不相信的表情，随后，当他意识到她还想再见到他时，又变成了一种狂喜。现在他肯定崩溃了。

/ # /

那天晚上，当比利很晚到达酒吧时，酒保立刻朝房间的角落里点点头。在那个角落里，克拉克正瘫在椅子上，周围是一堆空酒杯和一个满满的烟灰缸。

“从一开门就在那儿了。”酒保告诉他，“之前一直‘咚咚咚’地砸门，大吵大叫。”

比利走过去，拉出一个凳子。克拉克的领带歪了，袖子也撸了起来，眼皮耷拉在血红的眼睛上，望着另一杯酒。

“你还好吧，伙计？”比利鼓起勇气问道，“我猜这是跟克里西进行得不太顺利？”

“根本就没有进行。”

比利突然心跳加速：“什么意思？”

“她根本就没有出现。”克拉克无法隐藏声音中的苦涩。他又点燃一根烟，剧烈地咳嗽起来。

“看看你这个样子。”比利说，“你不觉得已经够了吗？”

“什么够了？烟？酒？还是又一次失望？”

“别这样，振作起来，告诉我发生了什么事。”

克拉克向后靠在椅子上，搓了搓脸：“就像我说的，她根本没有出现，就让我像个傻瓜似的在那儿站着。我真的很喜欢她，比利，她为什么要这样对我？”

“我想这背后肯定有什么特别的原因。”比利说，但他希望自己是错的，“她那天晚上似乎很热情，肯定不是突然改变主意了吧？”

“我这辈子都不会再找女人了，引来的麻烦比好处还多！”克拉克说。

/ # /

周一早上，比利站在森林花园诊所门外。克拉克告诉了他克里西姓什么，还有她父亲是医生，所以要找出她住在哪很容易，并不需要神探夏洛克的推理能力。他甚至不确定自己为什么要来这儿，更不用说准备说什么了，但他就是觉得自己必须再见她一面。周五晚上，她唤醒了他身上的某种东西，他也说不清楚是什么。或许是因为她似乎对克拉克的兴趣大过自己，这种情况以前从来没有出现过。跟漂亮但可怕的西尔维娅缓慢移动的时候，他脑子里一直忍不住在想克里西。每次望向她和克拉克坐的地方，他都会感觉到一阵嫉妒的刺痛。

比利知道，因为自己在学校里很受欢迎，所以克拉克一直觉得自己不如他，但事实却是，比利很敬畏克拉克。当比利在当地面包店干着一份不怎么刺激或报酬不怎么高的工作时，克拉克已经受雇于曼彻斯特合作社，负责回收赊欠的货款了。他曾经向比利展示过那本巨大的皮边账簿，解释需要录入账簿然后结算的所有支付款项。比利迷茫地摇摇头，真希望自己上课的时候也认真听讲了。他在面包店的工作要轮班，所以他经常熬一夜，然后睡一整天。不过，好处是，他确实公正地享用到了免费蛋挞。

他突然听到有狗在叫，一只黑底褐斑纹的卷毛大狗从房子旁边的小巷里蹿出来，前面是正在推自行车的克里西。比利躲在灌木丛后面，看到她费劲地把自行车倒过来，自行车翻了，她大声骂了一句。比利略一犹豫，便从藏身的地方走出来，打开了花园的门。

“需要帮忙吗？”他问。

狗冲过来跟他打招呼，仿佛见到了久别重逢的故友似的。克里西抬起头看了看，挑了挑眉毛。比利看得出来，她立刻就认出了自己。

“谢谢，那真是太好了。”

他大步走过去，立住自行车的车座和车把，随即立刻注意到她嘴唇上的伤口和脸颊上黄色的瘀伤。

“链子掉了。我爸爸本来应该把它修好的，但他忘了。”克里西解释道。

“需要我来弄吗？”

“如果你不介意的话，那真是太感谢了。”

比利脱下外套，撸起衬衣袖子。不出一会儿链子就装好了，比利把车子正过来。“搞定。”他搓着双手，试图把油搓掉。

干活的时候，他注意到克里西一直在紧张地环顾四周。现在，她似乎急于离开。

“你没事吧，克里西？”他轻声问。

“拜托，跟我来。”她说。

她推着自行车沿小路走去，比利为她开了门。两人沉默地走了几分钟，一直走到以“森林花园”得名的那片方形绿化区。克里西把自行车靠在栏杆上，然后二人找了个长椅并肩坐下。

比利直勾勾地盯着前方问：“你的脸怎么了？”

他恐怖地听她重述了事情的经过。

“这是你爸爸干的？”

“真的没什么，本来就是我自己的错，我不应该那样偷偷溜出去的。你知道，我爸妈都很严厉，他们是担心我。”

想到斯金纳医生对克里西动手，然后一个周末都把她锁在屋里，比利不禁义愤填膺。他转身面对着她，双手轻轻捧起她的脸，用大拇指摩挲着她破掉的嘴唇。对于几乎素不相识的人来说，这个举动有些大胆，他也没有料到自己会这样做。克里西似乎有些惊慌失措，但更多的感觉是甜蜜，比利的深情凝视让她心里漾起满满的幸福感。

过了一会儿，她开口了：“克拉克怎么样了？”

这个问题彻底打破了两人之间的暧昧，比利垂下手看向别处。

“我很抱歉。”克里西继续说，“可是昨天让他失望我也感觉很不好。”

“你有充分的理由。”比利说，“你被关在自己家里……”

“你见过他了吗？我觉得我应该解释一下，可是我根本不知道怎么联系他。”

“嗯，见过了。”比利承认道，“说实话，他真的很沮丧，不过我想，他很快就会振作起来的。”

“尤其是当我告诉他原因之后。”克里西说。

“你一定要告诉他吗？”比利恳求道。

“为什么不呢？”

比利知道自己这是在不讲理，甚至有点不怀好意，但他就是控制不住自己。虽然羞于承认，但他宁可牺牲朋友的幸福也要得到这个女孩。

“克里西，听着，周五晚上我看到你的时候，我的目光就无法从你身上移开了。我希望跟我一起聊天、跳舞的对象是你，可是那个该死的西尔维娅竟然绑架我，然后你和克拉克似乎就相处得很愉快了。

当他说要送你回家的时候，我都崩溃了。”

克里西看上去很痛苦：“我也是这种感觉，可是我从来没有幻想过任何这么……这么……好，你知道，这么‘帅’的人会正眼看我。”

比利抓住她的手轻轻捏了一下：“你很美，克里西。你很有气质，娴静优雅，西尔维娅给你提鞋都不配。”

她红了脸，冲他腼腆地笑了笑：“你跟西尔维娅后来怎么样了？”

“没什么。”比利耸耸肩，“我出于礼貌送她回家，但对她说我以后不能再跟她见面了，因为我生命中有了其他人。”

“真的吗？”克里西紧张地问。

他眨眨眼：“还没有。”

克里西突然跳起来，一脸惊慌：“我真的得走了。”

“我还能再见你吗？”比利问。

“我也想，但是，克拉克怎么办？”

比利羞于承认他已经完全把他的朋友抛在脑后了。“他那边我来处理。”比利宽慰她说。

/ # /

比利本来想先不告诉克拉克他和克里西之间刚刚萌芽的爱情，但他意识到那是不可能的，不管怎么说那都是懦夫的行为。他可以是一个卑鄙下流、搞两面派的小人，但绝不是懦夫。谈话本来可以不那么糟的。

“你什么意思，你要带克里西出去？”克拉克不敢相信地问。

“我很抱歉，克拉克，真的很抱歉，但克里西和我是两情相悦，我们都有同样的感觉，而且——”

克拉克抓住了他的喉咙，比利没法把话说完。“你就是见不得我好，是不是？你到底是怎么回事？你知道见到她我有多么兴奋？你知道我等一个像克里西这样的女孩，或者说一个如此重要的女孩等了多久？可是你却毁了这一切。你真是太令人难以理解了，比利！”克拉克的眼中燃烧着怒火，他把比利使劲推到墙上的时候，嘴角挂满了唾沫。

“冷静一下，伙计……”比利完全被他朋友这不寻常的爆发吓住了。

“我不是你的伙计。我再也不想看到你了。永远也不想。”

克拉克怒气冲冲地走了，只留下身后目瞪口呆的比利。就是这样。男孩之间的友谊因为一个女孩说断就断了。在世界各地，这种事情肯定已经发生过无数次，但这种想法并不能让比利有所释怀。现在，他下定决心要让克里西幸福，无论付出什么样的代价。但不幸的是，两个与比利素未谋面的男人将会合谋阻止他。一个是克里西的父亲斯金纳医生，而另一个则正在整个欧洲大肆劫掠，拼命扩张自己的帝国。

07 真爱至上

1939 年夏天是比利一生中最幸福的日子。虽然国家不断面临战争威胁，但他却一直处于一种欢欣鼓舞的状态。虽然遭到克里西父亲的反对，但他和克里西的关系已经进入到实质性阶段。正如所有人预料的那样，塞缪尔·斯金纳对比利深恶痛绝，根本容不下他。在他眼里，比利根本配不上自己的女儿。他就是个无父无母的小混混，工作毫无前途，母亲受他蒙骗，把他当个宝，酒鬼父亲压根儿就不管他。斯金纳医生对他的家人也是印象深刻。爱丽丝·斯特林从她的第一个儿子死后就一直忧心忡忡的，她曾经把养子比利带到他的诊所来，絮絮叨叨地说个不停。现在，他的女儿又被比利·斯特林迷得神魂颠倒，这令他怒不可遏。

至少克里西比较自觉，告诉了父亲关于比利的事，不会背着他做坏事。反过来，斯金纳医生曾以为这段关系是肤浅的，不会长久，但事实证明他的判断完全错了。他只希望比利在不久的将来去服兵役，那将预示着这段关系的彻底结束。

他俩的第一次见面并不愉快。斯金纳医生上次见到比利时他还是个小孩子，但他知道那个名字，并且立刻就认出了他。他左眉上的伤疤还是一如既往的清晰。

“早上好，斯金纳医生。”比利伸出手说。

医生没有理会他，而是转向克里西：“我希望你十点钟回家。”

梅布尔·斯金纳从厨房出来，身上还穿着助产士服。

“你一定是比利吧，”她说，“很高兴见到你。”

看到妻子跟比利握手，塞缪尔瞪了她一眼。梅布尔发动了自己所有的说服技能说服丈夫，他们应该允许克里西有一点自由。

“谢谢您，斯金纳太太，我会照顾好您女儿的。”

“快点，比利，我们走吧。”克里西催促道。

梅布尔再次消失在厨房里，克里西和比利开始朝前面的小路走去，而塞缪尔·斯金纳则一直在门口看着。

比利突然抓住克里西的胳膊：“在这儿等一下，好吗？”

他沿着小路走回前门，塞缪尔·斯金纳正要关门，他把脚伸进去，脸凑到这位医生面前：“你要是再敢动你女儿一根手指头，我发誓一定会亲手杀了你。”

让斯金纳先生语塞的时候可不多，但他就那样目瞪口呆地看着比利大步走开，一只手臂护在克里西腰间。

/ # /

比利之前从来没有谈过一场重要的恋爱，他非常珍惜自己心中涌起的那种感觉。他知道自己恋爱了，就算是恶毒的斯金纳医生也无法抑制他的热情。但是，他害怕很快会宣战，然后他会被派往某个遥远的战场，参加他几乎一无所知的战斗。第一次世界大战结束时，比利还只是个孩子，但他知道这场战争夺走了父亲的命，并且间接夺走了母亲的命。这一切曾经似乎毫无意义，但现在，另一场战争却正威胁着要扼杀他和克里西蓬勃发展的爱情。

二人手拉着手，沿着一条寂静的细流漫步。天气晴朗，阳光明媚，天空是深蓝色的，小鸟们——黄鹀、云雀和画眉——似乎在比赛，看谁唱得最响、唱得最甜。空气中飘荡着野蒜的香味，水中的豆瓣菜长得格外茂盛。克里西穿着她最喜欢的夏裙，淡蓝色的裙子搭配黄色小圆点，纤细的腰间系着一条白色腰带。比利已经脱下外套，一只手拿着外套，搭在她肩膀上，另一只手拎着一个装得满满的野餐篮。利奥在他们前面跳来跳去，看到兔子就追，却一只也没抓到。

“你想在哪儿停下？”比利问。

克里西观察了一下河岸：“就那边吧，那棵橡树底下，那儿挺好的，还凉快。”

他们一起把野餐毯铺在草坪上，然后坐下。克里西打开篮子，拿出煮鸡蛋、罐头肉三明治、熟透的西红柿和自己做的水果蛋糕。她在底下翻了半天，然后抽出两袋薯片。

“恐怕有点压碎了。”

“没关系。来，给我。”比利说。

他打开袋子，抽出里面的小包装，把盐撒在袋子里，用力摇了摇，然后递给克里西一袋，两人心满意足地并肩坐着，大声咀嚼起来。利奥坐在两人中间，仰起可爱的小脸。它的眼睛直勾勾地盯着薯片，终于，一串长长的口水从它嘴里流出来，掉在了毯子上。

“看在上帝的分儿上，利奥。”克里西喊道，“嘘——”利奥夹着尾巴溜走了。

“这里真安静，是不是？”克里西说，“肯定不会再有战争了。”

比利看了看那张现在要求所有人都必须佩戴的防毒面具。“我不知道，克里西。”他严肃地回答说，“但为此焦虑没有任何意义。我们还是好好享受可以在一起的日子吧。”

克里西似乎有些惊慌：“你说的好像已经宣战了似的！”

比利握住她的手，望着她淡淡的眼眸：“我也希望结果不是那样，但我们必须面对现实，最起码我肯定要去服兵役。”

他握住她散落的一绺卷发，帮她掖到耳后。她眼里满是泪水，低头不语。比利突然跳起来，喊道：“走吧，我们去玩水。”

“什么？水冰死了。”她笑起来。

比利已经脱了鞋和袜子，卷起裤腿。利奥也振奋起来，一下跳进水里。克里西也脱了鞋和短袜，跟比利手拉着手朝水边跳去。

比利第一个把脚趾头伸进水里：“克里西，这水冰死了！”

克里西笑起来：“我早就跟你说了。”

“我敢说我们小时候水绝对没有这么冷。”

克里西在水边坐下：“你以前来过这儿？”

溪水已经没过比利的脚踝，他的脚都冻疼了。

他开始朝远处走去。“对，和克拉克一起。我们以前放学的时候总来这儿。有时候逃课的时候也来。”他坦白说，“我们把这儿叫作‘石头溪’。我也不知道它就是叫这个名字还是我们自己瞎编的。我们以前总在软木浮子上系上棉花钓小鱼。那些小家伙吞掉棉花后就会被我们钓上来。”

想起这些，他不由地露出了笑容。“还有松鼠，”他继续说，“以前林业委员会收松鼠尾巴，两个半便士一条。你知道，他们以为松鼠是有害的。但我记得，他们只要灰的，不要红的。我们叫它们‘树老鼠’。我们花了好几个小时想用自制的弹弓抓住一只，但从来没有抓住过。”他一脸悲伤地转过来看着克里西。

“你想他了，是不是？”克里西说。

比利蹚着水，走到岸上，来到克里西旁边：“你永远不知道我有多想他。上周我又给他打过一次电话，他妈妈说他出去了。但我知道他根本没出去，我之前刚看见他进去的。”

他把克里西拉起来：“走吧。我们去吃午饭。”

克里西从水里抓了一把豆瓣菜，甩掉多余的水。比利皱了皱眉。

“点缀罐头肉用的。”她解释说。

他们并排躺在橡树的树荫下，肚子被三明治和水果蛋糕装得满满的，此时，比利闭上眼睛。纵然有她父亲的存在，但跟克里西在一起他真的很幸福。她是个可爱、甜美的女孩，将来一定是一个完美的好妻子。她漂亮、聪明且如此善良，让她说任何人一句坏话都很难。难怪克拉克那么迷恋她，在知道被他们欺骗后又那么崩溃。

他把自己撑起来，望着她的脸。她似乎在打盹，整齐的长睫毛、红润丰满的嘴唇，还有被阳光镀上一层红晕、略有几个小雀斑的脸颊，无一不令他赞叹。他捡起一根长草叶，轻轻抚弄她的脸颊。她被弄醒了，挥舞着双手。

“喔，什么东西？我身上有东西。”她坐起来，却看到比利一脸坏笑。

“是你！”她大笑着躺回毯子上，一只手垫在脑后。

比利俯身在她唇上轻轻吻了一下。她睁开眼，双手捧住他的脸拉近了些。他再次吻了她，这一次更深沉，更热烈。克里西回应着他，比利翻到她身上，试图用自己的腿把她的腿分开，但耳边突然响起的低沉的隆隆声，他停止了动作。他一抬头，看到利奥正在低声咆哮，几乎没有露出牙齿。比利翻身躺下，克里西咯咯咯地笑起来。

“走开，小狗。”他朝利奥挥挥手说，“这家伙真是个热情杀手。”

他揉揉利奥的脑袋，利奥便摇摇尾巴快活地跑走了。“该死，它还以为那是邀请它一起来呢！”

/ # /

克里西全心全意地爱着比利，这一点她非常确定。她父亲那边最起码还在尝试，不过她希望他最终能转过弯来，逐渐接受比利。但是，他是她的第一个男朋友，她对于两人之间的身体接触还有些紧张。其实完全没有必要。比利是个十足的绅士，从来不会强迫她到她感觉不舒服的程度。虽然那天在河边，如果不是因为利奥……克里西发现自己想到这里竟有些兴奋，不禁觉得尴尬。话说回来，难道她不是一直被教育要做得更好吗？要是父亲知道他们的肢体接触到了什么程度，肯定会大怒的。

/ # /

一个星期过去了，天越来越长，也越来越热，比利和克里西在石头溪旁度过了许多时光。溪水流过发光的鹅卵石，潺潺的流水声令人欣慰，牛羊在牧场上心满意足地吃草，那画面令人安心。最重要的是，他们可以避开克里西父亲不满的怒视，一起在这里找到安慰。这是一个特别的地方，是曼彻斯特郊外一处安静的天堂，一个远离浓烟滚滚、摩托车呼啸、正在庞大扩张的城市的世界。

在今天这个特别的日子，天空都笼上了一层不祥的色彩。虽然天气仍然热得发闷，但天空中却堆满了云，而且大部分都是灰色、黑色和紫色的，像是风景画家梦中的场景。同时还伴有雷声阵阵。当比利和克里西逐渐走近他们最喜欢的橡树底下的位置时，二人同时停下了脚步。那个身影绝对不会错，弯腰站在小溪中背对他们的，正是克拉克。

“我们怎么办？”克里西小声问。

“我也不知道。”比利答道，“他还没看到我们。”

“过去跟他聊聊。”克里西催促道，“我就在这儿等你。”

比利犹豫了一下，开始慢慢朝克拉克走去。他的心怦怦直跳，似乎想要逃出束缚它的胸腔。

“一切还好吗，伙计？”

克拉克吓了一跳，转过身来。他直起身看了看比利，过了一会儿才认出他来。现在比利的头发更短了，脸也晒黑了。

“天哪，你吓到我了。”他说。

“你抓到什么了？”

克拉克举起一根破绳子旁边的罐子。“棘鱼！”

他的蓝眼睛兴奋地冒出光，但转眼便又笼上一层阴影。他用潮湿的手拢了拢红色头发，然后把脸上的头发撩开。他脸上的雀斑比以前更明显了，有一瞬间，比利觉得他又成了那个十一岁的小男孩。他感觉自己喉咙发紧，这让他接下来说话的声音听起来像是被人掐住了脖子。

“我们以前很快乐，是不是，克拉克？”

克拉克“哼”了一声，把那罐鱼放在一块大石头上。他蹚着水走出来，重重地坐在岸上。比利慢慢靠近，然后试探性地在他旁边坐下。

“别太自在了。”克拉克说。

“听着，克拉克，我们不能再做朋友了吗？”

“我们不能再做朋友了吗？”克拉克模仿他的语调说，“我们现在不是在学校的操场上，比利。”

“你为什么到这儿来？”比利问。

克拉克想了一会儿说：“为了反省。”他从外套口袋里掏出一个棕色信封。“给。”他塞到比利手中说。

比利打开信封，看着信里的内容。“你被征召入伍了？”

“是军事训练。”克拉克解释说。

比利知道这只不过是时间问题。根据议会四月通过的法案，所有年龄在二十岁至二十一岁之间的青年都要接受为期六个月的军事训练。

他不知道该说什么。“克拉克，听着……”他把信封还给他。

“克里西怎么样？”克拉克直直地盯着比利的眼睛问。

突然提到她的名字，比利吓了一跳，捡起一根草叶。

“她很好，谢谢。其实，她现在就跟我在一起，就在那边。”

克拉克顺着比利手指的方向看去，克里西从一棵树下羞怯地走了出来。比利朝她点点头，示意她过来。自舞厅那晚后，这是克里西第一次再见克拉克。

“克拉克，”她开口道，“很高兴再次见到你。”

克拉克站起来点了点头，然后突然有些尴尬地停住了。“我最好还是走吧，好像要下雨了。”

正在这时，一个大大的雨点落在信封上，把信封浸成了深棕色。克拉克穿上外套，拉起领子。“我们后会有期。”他沿岸边跑去，每落下一个雨点，他便加快一次脚步。

克里西一脸无助地望着比利。比利在他朋友身后喊道：“克拉克，等一下！”

克拉克停下了，转过来身等着。比利一路小跑过去，他停在距离克拉克一英尺的地方，两个男人互相对视着。比利首先开口了。“祝你好运，伙计。”

他伸出手去，克拉克盯着他的手愣了一会儿，然后，非常缓慢地从口袋里掏出一只手，握住了比利的手。他直直地盯着比利的眼睛，用力握了握他的手，同时露出一丝微笑。不需要过多交流，他们知道彼此的隔阂已经消融了。

克拉克转过身，顶着瓢泼大雨，头也不回地跑回家，比利则冲回克里西避雨的树下。

“一切顺利吗？”她急切地问。

比利看着克拉克的罐子，两条鱼正在转着圈地撞玻璃，迫切地想要重获自由。他拿起罐子，把水倒进小溪里。银光一闪，两条鱼便蠕动着，朝不同的方向游走了。他抬起头，一脸微笑地看着克里西说：“现在一切都好了。”

/ # /

虽然有老橡树挡着，但雨点还是从叶子上滴下来，落到了比利和克里西躺着的毯子上。闪电照亮了天空，雷声像一头饥饿的大象，肚子饿得轰隆隆直叫。

“我不确定在这里躲雨是安全的。”克里西说。

比利四处看了看，说：“这棵树不是附近最高的，所以我觉得应该没事。”

他看看一脸焦急的克里西。她的头发湿透了，头发卷贴到了脸上。他把她拉起来：“走，树干那儿更干一些。”

他们靠在大树的树干上，等着暴风雨过去。田野上的奶牛此刻全都在围栏里挤作一团，小溪里的水也涨起来了，因为水量激增，流速也加快了。

“我们的鞋！”当许多水淹没了他们刚才放弃的地方时，克里西喊道，“我们得光脚回家了。”

比利冲出去把鞋捡起来，倒出里面的水。他在空地上站了一会儿，抬头望着天空。雨水顺着他的脖子流下来，他不由得打了个冷战。他想起小时候的一件事。当时他和克拉克也是被暴风雨困在这个地方，岸边变得很滑，比利摔倒了，短裤也在一块石头上剐破了。他知道母亲那里肯定不好交代，所以不敢回家。当克拉克提议他们俩交换短裤的时候，比利感激得不行。他的朋友再一次救了他。直到好几个月后，比利才知道当克拉克的母亲看到那条短裤时是怎么责骂克拉克的。

“比利，回来。”克里西喊道，“你都湿透了。”

她的声音把比利拉回了现实，他回到树下去找她。“抱歉，我刚才走神了。”

“你看起来很吓人。”克里西说，“怎么了？”

“没什么，我就是想起克拉克了。真不敢相信他就要走了。有时候我还觉得他是个小男孩呢，现在他竟然要去打仗了，我不确定他会怎样应对。”

“比利，他不是去打仗，他只是被征召去接收军事训练而已。我们没有在打仗，你要记住。”

“我知道，你说得对，但他要去六个月，到时候可能我们就真要打仗了。”

克里西用手捂住他的嘴巴：“别这么说。不会有战争的。我现在不想失去你。”

比利望着克里西，她蓝色的眼睛中闪烁着晶莹的泪花，然后，他紧紧抱住了她。

“你的衬衫都湿透了。”克里西说，“来，我帮你。”

她的眼睛仍然望着他的脸，然后慢慢把他的衬衣扣子解开，任它落到地上。他的呼吸开始急促起来，然后急切地吻着她。他的舌头在她的唇间试探，她张开嘴，他一下把她靠在树干上。粗糙的树皮硌得她大叫一声。比利闭上眼，却想起了克拉克。此刻跟克里西一起靠在这树干上的，本应该是克拉克。比利一直都在从他朋友那里索取。在学校，他让克拉克帮他做作业，克拉克全做了，还感谢比利在别人都不愿意跟他做朋友的时候屈尊做了他的朋友。那一刻，比利特别恨自己，脑袋也不清楚了。他把克里西压得更紧了，克里西发出一声低沉的尖叫。他一只手把她的双手举过头顶，抓住她的手腕，固定在树上，另一只手掀起她的裙子。克里西能够喘口气了，但却没有拒绝，于是他放开她的手，解开了自己的裤子。他把脸埋在她的颈间，呼吸急促、灼热。

/ # /

虽然这不是克里西计划中的献出自己贞操的方式，但至少有一点值得庆幸，那就是，站着不会怀孕。

08 宣战

1939年9月

克里西已经躺了两个小时了，但还是睡不着。她坐在餐桌旁，给自己倒了第三杯茶。她又泡了一块姜饼，悲戚戚地吮着。这本来应该可以治好恶心的感觉，但那肯定是老太太编的故事，因为她还是很难受。她听到门廊的邮箱发出“啪”的一声，打开又关上，那是送报纸的小男孩来送《每日电讯报》了，把更多不受欢迎的消息塞进她的生活。她不情愿地站起来去拿报纸，头条让她叫出声来。

大不列颠的最后警告。昨日，阿道夫·希特勒入侵波兰，战争似乎已经不可避免。防空洞已经建好，数千万儿童已经撤离。

克里西双手捧住肚子，叹了口气。她正在隐瞒一个比宣战更能摧毁这个家、更能让家人痛苦的秘密。门铃突然响了，她吓了一跳，瞥了一眼墙上的钟。谁会大早上六点半过来？不管是谁，此刻那人已经砰砰砰地敲起门来。

“听见了，来了。”克里西生气地喊道。

她打开门，是他们的邻居及病人库特勒先生。

“你妈妈在哪儿？”他一上来就问，“莫德要生了，一直在叫。”他径直走进客厅。“她在哪儿？”他朝楼上喊道，“斯金纳太太？”

“她还在睡觉，或者说，至少在你开始砸门之前一直在睡觉。”

梅布尔·斯金纳出现在楼梯平台上，匆忙地系着睡袍带子。

“库特勒先生？”她喊道，“怎么了？”

“莫德要生了，求您快点。”

克里西和母亲交换了一个担忧的眼神，莫德·库特勒的预产期应该还有四周。

“克里西，”梅布尔喊道，“穿好衣服，把我的包准备好，可以吗？我得开车送莫德去医院。”

库特勒先生似乎有些惊慌。“您不能在家里给她接生吗，斯金纳太太？您知道，她想在自己家床上生下小宝宝。”

“不，库特勒先生，我不能。”梅布尔解释说，“孩子的预产期还有一个月，可能会有并发症。考虑到莫德的年龄，我认为最好还是去医院。现在回家等着我。”

克里西一动不动地站在那儿。再过几个月，她也会变成那样，疼得尖叫，腿分开，蹬在脚蹬里，忍受助产士不屑的目光、父亲的怒火，还有母亲的失望。她开始呼吸困难，她努力说服自己没什么。比利会跟她在一起，只要她还有他，她就可以战胜一切。她抓住门框稳住自己，母亲的尖叫声吓了她一跳。

“克里西！动起来！”

/ # /

第二天，也就是9月3号那个星期天，阳光格外灿烂，实在令人难以想象，竟有人会在这样一个美好的日子宣战。斯金纳一家人围坐在餐桌旁，中间放着无线电收音机，三人手中各捧着一杯茶，各自陷入了沉思。克里西在想她未出生的宝宝，因为她从来没想过其他事情。梅布尔在想库特勒家昨天出生的宝宝，他生得太早、太小了，她希望他能活下来。斯金纳医生已经在想如何庆祝比利·斯特林很快就要永远退出他女儿的生活。他的征召文件肯定过几周就到了。

后门的敲门声打破了他们之间的沉默。斯金纳医生站起来，警惕地开了门，来的是他此刻最不想见的人。

“你想干吗？”他质问道。

“我想跟克里西一起听广播。她在家吗？”

听到比利的声音，克里西跳了起来：“进来，比利，坐。”

他亲了亲她的脸，在桌旁坐下。他握住克里西的手，眼睛瞪着斯金纳医生。医生移开视线，摆弄着收音机上的一个按钮。

11 点 15 分，首相内维尔·张伯伦压抑着声音中的悲痛，向全国人民发表演讲。

今天早上，英国驻柏林大使向德国政府递交正式照会，声明除非我们在今天上午 11 点之前收到他们准备立刻从波兰撤兵的消息，否则英国将向德国宣战。

我不得不告诉大家，我们并没有收到这样的承诺。因此，英国向德国宣战。

克里西一直在屏住呼吸，但还是大声呜咽了一下。比利抱住她，她转过来趴在他怀里。斯金纳医生淡定地点了一根烟，把烟圈吹到桌子对面。

“哦，这一刻终于来了。”他大声宣告，“比利，你最好赶紧去把行李收拾好。”

“塞缪尔！”梅布尔喊道，“够了。你看不出来克里西不开心吗？”

比利站起来：“没关系，斯金纳太太。走，克里西，我们去散散步。”

他们沿着小路漫无目的地走着，克里西抬头望了望天空，问道：“你觉得会安全吗？”

比利笑了，说：“我觉得纳粹空军没这么快到这儿。”

街上空荡荡的，只有几个母亲紧紧抱着自己的小宝宝，她们正赶去教堂为自己的孩子洗礼。空气中的紧张气息触手可及，克里西抱住比利的胳膊说：“对于我爸爸，我很抱歉。”

“从我们认识那天起你就在替他道歉。他永远都不会接受我们这一对，所以我们最好还是习惯这一点。不管怎样，他说得对。我必须要走了。”

克里西停在路上，双手捂住脸。

比利搂着她的肩膀把她拉过来，安慰道：“我不知道该说什么，克里西，这很可怕，我知道，但我什么也做不了。”

二人走到公园里，克里西重重地坐在长椅上。

“情况比你想的还要糟。”她凄惨地说，她放在大腿上的双手颤抖着。“我能抽根烟吗？”

比利惊讶地瞪大了眼睛，然后掏出一包“忍冬”。她从里面抽出一根，但因为手抖得厉害，根本拿不住。

“能帮我点个火吗？”

“当然。”他熟练地点好烟，过了好久才慢慢递给克里西。她把烟放在唇间，吸了一口。

“你这样不对，要用肺呼吸。”

克里西深吸一口，感觉烟雾充满了自己的胸腔。当烟雾顺着她的鼻腔往下走时，她立刻喷出来并剧烈地咳嗽起来，同时眼睛里全是泪。

“谢谢。”她把烟还给比利，终于开口道，“我现在感觉好多了。”

比利笑起来，轻轻吻了吻她的前额：“记住，我们会熬过去的。”

克里西突然陷入沉默，凝视着在公园里奔跑的孩子们，她怀疑他们是否理解那天早上发生了什么。对于他们来说，战争似乎是这个世界上最令人兴奋的冒险。不过，他们很快就会被疏散，与家人分别数月，甚至数年。想到这里，她不由得打了个寒战。

比利躺在长椅上，双手扣在脑后，脸朝着太阳，闭着眼睛。她把头靠在他的胸膛上。她能听到他平静的心跳，她喜欢他身上的温暖、刚洗过的衬衣的香味，还有他腹部肌肉的紧实感。她不知道自己能否忍受与他分离。

“比利？”她终于开口，小声说道。

“嗯？”他应了一声，没有睁开眼睛。

“我怀孕了。”

他愣了一下，然后，克里西感觉到他的心跳变了。他轻轻把她推开，望着她的眼睛。

“什么？怎么会？我的意思是，你不可能怀孕啊，这不可能。”

她看到他脸上的血色逐渐褪去，等着她解释。

“哦，显然这是可能的。”她有些恼怒地说，“因为我已经怀孕了。”

“可是，我们唯一一次发生关系就是那次暴风雨的时候在橡树底下。”他站起来，双手叉腰，“你怎么能让这种情况发生呢？”

克里西像是被掴了一巴掌似的往后缩了一下："我？我还以为你会发现要两个人才能生孩子呢。"

"孩子？"比利重复道，"我不相信。你知道多久了？"

"两个月。"

"可是你什么也没说，直到现在才告诉我。你确定吗？"

"我是医生和助产士的女儿，我当然确定了。"

"这真是场灾难。"比利喊道，"你怎么能这么，这么……"

"这么什么，比利？"

他再次倒在长椅上，双手抱着头。"你告诉你爸妈了吗？"

克里西"哼"了一声，回道："你觉得呢？"

"能给我一分钟吗？我没法……听着，我需要一个人好好想想这事。对不起。我真的太震惊了。"

他从长椅上站起来，头也不回地大步走开了。克里西看着，期待着他转身，可他却突然跑起来，身影迅速消失在拐角处。她这辈子从来没有这样感觉被人抛弃过，也从来没有这样孤独过。恐惧席卷全身，然后突然变成了愤怒。比利怎么可以这样对她？她在公园里四处望了望，期望有人能过来帮帮她，但他们都埋头于自己的生活。她最好还是做个隐形人吧。她抓住肚子，跪在地上，抑制不住地抽泣起来，整个身体也随着上下起伏。

/ # /

儿子突然冲进门的时候，正在缝衣服的爱丽丝·斯特林抬头看了看。她的手指因刚把针推过厚重的遮光布而感到些许疼痛，但不管怎样，为他们的小家准备的窗帘马上就要完工了。他看起来很糟，头发蓬乱，满头大汗。

“比利！”爱丽丝喊道，“哦，快进来，坐下。是个可怕的消息，对吗？”她把儿子推到餐桌旁的位子上坐下，揉了揉他宽阔的肩膀。“真是太可怕、太令人震惊了。我知道有些人一直在等着，但不管怎么说——”

比利转过身来，迷茫地看着母亲。“你怎么知道的？”

“你在说什么？我怎么知道的？我从收音机里听来的啊。我去隔壁，雷哲让我跟他一起听的。”

“哦，战争，对，太可怕了。不过正如你所说的，我们一直都在等着，这只不过是时间问题。”

他扫了一圈厨房，问道：“爸爸去哪儿了？”

爱丽丝嘲弄地说：“我不知道。他今天一大早就出去了。”

比利紧紧抱住母亲，心想：她应该值得更好的。

炉子里有炖牛肉，虽然现在很乱，但肉的香味还是让比利感到些许安慰。那只是一块廉价的肉，但等爱丽丝·斯特林把它做好，它就会拥有菲力牛排的味道和口感。想到浓浓的肉汁在炉子里冒泡，他口水都流出来了。母亲真是一个伟大的厨师。她做的烤土豆美味无比，是世界上最好吃的烤土豆，中间香甜糯软，外皮酥脆色深。她还做了他最爱吃的苹果派，正放在一边准备烧。

“是不是还做了奶油冻？”比利问。

“我做苹果派的时候哪能少了它？”

比利抬眼看着母亲，眼含泪水。多年前，如果她没有走进孤儿院，把他从高椅子上抱下来，让他们两人的命运得以连接，那么此刻，他会变成什么样？他知道战争会将他们分开，想到母亲即将忍受的痛苦，他的心也痛了。他望着此刻已经站在水槽边的她，因为用力擦洗土豆，她的背也抖动着。

“我爱你，妈妈。”

爱丽丝停下手里的活儿，抓住水槽边缘，试图让自己冷静下来。她用围裙擦了擦手，然后转过来面对着儿子：“我也爱你，比利。永远不要忘记这一点。”她从厨房那边走过来，吻了吻他的额头。她没有注意到泪水已经涌出他的眼眶，顺着他的面颊流下来。“好了，现在，你能把东西摆到桌子上吗？”

“当然可以。摆几个人的？”

爱丽丝叹口气，又开始擦起土豆来：“三个。今天是个你爸爸可能会记得自己住哪儿，大驾光临跟我们一起吃午饭的日子。最好还是备着吧。哦，再摆几个葡萄酒杯。”

“葡萄酒？”

“对。”爱丽丝继续说，“还有餐巾。我们今天已经听过坏消息了，一顿丰盛的周日午餐可以让我们都振作起来。那个柜子后面有瓶红酒。我都不记得是从哪儿弄来的了，不过我确定没问题。”

“啊呀！要是爸爸没找到的话，那肯定藏得很好！”

“好了，好了，比利，对你爸爸尊重点儿。”

“当然，对不起，妈妈。”

母亲为什么会对不中用的父亲如此忠诚是他理解不了的。

/ # /

吃完饭后，比利把自己的盘子一推，靠在椅子上。“妈妈，我有点事要说。”

爱丽丝站起来擦桌子："什么事？"

他抓住她的手，常年的家务让她的手变得粗糙而且长满了老茧，他惊讶于自己之前竟然从未留意过。"请您坐下，先别管锅子。"

爱丽丝拉出一把椅子，脸上露出担忧的表情："怎么了，亲爱的？"

"克里西怀孕了。"

她的手飞快地捂住了嘴巴："哦，上帝啊，比利，你怎么能这么傻？"

比利站起来在屋里踱着步："你说的对，我真是太傻了，现在我该怎么办？"

爱丽丝站起来，紧紧抱住他。"没事的，我们会想出办法的。"她担忧地瞥了一眼门口，"不过，最好先不要告诉你爸爸。"

比利赞同地点点头："可怜的克里西。她告诉我的时候我都惊呆了，完全没法消化，然后就直接丢下她跑掉了。她肯定悲痛欲绝。我不敢相信我竟然会做出这么自私的行为。"

他母亲吓坏了："比利！你得跟她谈谈，她现在肯定心烦意乱。哦，上帝啊，真是太乱了，这一天过的！"

"你说得对，我得再见她一面。我的行为太可怕了。"他抓起椅背上的外套，吻了吻母亲的脸颊，"我们一会儿见。"

/ # /

丰盛的周日午餐把比利的胃填得满满的，他小跑两英里来到克里西家。到她家的时候，比利已经气喘吁吁，潮湿的衬衫贴在皮肤上。一开始，他想从诊所的后门绕进去，但后来又改了主意，决定从前门走。他把手指按在门铃上，没有松开。突然，他感到一股对斯金纳医生难以名状的敌意，也不在意他是否会嫌他烦了。他能听到利奥兴奋地汪汪叫，心里默默祈祷来开门的是克里西。唉，可惜从门廊传来的是她父亲嘶哑的声音。

斯金纳医生开了门，站在门廊的台阶上居高临下地看着他。

“斯金纳医生，请问克里西在吗？”

“不在。”

这让比利大吃一惊。

“哦。呃，那您知道她在哪儿吗？”

“不知道。”

“那您知道她多久能回来吗？”

“不知道。”

比利真是恨死这个家伙了。他努力让自己保持冷静：“哦，那能麻烦您给她捎个信吗？不，其实，算了，还是不麻烦了，我就等着吧。”

斯金纳医生没有再说什么，关上门，闩上了门锁。

/ # /

克里西坐在楼梯顶上，偷偷笑了。她知道他一定会回来的，但他之前的反应太可怕了，她需要一些时间整理自己的情绪。她认为让他反思一下自己糟糕的行为对他没有坏处。再等一个半小时她就出去找他。

/ # /

比利坐在人行道上，一边一根接一根地抽着烟，一边思考自己的未来。不管从哪个角度看都不乐观。女朋友未婚先孕，她父亲连看到他都觉得讨厌；国家刚刚宣战，不管他愿不愿意都要去参加这场战争。

听到身后越来越近的脚步声，他一下子跳起来。塞缪尔・斯金纳蹲下来，一脸阴险地凑到他耳边："她在家，但是她不想见你。"

比利转过身："什么？我不相信你。"

"爱信不信，不过我告诉你，你这是在浪费时间。你们显然是吵架了，她不肯告诉我为什么，不过我建议你还是回家去，忘了她吧。"

此刻，比利站起来面对着他的死对头。"那样你就高兴了，是吧？不过不幸的是，你并不知道所有的事实。"他抓起外套，"告诉克里西我明天还会来的。"

/ # /

斯金纳医生转身回到屋里，他朝楼上喊道："克里西，他走了，说他等烦了。你认为你不值得他等吗？不过不管怎样，他很快就要走了。他说不要等他了，去过你自己的生活吧。你知道，我不确定我们还能再见到那个年轻人。"

楼梯顶上的克里西惊得呆住了，忙扶住栏杆稳住身形。她不敢相信。她只是想让他多等一小会儿，现在他却离开了她。怎么会这样？她跑到厕所里，在马桶里吐了一通，但这次吐跟肚子里有个宝宝一点儿关系也没有。

09 信

比利回到家的时候，母亲已经收拾好所有的锅碗瓢盆，坐在火炉旁织东西了。父亲已经回来，在她对面的椅子上睡着了。比利走进厨房时，爱丽丝·斯特林一只手放在嘴唇上，示意他小声点。

“跟她谈了吗？”她小声问。

比利示意母亲随他一起走到前厅。

“别开灯，我还没装遮光帘。我知道这里很黑，不过我还是不想冒任何险。”

他们面对面在一片昏暗中站着，比利告诉了她斯金纳医生的事。

“那个人真是太卑鄙了。他是怎么进入医护行业的，我真是想不通。你觉得他说的是真的吗？关于克里西不想见你的话？”

“我不确定，妈妈，可能是真的吧。我自己也很卑鄙。”

“她肯定会改变主意的，她必须改变主意。她怀了你的孩子。再多给她点时间吧。她也深爱着你呢，别忘了这一点。她知道你去看她，肯定会感动的。等她准备好了肯定会跟你谈谈的。与此同时，你何不给她写封信呢？”

“信？哦，我不知道。”

“考虑一下，比利，如果把你要说的话写下来，意思会更容易表达。你可以向她道歉，让她知道你的感受，而且不需要担心说错话。

你可以寄出去，这会让她很感动的，可以让她看到你的努力。嗯？你觉得怎么样？”

“好，我明天就写。我现在太累了，根本没有精力想这个。真是糟糕的一天。”

“我想我们余生都会铭记这一天的。好了，现在帮我把剩下的窗帘装好怎么样？”

“当然，我需要有点事做。”

等他们装好窗帘，外面的天已经黑了，街上静得出奇。比利稍稍拉开窗帘，瞥见外面的暗影，心想：现在已经开始严格执行灯火管制了。

“外面什么也看不到。”

母亲悄悄走到他身后，望着外面说：“我知道。所有的路灯都灭了。显然，如果你需要在天黑后出去探险的话，那你得找个用棕纸包着的火把。现在连司机都不能开车头灯。”

“这是为了我们自己的安全，不是吗？”比利摇了摇头。

“你得相信政府，比利，他们知道自己在做什么。”

“希望如此吧。”他后退几步，吻了吻母亲的面颊，“妈妈，如果你不介意的话，我现在要去睡觉了。”

“当然不介意。晚安，儿子，睡个好觉。早上起来一切都会变得不一样的。”

/ # /

克里西对着马桶坐在厕所地板上，双手抱着马桶座。她想不到比这更可耻的事情了。男朋友不想再跟她有任何关系，现在，她必须一个人承受所有耻辱。想到要告诉父母，她再次吐起来。浓烈的胆汁把她的鼻子后面和喉咙刺得酸痛，胃部肌肉也疼得厉害。她能听到父母在楼下的厨房中小声说话。虽然听不见他们在说什么，但克里西能猜到。斯金纳医生会得意扬扬地说比利离开她了，事实证明他对比利的看法是正确的。听到上楼的脚步声，她僵住了。她努力去听，当听到那脚步声很轻、小心翼翼地，更像是母亲而非父亲时，不由得松了一口气。厕所门上响起了迟疑的敲门声。

“克里西？”梅布尔小声说，“你还要在里边待多久？已经好几个小时了。”她等着她回答，见她迟迟不应，就又问了一遍：“克里西，亲爱的，你不能在里头待一晚上。让我进来，我们聊聊。”

克里西还是一言不发。

“那好吧，”梅布尔坚持道，“我就坐在这儿一直等到你出来。顺便说一句，你爸爸不高兴了，他只能用后院的厕所。”

这个消息让克里西的唇边挂上了一抹笑意。父亲讨厌用外面的厕所。她试图站起来，却发现腿已经动不了了，她的身体非常僵硬，几乎无法动弹。她慢慢用脚撑住，摇摇晃晃地站起来，好像个新生的小马驹正在迈出自己的第一步。她用颤抖的手指摸索到厕所的门闩，然后慢慢拉开。打开门，她看到一脸震惊的母亲。

“我的天啊，发生了什么事？你看起来可怕极了。”

克里西的嘴巴干得说不出话来，于是，她直接轻轻推开母亲，一头栽倒在自己的床上。梅布尔跟着她进了卧室，克里西脸朝下，头埋在枕头里。她坐在床边，揉着克里西的后背。

“别这样，”她鼓励道，“没那么糟糕。可能比利不是那个人吧。我的意思是，他是个很不错的小伙子，但我们一直都知道，你可以找到更好的。”

克里西坐起来面对着母亲，她的脸上挂着晶莹的汗水和泪水，眼睛肿了，眼眶也是红的。“我爱他，妈妈。”她直截了当地说。

梅布尔迟疑了一下：“我知道你以为你爱他，但你真的知道爱是一种什么样的感觉吗？不管怎么说，他只是当过你的第一个男朋友而已。”

“说到他时你可以不要用过去式吗？”克里西打断她，“他又没死。”

她感到一股怒火又窜了上来，努力把它压住。她又开始摇晃，再次躺倒在床上。梅布尔直勾勾地盯着她，随后，她的脸上突然没了血色，也开始颤抖起来。虽然有些惊愕，但从她嘴里说出来的字却非常清晰。

“你不要脸！”

“就知道骗不了你，是吧，妈妈？”

“你就会说这个？你们俩到了哪一步了？我猜孩子的父亲是比利吧，我的天哪，所以他才会离开你？”

克里西再次坐起来，母亲的反应刺激了她：“你想让我先回答哪个问题？”

梅布尔站起来在屋里踱着步。“我真不敢相信，你这个蠢孩子。你爸爸对他的看法一直都是正确的。”每说一个字，她的音量便提高一截，“哦，上帝啊，你爸爸。”她慌忙关上卧室的门，然后倚在门上，大口喘着气。克里西甚至以为她已经晕过去了，但却听到她说了一句“我得好好想想”。

/ # /

第二天，大不列颠的国民们都接受了已经开战的事实，比利坐下来，开始给克里西写信。“今天几号，妈妈？”他喊道。

“四号。”母亲的声音从厨房里传来。

他在信纸上方认真地写下地址，然后在下面写上日期。现在到了最难的部分了。要是其他情况，这种事情他可能会让克拉克代劳。实际上，他的朋友最后一定会帮他写好，这一点毫无疑问。比利把关于克拉克的想法全从脑子里赶走，试着集中精力。他也不知道这封信将如何结束，但还是在开头写下了“亲爱的克里斯蒂娜”。他觉得如果写全名的话，会让这封信显得更真诚。之后竟然写得出奇地顺利，他对这一结果非常满意。他在信封上仔细写上克里西家的地址，然后贴了一张邮票。随后，他把信塞进外套口袋里，朝妈妈喊了一句：“我去寄信。”

他本来想把信塞到她家的门底下，但又怕再次遇到斯金纳医生，他还没做好准备。不，他要把信送到邮局，给她留点时间消化他写的那些话，然后再去看她。他脚步轻快地走在路上，突然觉得他和克里西一定会重归于好的。他拍拍口袋里的信，心情也跟着好起来。对，他真是个笨蛋，但这封信会让一切都好起来的。

10 双生花

1973 年

蒂娜把比利的信读了三遍才折起来放在咖啡桌上。她拿起一杯可可喝了一小口，可可已经冰凉了。这动荡的一天已经让她筋疲力尽，但单人床上湿冷的灰床单却让她无心睡眠。刚刚比利的信让她暂时把里克抛在脑后，但此刻想到自己的“恶行”，她又觉得很难受。她现在完全是一个人了，但却没有重获自由的喜悦感，只有孤独。内心深处，她知道离开家暴的丈夫是正确的，但未来却让她感到害怕。

她躺在又小又破的沙发上，闭着眼睛，试图把里克从脑子里赶出去。她想象着三十四年前，比利是在怎样的心情下给克里西写那封信的。前一天已经宣战了，所以当时的气氛肯定很不安。可是，他为什么没有把信寄出去呢？或许是他改变了主意，自己亲自送过去了？或许他在寄信的路上被杀死了？蒂娜打了个冷战，责备自己真是电视剧看多了。

她爬上床的时候差不多已经是半夜了，她躺在凹凸不平的陌生床垫上辗转反侧，想找个舒服的姿势睡下。这一刻，只要能让她睡在自己家那张温暖舒适的床上，她愿意付出任何代价，哪怕旁边是鼾声如雷的里克，因为睡觉时只要有他在就会让人觉得安心。她感到极其孤独和害怕。她不喜欢一个人睡觉，任何细小的声音似乎都被放大了。她能听到外面楼道里的脚步声似乎正好停在她门外；角落里的冰箱发出很大的嗡嗡声，水槽上的水龙头有节奏地滴着水。她瞪着眼睛躺在床上，几乎不敢喘气。她强迫自己冷静下来，与此同时，她想起小时候母亲哄她睡觉时唱的歌。

睡吧我的小宝贝

安静会伴随你

整个晚上

守护你的天使会把整晚的安静带给你

那首令人难以忘怀的摇篮曲总是能抚慰心灵，让她相信橱柜里没有怪物。可是这次却没用，她耻于承认——即便是对自己——如果里克此刻来敲门的话，她会立刻跟他走，回到他们熟悉的床上，就像一只待宰的羔羊。

/ # /

第二天早上，蒂娜的精神好了一点。有趣的是，日光下的一切似乎都更美好了。她洗漱完，换好衣服，搭乘公交车去上班。像往常一样，她是第一个到公司的，于是，她烧上水壶，拿出杯子。

“早上好，蒂娜。”一个关系很好的同事琳达说，“周末过得好吗？”

蒂娜看着她把外套挂好，回答道：“好多了。”

琳达凑过来检查着她的脸，惊呼道：“里克？”

蒂娜转过身去沏茶：“我离开他了。”

琳达两只手放在蒂娜的肩膀上，轻轻捏了捏，说："哦，时间问题罢了。那你去哪儿了？"

蒂娜把前一天发生的事情以及自己最后如何住到那个破旧的开间的过程告诉了她。

"你应该来我家的。"琳达喊道，"我不是告诉过你嘛，我家会永远为你留一张床。"

蒂娜抱了抱她说："我知道，我也很感激，但这是我必须为自己做的。"

琳达摇了摇头说："你就是太要强、太固执了。那你有听到他的消息吗？"

蒂娜紧张地瞥了一眼门口，似乎以为里克会冲进来。门开了，她吓得跳起来，但进来的只是来上班的安。

"瞧这个，"她从身后扔进来一袋衣服说，"台阶上找到的。"

蒂娜和琳达都凑过来看。

"里面有张纸条。"琳达说，她撕下来递给蒂娜，"给你的。"

你带走了我的心、我所有的钱，要不把我的衣服也脱了吧。

"谁写的？"琳达问。

蒂娜跑到门口，在街上四处看了看。在那儿，只穿着一条三角内裤在街上晃悠的那个人，正是里克。他从树篱上扯下几片叶子，继续沿着马路往远走，蒂娜只能听到他吹口哨的声音。

她摇了摇头，心想：上帝啊，这正是我需要的。

/ # /

一个星期过去了，又过了一个星期，蒂娜和里克再也没有进一步的接触。她不担心自己，反而有些担心他。时间的流逝必然会让回忆变得麻木。周六这天，她在慈善店里给一些衣服标价。门铃响了，她抬头看了看，惊讶地发现她婆婆走了进来。虽然一直画着浓妆，头发也做成了漂亮的卷发，但莫莉·克雷格看起来还是比实际年龄要大。

“莫莉，”蒂娜朝她打招呼，“很高兴见到你。”虽然嘴上这么说着，但内心里，这个谎言不由得让她的心脏缩了一下。这两个女人之间根本没有什么关爱可言。

“省省吧，蒂娜。”莫莉打断了她，“你知道我为什么会来这儿。”

“我知道？你是想买一套新衣服？”

“别开玩笑了。你跟里克怎么了？我刚才去过他那了，他的状况很糟糕。说是你离开他了，但他不知道为什么。”

“他知道得一清二楚。”

“哦，那或许你可以跟我说说。”

莫莉拉出凳子，在她的大提包里摸出一包烟，她长长的红指甲让这个动作显得异常笨拙。

蒂娜叹了口气：“你随意。要来杯茶吗？”

“还有更厉害的吗？”

蒂娜有些惊讶：“咖啡？”

莫莉根本不理她儿媳妇在说什么。“听着，我不知道你们俩之间发生了什么事，但我认为你至少应该去看看他。我今天早上去看了一下，他那儿就跟个猪圈似的。台阶上有一个星期的牛奶，门后面堆满了信，屋里还有股臭味，我真的以为他死在里头了。所有的窗帘都没拉开，我等了差不多十分钟他才来开门。等他好不容易从客厅慢吞吞地走过来开了门，我都吓傻了。他看起来像是九十岁，身上只穿着一条内裤。他很伤心，蒂娜，不管你们之间发生了什么事，肯定都是可以解决的。”

蒂娜终于能插进一句话了。“他告诉你他打我了吗？”

莫莉似乎有一刹那的震惊，但随即立刻恢复正常。“哪个男人不会时不时地管教一下自己的老婆啊，你肯定是做错了什么事，才把他惹恼了。他确实有点火暴脾气，这一点大家都清楚，可你应该早就知道该怎么应付他了。”

“你真是不可理喻，莫莉。你知道吗，你就是所有问题中的一环——你毁了他的人生，是你制造了这个怪物！”

“怪物？我的小里克？！你别太夸张了。”莫莉缓缓地抽出一根烟，眯着眼睛，“求你了，蒂娜，说出这种话我很痛苦，但你知道你就是他的全世界。”

“哦，那他可能欺骗了我。”

莫莉的语气缓和下来：“我知道，他可能有点难相处，但他爱你，蒂娜，他真的爱你。”

蒂娜能感觉到自己开始动摇了，暗暗地骂自己不争气。

“我知道他爱我，莫莉，我的某一部分也会一直爱着他，但我不能回去。既然我已经跟他分手了，我现在就不能回去。”她知道自己必须保持强硬。

“求你了，蒂娜，就过去看看他吧。”

蒂娜认识莫莉·克雷格这么久，已经深知她不达目的誓不罢休的性格。今天如果自己不答应，她是绝不会离开慈善店的。

“好吧，我今晚回家的时候去看一下，正好可以顺便再拿点东西。”

莫莉如释重负地叹了一口气：“谢谢你。”

她拍拍蒂娜的手，似乎要做出一个团结一致的手势，蒂娜本能地把手缩了回来。“我会告诉他你晚点会回家看他的。”她从凳子上站起来，朝店外走去。任务完成。

蒂娜非常清楚自己被算计了，但她告诉自己，她只是去收拾点东西，她会清楚地告诉里克，她不会再回来，他们之间没有未来。

/ # /

那天晚些时候，蒂娜紧张地站在自家花园前，鼓起勇气走进去。她注意到花园外围的杂草没有了，小草坪也修剪得整整齐齐，甚至连石鸟浴缸里都放满了水，两个“园林小矮人”也闪闪发光。她沿着小路一直走过去，开始用指关节敲门，但随即看到了门铃。之前门铃吊在电线上挂了好几年，现在已经用螺丝牢牢地钉回了原位。莫莉·克雷格显然是夸大了她儿子的堕落情况。她小心翼翼地伸出手指，按下那个闪亮的黑色按钮。虽然早有预料，但响亮的蜂鸣声还是吓了她一大跳。

她还没来得及镇定下来，里克就开了门。蒂娜看到眼前的里克，惊讶得下巴差点掉下来。他穿着一条新款喇叭牛仔裤和一件蒂娜从未见过的格子粗棉衬衫，纤细的腰肢更显惹眼。他的头发长长了，在颧骨周围打成了卷。他还刮了胡子，身上有柑橘的香味。

“你好，里克。”

“蒂娜，很高兴见到你，请进。”

“我也是，谢谢。”

他们像是完完全全的陌生人，而不是夫妻。

门廊的地毯上还有吸尘器吸过的痕迹，蒂娜闻到炉子上炖菜的香味。

“Coq au vin（酒闷仔鸡），”里克解释道，“不过没有‘vin’——就是法语的酒。”

“我知道。”蒂娜说，“希望你这么大费周章不是专门为了我。”她低头瞥了一眼锃亮的厨房地板和闪闪发光的胶木台面。

“哦，妈妈告诉我你要过来的时候，我就决定要振作起来。要是你没时间留下来吃茶点的话也没关系，我明天再热一次。”

蒂娜把包放在餐桌上，说道：“哦，闻着确实很香，我突然觉得好饿。”

里克如释重负地舒了一口气，拉出一张椅子：“我去给你倒杯喝的？我的意思是，软饮料。酒都被我扔了。”

“哦，那请给我来点橙汁吧。”

“那我跟你一样。”

里克打开瓶子，倒好饮料。

“呃，你还好吗？”他问。

“还不错，谢谢。你呢？”

“还好。”

两个人同时喝了一口果汁，沉默顿时令气氛显得有点尴尬。

“那，你多久没喝酒了？”蒂娜终于开口道，她希望自己的语气能听起来随意些。

“自从你离开之后，大概几个星期吧，不过感觉上像是戒了好久了。”他笑着说。

蒂娜眼前似乎又出现了那个曾经让她爱上过的男人。“很好，里克，我很为你高兴。”

他站起来，问道：“我去把菜端来？”

“好的，谢谢。需要帮忙吗？”

“不用，你坐那儿就行。”

鸡肉又嫩又香，这道菜完全没有因为少了红酒而有丝毫逊色。吃完饭后，里克收拾盘子，蒂娜就坐在沙发上等他。

他抓着茶巾就过来了：“弄完了。要喝杯茶吗？”

她瞥了一眼壁炉架上的钟。钟走得很准，这说明里克记得给它上弦了。“不用了，谢谢，我得走了。”

里克看起来很失落，但并没有阻挠：“哦，谢谢你能来，蒂娜。见到你真好，真的。”

“见到你也真好，里克。”她惊讶地发现，自己说这句话的时候竟然是真心的。

等回到开间的时候，她才发现自己忘记多拿点衣服了。没关系，她明天会再去一趟的。这一次他会毫无防备，然后她就能知道他是不是真的变了。

/ # /

星期天是蒂娜唯一的休息日。今天，除了要从原来的家里多拿点衣服，她还有一件特别的事情要做。她要去克里西・斯金纳家，把那封多年前就该寄给她的信送到她手里。当然，她预料到这件事不会这么简单。首先，克里西这些年仍然住在森林花园33号的机会就很渺茫，但这至少是个起点。她从格拉哈姆那儿借来破旧的城市街道图，在上面找到了地址。有公交车可以直达。踏上公交车的时候，她感到异常兴奋。她又把信看了一遍，正在这时，公交车售票员挥舞着售票机朝她走了过来。

“去哪儿，亲爱的？”

她听出了这个声音，抬起头来。

“斯坦，怎么是你？”斯坦是里克以前的同事。

“我的天哪，蒂娜·克雷格！你可不常坐我这条线。还好吗？”

蒂娜犹豫了一下：“嗯，还好，还好。”

“你们家那老家伙那天去汽车站了，想重新回来上班。”

这个消息让蒂娜大吃一惊：“里克？”

“对，他没有告诉你吗？”

“哦，没有，我们已经分手了。”

“哦，真遗憾。他一点儿也没提这事。”

“呃，这是刚发生的事。你知道，这有点——伤感。”

“我理解。不过，要是你见到他的话，代我问好。”

“我会的。到森林花园。”

斯坦按了几个按钮，转动把手，蒂娜的票便从机器里吐了出来。

“回见，亲爱的，照顾好自己。”

/ # /

森林花园与蒂娜居住的地方分别位于曼彻斯特的两个相反方向，这一片她一点儿也不熟。这边的路都是四方形的，中间是草地，四周围着金属栏杆。蒂娜推开一扇生锈的大门走了进去。花园里长满了草，还有一张涂满涂鸦的公园长椅，周围似乎已经没有什么老房子了，只有一排现代复式公寓，绝不可能是20世纪30年代的产物。当她看到一位老太太沿着小路缓缓地往前走，用手杖清理着挡在路上的刺藤时，她开始怀疑自己这趟白来了。老太太气喘吁吁地坐到蒂娜旁边的长椅上。

“早上好。”她说。

“早上好。”

“以前没在这儿见过你啊，是刚搬来的吗？”老太太朝那边的公寓点点头。

“哦，不是，我是来这儿找个人。她很久以前住在这里，33号。”

“哦，我从出生就一直住在这里，我在这些花园里度过了许多快乐时光，现在也每天都过来。我喜欢坐下来冥想。如果我闭上眼，集中精力，就能听见孩子们嬉笑玩耍的声音。我喜欢那样。很久以前的那些名字我都记得清清楚楚，可就是记不住昨天发生的事，这记性啊！”老太太自说自笑，露出一排黄黄的牙齿，“你要找谁？”

“克里西·斯金纳，她以前住在——”

老太太抬起一只手。“我知道她以前住在哪儿。”她用羊毛袖子轻轻擦了擦眼睛，“我对他们家很熟悉。克里西的父亲是本地的医生，她母亲是助产士，克里西以前经常给她当助手，我的孩子就是他们俩接生的。”

这个消息令蒂娜大吃一惊：“哦，我的天哪！呃，那您知道克里西后来怎么样了吗？我有点东西要给她。”

“我们去喝杯茶怎么样？拐角那儿有家小餐厅，我们可以好好聊聊。”

“好。”她朝老太太伸出一只手，“我叫蒂娜·克雷格，很高兴认识您。”

老太太挣扎着站起来，握住蒂娜的手。

“莫德·库特勒。”她说。

/ # /

莫德·库特勒坐在咖啡厅里，手里捧着一杯浓茶，开始讲述。

“我今年八十岁了，但一切似乎都发生在昨天。战争爆发前一天，我生下了我们家汤米。他还有一个月才到预产期，所以我自然很担心。我丈夫吉米跑到诊所去找斯金纳太太，他当时都慌了，真的。那天早上挺早的，他担心会吵醒医生。那个家伙，他总是担心这个担心那个。开门的是克里西，吉米虽然很慌张，但他还是注意到她脸色很差。平日里她一直都是个漂亮的小女孩，但那天早上她脸色苍白，看起来很疲惫。话说回来，因为孩子生得太早了，我们只能去医院。克里西和她妈妈也一起去了。可怜的吉米，他特别怕失去我和孩子。我当时已经四十六岁了，他才三十，他以为我们俩都要死了。”

莫德停下来喝了一口茶，蒂娜也喝了一口。

“不管怎样，汤米生下来的时候，斯金纳太太就把他抱走，去弄醒他。你知道，他当时浑身发青，根本不喘气。吉米跟着她和孩子一起去了，克里西陪着我，护士拿了一个便盆来让她吐。我不明白为什么，因为她已经看过很多次生孩子了，不过后来我就猜到了，而且我猜的当然是对的——她自己也怀孕了。在 1939 年，这种事对于任何未婚少女来说都是坏消息，而对于斯金纳医生这样的父亲来说，那就是灾难。她显然非常害怕她的父亲，她父亲也非常讨厌她的男朋友。

可怜的克里西，她当时真的紧张地颤抖起来，最后变成了我照顾她，而不是她照顾我。她甚至还没有告诉我孩子的父亲是谁。”

“您知道克里西和她的孩子后来怎么样了吗？”蒂娜问。

莫德凝视着远方，似乎过去的一幕幕正在她眼前重现。

“那真是个——悲剧。可怜的梅布尔·斯金纳在灯火管制的时候死了，是被一辆没有开头灯的汽车撞死的。她是真的没看见。你知道，那时候不让开灯。”

“太可怕了。那克里西呢？”

“被她父亲送走了。我想他妻子没了之后他就疯了。他把克里西送到爱尔兰去跟他的大姨子一起生活。他无法忍受那种耻辱。对于他那种地位的人来说，这种事太丢脸了。从那之后就再也没有人见过克里西。”

“那您认识她男朋友吗？”

“比利？不，不太认识。他比她大几岁，所以我猜他肯定是上前线了。话说回来，你为什么要打听这些事？”

蒂娜把那封信递给莫德。老太太看着信，骨节突出的双手开始颤抖起来：“她肯定是后来告诉他了。看来他处理得不太好。这个你是怎么拿到的？”

“有人把一件西装丢在我们慈善店门口的台阶上，我从西装口袋里找到的。信从来没有寄出去过，我只是想克里西应该看一看。”

“抱歉我只能帮你这么多了。”莫德抱歉地说。

“没关系，您已经帮了很大忙了，我已经耽误您不少时间了。”

“我很喜欢跟你在一起，蒂娜，很高兴能跟你聊聊。”

蒂娜几乎不太敢问下一个问题。“那您的孩子呢？小汤米？”

“他的命是梅布尔·斯金纳给的，是她丰富的助产经验以及她在汤米出生后对他的悉心照料才让他活了下来。每年她的忌日我们都会带一些花去她墓前祭奠，她就埋在圣文森特墓地。她是一个大好人，我真的希望你能找到她的女儿。”

蒂娜猝不及防地喉咙一堵：“谢谢您，莫德，我也希望能找到她。”

11 意外的礼物

第二天早上，蒂娜坐在办公桌前，就她所知道的克里西和比利的事情做了笔记。她知道比利以前住在曼彻斯特吉尔本特路 180 号，但不知道他姓什么。她知道克里西之前住在哪里、她父母叫什么名字，知道她的母亲是在灯火管制的时候去世了。如果她去祭拜一下梅布尔·斯金纳，或许可以找出她的出生日期。莫德·库特勒说过，克里西被送去跟斯金纳医生在爱尔兰的大姨子一起生活——那肯定是梅布尔的姐姐。想到自己在假装侦探，蒂娜竟然有种莫名的兴奋。她很乐意用这件事来麻痹自己，让自己能从目前的麻烦中分分心。

“早上好，蒂娜，你在忙什么呢？”

琳达冲她打了声招呼，她吓了一跳，一边迅速转过身来，一边把纸往包里塞。她不确定为什么，但她不想让别人看见克里西的信。

“没什么，就是记一下购物清单。你怎么样，周末过得开心吗？”

琳达重重地坐在蒂娜对面的办公桌前，把打字机往后一推，趴在桌上。“累死了。我们昨晚去了鲍勃和卡洛琳家，他突然开了一罐啤酒。我们两点才回家。”

“星期天？哦，那只能怪你自己了。小心点，詹宁斯先生来了。”

琳达不情愿地坐起来，把打字机拉回面前，正在此时，詹宁斯先生停在她桌前。

“早上好，琳达，你看起来状态很糟啊。”

“早上好，詹先生。”

他把一捆纸丢在她桌上：“这些需要十点之前打好。”

琳达瞥了一眼手表，惊叫道：“十点？啊，詹先生，求您了，那我只有一个小时啊。”

“哦，那你最好现在就开始。”他大步走开，琳达在他背后做了个鬼脸。

蒂娜大笑起来：“嘿，给我点儿，我帮你做。”

“你确定吗？我的意思是，你自己活儿也挺多的。”

“在我改变主意之前赶紧给我，别抱怨了。”

蒂娜的打字水平是全公司最棒的。她的手指在键盘上飞舞，不断响起的铃声表示她又完成了一行。她甚至还不耽误聊天。

“我星期六去看里克了。”她看着琳达，但手却一直没有离开键盘。

琳达停下正在摆弄的打字机带，抬起头来看她：“我能说点什么吗？”

“我能不让你说吗？”

“我希望你没有想着要回去。”

“当然没有。莫莉去店里找我，问我能不能去看看他，就是这样。她说他过得一团糟，但我去的时候，家里一尘不染，他甚至连饭都做好了。”

“那是他知道你要去吧。”

蒂娜不情愿地承认了这一点：“嗯。莫莉告诉他了，但即便是这样，他看起来真的很不错。还有，他酒也戒了。”

“嗯嗯，我倒要看看他这次能坚持多久。”

“够了，琳达。他真的在努力了，你知道的。”

“哦，我知道。只是你要小心点儿，我想说的就是这个。”

“我昨天本来想过去的，但后来事情一件接着一件，就没抽出时间。不过，我今晚还要去一趟，我得去多拿点衣服。他不知道我要去，所以这回我就能知道他之前是不是在临时表演了。”

“那你做好失望的准备吧，蒂娜。”

打印机的铃又响了，蒂娜挑衅似的挥舞着手腕，按下回车键。

/ # /

当蒂娜离以前的家越来越近时，她把手伸到包里，掏出自己的小粉盒，在鼻子上擦了一点粉，然后用手逢了蓬头发。

里克来开门，门只打开了一条缝。

“你好，里克，抱歉没有打招呼就过来了，我周六忘了再拿点衣服了。你介意我现在进去拿吗？”

“蒂娜？当然不介意，没问题，快进来吧。”

他一边把门开得更大些，一边偷偷朝身后瞥了一眼。

“其实，家里有客人……只是一个朋友。”

“哦，抱歉，要是不方便的话，我改天再来。”她转过身，想在他看到自己脸红之前离开。

“别犯傻了，你来都来了。这里还是你的家，蒂娜。”

“呃……”

客厅里传来一个尖亮的声音。

“是谁啊，里克？”

“呃，是蒂娜，她来拿点衣服。”

他转过身对着蒂娜：“她叫朱莉。”他犹豫了一下，继续说道：“我刚才说了，只是一个朋友。”

蒂娜不屑地挥挥手：“你不用跟我解释。”

“我知道，但我不想让你以为我遇到个女孩就会跟她上床。”

蒂娜突然发现这个想法令她不知所措。她无法想象里克跟其他女人在一起，不期而至的嫉妒令她的脖子和脸更红了。

“我就上楼去拿点我自己的东西。”慌乱中，她在楼梯底下绊了一跤，包也掉了，包里的东西撒了一地。

里克弯下腰，说道 ：“来，我帮你捡。”

“不用了，我自己能行，你快去找你的朱迪吧。”

“是朱莉。”他脸上露出一抹微笑，纠正道。他到底是喜欢看她不舒服呢，还是个想彻底控制她的偏执狂？

/ # /

走进卧室，蒂娜注意到床上很整洁，所有的东西都一丝不乱。地上没有内裤，没有满满的烟灰缸，杯子里也没有冷茶渣。她走到床前，轻轻掀起羽绒被，然后拿起自己以前的枕头。她用力闻了闻枕头，像一只野生动物在觅寻敌人的气味。那味道那么熟悉，甚至让人欣慰，她的泪水忍不住涌了上来。她从套筒里抽出一张纸巾，轻轻擦了擦快要花掉的眼妆，然后深吸几口气，让自己冷静下来。接着，她从衣柜里拿了些衣服，便匆匆下了楼。她能听到沙发上的声音，便把头贴在门上。里克和朱莉正一起坐在沙发上，他的胳膊很随意地搭在她肩膀上，她那留着一头金发的大脑袋正靠在他怀里。蒂娜快要无法呼吸了。

“我走了，里克。”她终于勉强说出一句话。

他跳起来，与此同时一把推开朱莉。

“我送你出去。”他跟着她走到过道上，“你需要的所有东西都拿完了吗？”

“我需要的所有东西就在这儿了。”只过了几秒钟她便恢复了理智。里克就是个酒鬼、混蛋，他轻视她，偷她的钱，强奸她，打她。她下定决心一定要强硬。

他靠过来吻了她的面颊：“那我们回头见。”

她转身离开，没再多说一句话，她不敢让自己再开口。

/ # /

首先让她警觉的是嘴里的金属味；之后的几天早上，她一闻到咖啡味就开始觉得恶心；直到当例假没有按时来时，她最担心的事情终于被证实了。曾经她一直想要个孩子，这个消息本该让她兴奋，但想到孩子将要出生在一个充满仇恨和暴力的环境中，她忍不住想哭。她能想象得到，当克里西发现自己怀孕时是什么感受，此刻她无比同情她。比利和克里西当然是两情相悦，但他们的孩子确实是计划外的，她不知道里克的反应是否也会像比利一样。这个想法令她感到恐慌，同时更显古怪，因为她知道宁可自己把孩子养大也不会回到里克身边。他会做出什么反应对于她来说根本不重要。

孩子的预产期在圣诞节左右。当距离预产期还有大约五个月时，蒂娜知道她必须告诉里克他要当爸爸这件事了。

过去几个月里他们只见过几面，但两人的关系已经有所好转。更重要的是，他一滴酒也没再喝过。他现在又去公交车公司上班了，挣着一份不错的薪水。

蒂娜考虑了一下自己的处境。虽然这个开间给了她一定程度上的平静和安宁，但她却孤单得要命。她想念里克，想念在他喝酒前他们拥有的一切——他们曾经一起度过的短暂却又幸福的时光。她不属于这里，这阴沉发霉的装潢、腐朽的气味都与她格格不入，现在一周里最值得她期待的事情就是把她的绿盾邮票贴在书里。她时不时地允许自己想象与里克重归于好的情景。他真的已经彻底变了吗？她决定让自己和孩子一起去找出答案。她已经下定决心，是时候告诉他自己怀孕的事了。

那天晚上她去找他的时候，他正在厨房熨自己的衬衣。他穿着公交车司机的制服，这让蒂娜想起了他们最初的浪漫邂逅。她烧上水，他跟她友善地聊着天。

“我六点钟得去上班。我现在上晚班。”

“哦，好。很好。”她努力掩饰自己的失落，“呃，我有点事要跟你说。”

他在熨斗底下吐了一口水，用力压在正在熨的衬衣领子上。

“什么事？”他拿起衬衣，挂在衣架上。

“里克，你能不能稍微坐一下？”

“当然可以，反正那也是最后一件衬衣了。”他拉过一把椅子，坐在蒂娜对面的桌子前，“怎么了？”

她的嘴巴里突然干得厉害。她摆弄着喉咙处的项链，吞吞吐吐地说：“呃，我想，我最好还是说出来。”

“我也希望你说出来。”里克瞥了一眼手表说。

“或许，我还是改天再来好一点。”

他伸过手来抓住蒂娜的手：

“对不起，蒂娜。你继续，什么事？”

她站起来穿过厨房，望着窗外。后花园里的草坪很整齐，也没有杂草，一条小石子路蜿蜒着通到堆肥堆下面，苹果树刚开始结果，虽然花坛植物都已经过了旺季，但这片花园在荒芜的后街上仍然是一处宁静的避风港。草坪四周的砖墙让孩子可以在里面安全地玩耍，蒂娜想着那里甚至有地方可以放个小滑梯。她必须离开那个开间。

她转过身来面对着里克，终于说了出来：“我怀孕了。”

他俩都没有动，一段长长的、沉重的沉默过后，里克两只手捂住脸。蒂娜注意到他的双手在颤抖，他站起来走到水池边用冷水泼了泼脸。

“我不敢相信，蒂娜。”他终于开口道，“我感觉像是被人从背后捅了一刀。过去几个月里我那么努力，我一滴酒也不沾，找了份体面的工作，操持家务，一次也没有强迫你回来。每次见到你的时候，我唯一能做的就是不让自己跪下来求你回到我身边。而你，却一直在见别人。你为什么不告诉我？是怕我知道你不会回来了再开始喝酒吗？”

蒂娜一边皱着眉头，一边试图理解他在说什么。“里克，我怀孕五个月了，孩子是你的。”

里克缓缓直起身，眼神也明亮起来，嘴边露出一个大大的、难以置信的微笑。

“什么？哦，我的天哪，蒂娜，你确定吗？”他把她抱起来转了一圈，然后想起她现在的情况，又慢慢把她放下。

“对不起，我只是不敢相信。”他指指她的肚子，“我能摸一下吗？”

她笑着点点头。他把手轻轻地放在她肚子上，然后轻轻压了压。

“我什么也感觉不到。”

“哦，现在还有点早。”

他拉出一张餐椅，扶着她坐下：“什么时候生？”

“圣诞节。”

“太棒了。我真是不敢相信。”他再次说道。

他握着她的手，坐在桌子对面的椅子上：“现在有动静了吗？”

蒂娜摇摇头，低头看了看。

“不能像以前那样了。”她小声说。

“肯定不能。”他恳求道，“我现在已经变了个人了。”他又用力捏了捏她的手，保证道：“现在你是最重要的，你和宝宝。我答应你一切都会好起来的。我爱你，蒂娜。”

她把手抽回来，捧着丈夫的脸，真挚地说道：“我也爱你，里克。”

这是实话。不管发生过什么，她对他的爱从未停止过。

12 回家

第二天早上蒂娜醒来的时候，过了好一会儿才意识到自己在哪儿。她用胳膊肘把自己撑起来，在黑暗中眨眨眼，之后，一切都想起来了。她回家了，旁边的里克仍然睡得很香。她从床上爬起来，穿上一件里克的衬衣——那衬衣大得夸张——下楼去浇水。凝视着窗外时，她突然感到肚子里有一丝颤动。她不知道那是宝宝在动，还是因她自己太过兴奋所致。没错，此刻她心花怒放，因为自己终于回家了。她没有察觉到里克正在接近，直到他从背后抱住自己。

"哎，你吓我一跳。"她转过身来笑着对他说。他靠过来，轻轻吻住她的嘴唇。

"睡得好吗？"他一边问，一边把手挪到她长发下的后脖颈处，更热切地吻着她。她迟疑地回应着，并没有把他推开。昨晚他们什么也没干，单纯地互相依偎着睡了一宿，里克对此很满足。但此刻，他似乎想要更多。就在她稍微有点放松，准备享受丈夫多年来第一次温柔的爱抚时，他突然推开她，拎起水壶问："要喝点茶吗？"

"呃，好的，谢谢。"她把衬衣紧紧裹在身上，叉着手把衬衣合起来，坐到桌前。

里克笑了，解释道："别这样，蒂娜，我们都得去上班呢。对了，今天晚上需要帮你把东西搬回来吗？我之前主动要求多上一个班，所以得六点才能下班，之后随时听你差遣。”

蒂娜试图将这个主动要求加班、浪子回头的里克与之前那个懒散、不愿工作的里克对应起来。

“不用，没关系，我只有一个小箱子，自己搬就行。”事实上，她是不愿意里克看到她住的那间简陋的小屋。

/ # /

来到公司，蒂娜把这个消息告诉了琳达。正如她所担心的那样，她的朋友并不赞成。

“你这是要干吗？”

蒂娜继续打字，她不敢看琳达的脸：“他已经变了，琳达，真的。”

“他会毁了你的。一朝是酒鬼，永远是酒鬼。”

“你说的不对。人是可以改变的，而且，还有点别的事。”

“什么事？”琳达质问道。

“我怀孕了。”

琳达从椅子上靠过来，两只手扣在脑后：“天哪，那他会把你们都毁了的！”

“琳达，你怎么能这么冷血？我希望你为我高兴。”

琳达开始整理桌上的一些文件，低声说道：“小心，詹先生来了。”

她俩都闭上了嘴。詹宁斯先生走过来，瞥了一眼，确定她们是否在努力工作。

“听着，”等确定詹宁斯先生听不到了，琳达说，“我们一下班就直接去喝东西，到时候我们可以好好聊一聊。”

“你说什么我都不会改变主意的。”

“也许吧，但如果我连试都不试的话，我自己心里都过不去。”

/ # /

酒吧里挤满了提前来喝一杯的人，空气里早已弥漫着浓浓的烟味。她们在角落里相对安静的地方找到一张空桌子，琳达买了喝的过来。蒂娜已经抽空回开间拿了东西，总觉得拎着小箱子的自己格外显眼。

“贮藏黑啤。”说着，琳达把酒放在她面前。她嘴上咬着一包猪肉皮，所以发音很不清楚。她一张嘴，猪肉皮便掉到了桌上。

“很好。”蒂娜把东西推给她，“正是我现在的感觉，油腻的干猪皮片。”

“那给我，我自己吃。”琳达打开包装袋，空气里顿时充满了又咸又油腻的气味。

蒂娜赶紧用两只手捂住鼻子：“我觉得我要吐了。”

“蒂娜，你太能演了吧。”琳达叱责道，“快喝点东西，别抱怨了。”

蒂娜一边笑朋友的直率，一边拿起酒杯：“我记得我在什么地方看到过，说怀孕的时候喝酒对宝宝不好。”她喝了一小口，思索着说，“你觉得这是真的吗？”

“我觉得这是你最不应该担心的事。这个宝宝的父亲是个畜生、酒鬼，一个暴打过你很多次，而你每次都会替他找借口的混蛋，你的宝宝即将在这样的环境里长大。”

“他只有喝酒的时候才打我。”

“又来了，喝酒打人就对了？啊？”

“当然不是，可是我告诉过你，他已经好几个月没喝酒了。要不是相信他真的改了，我是不会回去的。我现在得考虑孩子。”她摸摸肚子笑着说。

“那还有个问题，要是他伤害孩子怎么办？”

“天哪，琳达，你一点儿也不了解我，是吗？要是我有一秒钟认为他会那样做，你觉得我还会考虑回到他身边吗？”

“我只是说说而已。对了，预产期是什么时候？”琳达问。

“圣诞节。”琳达数了数手指头，说，“所以，你已经怀孕五个月了？怪不得我觉得你的腰最近看起来有点圆了。”

蒂娜笑了：“为我开心吧，琳达，我爱他。”

琳达叹了口气，说：“对不起，我没法为你开心。我知道爱情会让你变得盲目，但我不知道它还能让你变蠢。”

/ # /

蒂娜回到家的时候已经七点了，她错过了一趟公交，只能又等了二十分钟。里克已经在家了。当钥匙插进门里的时候，蒂娜感到一阵兴奋。

“抱歉，我回来晚了。”她把小箱子拖到客厅里，喊道，“我错过了公交车，然后——”

她看到里克站在厨房门口，嘴里叼着一根烟，立刻停住了。

“我以为你改变主意了。”他的声音更像是责问，而且透着十足的威胁。

“当然没有。”她扑到他怀里，搂住他的脖子，灵巧地避开烟头。

他没有回应，只是僵硬地站在那里。她退后一步，抬头看着他。

“真的很抱歉，我下班后去跟琳达很快地喝了点东西，然后——”

他一把把她推开，质问道：“你去酒吧了？”

蒂娜心中升起一阵恐慌感。“哦，她想跟我聊聊。詹宁斯先生不喜欢我们上班的时候聊天，所以她就提议我们快点去喝一杯，后来我就没赶上公交车。”她意识到自己听起来很恐慌，语速也变快了。

“我认为在我妻子回来的第一天晚上，让她准时回来吃茶点并不是什么过分的要求，不过琳达显然抢先了一步。”

“茶点？”蒂娜从他身边挤过去，走进厨房。

桌上已经摆好了两个人的餐具，还有蜡烛和餐巾，中间摆着一罐她最喜欢的小苍兰果酱。

“哦，我们开始吃饭吧，好吗？我都快饿死了。”

“在垃圾桶里。”

里克转身进了客厅，只留下一句话也说不出来的蒂娜。她只是晚了一个小时而已，当然，他可能等得稍微久了点。她坐在桌前，思索着他所做的努力。或许是她太自私了，这是她回来的第一天晚上，他如此大费周章地张罗；或许他是对的，她本来可以早点回家，多帮点忙的；或许做饭的本就应该是她，而不是他。她的心怦怦直跳，她走到客厅里找他，坐在他旁边的沙发上。他没有理她，继续看着报纸。

“里克，对不起，你能原谅我吗？”她轻声说。

他把报纸放在大腿上，然后看着她说：“我对你很失望，蒂娜，就这样。我以为这是你想要的，但当你甚至都没有出现的时候，我怀疑这是否真的是你想要的。”

“当然是了，里克，我想要我们一家三口在一起。”她的下巴开始颤抖，声音也变得嘶哑。

“哦，那你需要做出一些承诺，从把我放到第一位开始。”

“我会的，里克，对不起。”

不一会儿，他的心情变好了，面带微笑地搂住她的肩膀说："好姑娘。那你开车去鱼薯条店吧，只能这样了。"

蒂娜如释重负地舒了口气，吻了吻他的脸颊："当然。我很快就回来，你好好歇会儿。"

/ # /

后来，她心满意足地躺在他怀里，庆幸自己做了正确的决定。要是换作以前，她回来晚了肯定会让里克大发雷霆，而她必定会以破裂的嘴唇或乌青的眼睛为代价。这一次他们冷静地讨论了这件事，里克让她看清了自己错在哪里。琳达错了，人是会变的。

"蒂娜？"

"嗯？"

"我想让你明天去辞职。"

她吓了一跳："为什么？"

"呃，你还有四个月就要生小宝宝了，而我现在已经有了一份正经工作，你从我这儿偷走的钱应该也还剩了一些，你知道的，就是全国越野障碍赛赢的钱。"

他用了"偷"这个字眼，这让她有点不舒服，但她承认大部分钱都还存在银行里。她并没有把那些钱挥霍掉，只在必要时才用，比如购买食物和交房租。

"那就这么定了。要是你喜欢的话，周六还是可以去店里上班，让你出去稍微走走也好。"

蒂娜又往他怀里钻了钻，回味着丈夫的慷慨大方。他终于准备成为家里的顶梁柱，养她和宝宝了。她会待在家里，满足一家人的所有需求，一切都会很美满。

/ # /

第二天，蒂娜站在詹宁斯先生巨大的红木办公桌前。已经到了下班时间，她很想快点回家。她一手拿着信封，在另一只手上有节奏地拍了拍。

“什么事，蒂娜？”

“这是我的辞职信，詹先生。”她递上信封。

“我不会接受的。”他两只手仍然扣在面前，答道。

“恐怕您必须接受。”她把信往桌上一扔。

“你是我这儿干得最好的姑娘，蒂娜，你知道的，别人见了你都得低着头走。你怎么会想辞职呢？”

“哦，我丈夫现在找了一份不错的工作，我们存了点儿钱，而且，不管怎样，我怀孕了。”

“明白了。”詹宁斯先生拿起信封，小心翼翼地打开，“这是你想要的？”

蒂娜不确定该如何回答。这是里克的主意，但她能明白其中的道理。她怎么能一边照顾孩子一边好好工作呢？里克是对的。她应该待在家里，照顾他和孩子。

“是的，先生。”最终，她开口道。

听到这个消息，琳达大吃一惊。“你不能走！我就知道会发生这种事。你才回去五分钟他就已经在控制你了。至少你可以等孩子出生后再走。”

“这跟里克没有关系，是我自己的主意。”琳达这样武断的言论令蒂娜很生气，但她更气的是，琳达说得是对的。

她匆忙穿上外套，接着说：“听着，我得走了，我可不想回去晚了。”

“上帝保佑，”琳达说，“去吧，我们明天见。”

/ # /

蒂娜下定决心要比里克先到家，做好饭等他。天遂人愿，她不仅有时间做了他最爱吃的牧羊人派[①]，洗了个澡，还收拾了屋子。当时钟指向八点的时候，她开始担心起来。他昨天那样小题大做，她还以为他会准时回家。九点了，她决定打电话去汽车站问问他是不是出了什么事耽误下班了。总台的玛丽告诉她，他五点左右就走了。时钟慢慢地爬到了十点，蒂娜恐慌起来。牧羊人派已经干了，她的神经极度紧张。她想都不敢想他是不是出了什么不好的事，他们刚刚破镜重圆，还有那么多美好的事情值得期待。她第一百次地从棕色天鹅绒窗帘偷偷往外看，但街上还是空荡荡的，她的心又沉下去一次。她再次拿起电话听着拨号的声音，确认电话没有坏。她没法老老实实地坐着，一直咬着指甲在屋里踱步，这个习惯本来好几年前她就已经改掉了。前门传来轻微的动静，她一下僵住了，然后赶紧冲过去开门。里克正拿着钥匙准备找锁眼。

“里克！”她高兴地喊道，“你去哪儿了？”她挥舞着双臂抱住他，让自己沉浸在轻松的氛围中。

“停。我跟你说过要跟那些家伙去喝一杯的。别担心，我只喝了橙汁，米其下周要结婚了。”

---

① 牧羊人派是一道主食，用土豆做成的。

“米其？”

“哦，就是迈克，因为他长得像米其林宝宝，所以我们都叫他米其。”

“不说这个了。我在家担心死了。你从来没说过要出去啊。”

“没有吗？我肯定说了。不管怎样，我的茶点呢？我都快饿死了。”他弯腰吻了吻她的唇，蒂娜非常感激她的男人终于回来了。要不是他呼出的气息里有股啤酒的臭味，一切会显得更完美。

13 比利之死

格拉哈姆进来的时候，蒂娜正居高临下地坐在慈善店柜台后面的凳子上。一阵风卷着几片黄叶子吹进来，差点把门上的链子吹掉。九月末的天气显然已经有些凉意，蒂娜不由得抖了一下。

“早上好，格拉哈姆，你还好吗？”

店里开张前，他每周六都会过来聊会儿天。他搓搓手，朝手上哈着气：“早上好，亲爱的。啊，外面冷死了。”

他吻了吻她的面颊，看着她隆起的肚子，惊讶地说：“你——”

蒂娜从凳子上滑下来，叹了口气：“现在只剩三个月了，我等不及了。”

“你在家过得怎么样？”他小心翼翼地问。

“格拉哈姆，求你别瞎操心了，我跟你说过了，一切都很好。”

“你看起来很累。”

“那是因为我已经怀孕六个月了。真不敢想象要是里克没有让我辞职的话，我现在会累成什么样。你知道，他真的在照顾我。”

“他还是没有喝酒？”

蒂娜假装忙着泡茶。

“蒂娜？”

“呃，我觉得他可能喝了一次。你知道，跟汽车站的那些家伙一起，但这不能怪他。他一个星期只去一次，周五晚上，我觉得这样挺好。他已经很努力了，跟以前不一样。”

“你是在试图说服自己吗？”

“你真是跟琳达一样坏。我相信他，这就够了。”

格拉哈姆妥协了。“好吧，对不起。”他指指柜台上的信封，“谁寄来的？看起来很旧了。”

蒂娜条件反射似的一把把信抓起来，抱在胸前。除了莫德·库特勒，她没有跟任何人提起过比利写给克里西的信，而且也没有打算告诉任何人。她不知道为什么，但她就是想一个人完成这件事。她仔细斟酌了很久要不要继续进行下去。或许克里西和比利都已经跟其他人结婚了，现在都有了属于自己的家庭，这封信可能会带来许多不愉快；或许他们中的一个或者两个已经去世了，这样只会揭开他们的旧伤疤。

“没什么。跟你没关系。”

格拉哈姆似乎很受伤：“对不起。”

她立刻为自己刚才的尖刻口气感到后悔，格拉哈姆只是想随便聊聊罢了。“不，该说对不起的人是我，格拉哈姆，我不应该这么尖刻地跟你说话，你真的是一个很好的朋友。不过我很好，真的。现在我们喝点茶吧。别聊我了，说点其他的，好吗？”

/ # /

那是十月末一个狂风呼啸的周五下午，蒂娜终于站在了吉尔本特路的排屋外。她把比利的信牢牢塞在口袋里。虽然有所保留，但她有股强烈的欲望，想要找出这对年轻的恋人到底经历了什么。敲门的时候，她注意到蓝色的油漆已经剥落，门环也因为鲜有人用变得有些僵硬。这座房子显然并没有太多客人光顾。她再次敲了敲门，正打算放弃，却突然听到里面传来一阵杂乱声。

“谁啊？”一个上了年纪的声音问。

“呃，您好，我叫蒂娜·克雷格。我想找一下这个房子以前的住户。”她趴在邮箱前，用手指把它推开，这样里面的人就能听到她的声音了，“他叫比利。您认识他吗？”

里面沉默了很久，蒂娜也不知道接下来该怎么办了。随后，她听到门闩滑动的声音，门开了一道缝，露出一张八十岁老人的脸。他脸上皱纹密布，虽然还有一头头发，却已花白如雪。他球根样的鼻子略有些泛紫，牙齿和手指上都有很厚的尼古丁渍。

蒂娜直起身子，再次开口：“哦，您好。正如我刚才说的，我是来找一个叫比利的小伙子。我想他应该是很多年前曾住在这里，不知道是否您认识他呢？”

老人推了推鼻梁上厚厚的眼镜，答道：“没听说过。”

他的声音粗哑，但回答明确。蒂娜看着他把门关上，剩下自己一个人不知所措地站在那里。她拉了拉外套，紧紧裹住日益变大的肚子挡住严寒，然后揉揉酸痛的后背。像这样站在一个陌生人家门外的人行道上，她突然觉得自己很傻。

她四处瞧了瞧，看到一位老太太正沿着街道慢慢地推着一辆格子呢的购物车。她盯着蒂娜，试图加快脚步，但一把老骨头却快不起来，只好举起手示意蒂娜等一下。等她过来的时候，已经累得上气不接下气了。

“有什么……我能……帮你的吗？”她气喘吁吁地说。

蒂娜指了指蓝色的前门问：“这是您家吗？”

“没错，我从 1923 年起就住在这里，已经住了五十年了。”

蒂娜吓了一跳：“哦，那里面那位是您丈夫吗？”

老太太把钥匙插进锁眼里，慢慢把门推开。“亨利，我回来了。”她转过身对着蒂娜，“对，他是我丈夫。那，有什么我能帮你的吗？”

“没有了，您丈夫刚才已经回答过我的问题了。我在找一个我以为以前可能住在这里的人，不过如果您已经在这里住了五十年的话，那肯定是我的地址搞错了。”

老太太被冻得直流眼泪，她拿出手绢来把眼泪擦掉，然后问道：“你在找谁啊？”

“哦，我说了，您丈夫已经确认过了，说他不认识——”

“叫什么名字？”老太太追根究底地问。

蒂娜望着这位询问者坚定的眼睛，答道：“哦，我只知道他的名字……比利。”

老太太纸片似的双手紧紧攥住了购物车的把手，手上的青筋都暴出来了，关节也变成了白色。她慢慢抽出一只手，伸向蒂娜，然后说道：“我叫爱丽丝·斯特林，很高兴认识你。”

/ # /

蒂娜坐在爱丽丝对面的餐桌旁，手里握着一杯冒热气的浓茶。亨利坐在炉边的扶手椅上，心不在焉地凝视着窗外。

“他从来都没有接受过比利。”爱丽丝朝丈夫点点头，然后说道。

“他不是我儿子。”亨利中气十足的声音与脆弱的外表极不相称。

“闭嘴，亨利！”爱丽丝叱责道。她转过身对着蒂娜。

“比利十个月的时候，我们收养了他。他父母双亡，之前一直住在孤儿院里。他在那被照顾得很好，但他需要一个真正的家，你知道我的意思，有爸爸、有妈妈的一个家。我们刚刚失去了自己的孩子，他叫爱德华，那种痛苦……”她使劲咽了咽口水，试图让自己的声音保持冷静，“那种痛苦太难承受了，好在后来我们有了小比利，然后——”

“取代了他。”亨利打断道，“自从他来了之后，你就再也没有想过爱德华。”

“好好去漱漱嘴巴吧，你这个恶毒的老笨蛋。”爱丽丝看着蒂娜，对她说，“别理他。”

蒂娜开始感觉有些不舒服。她从口袋里掏出比利的信，把它递给爱丽丝。爱丽丝小心翼翼地把信从信封里抽出来，开始看。蒂娜盯着她，注意到她的呼吸变得越来越轻。

爱丽丝读完信后，将信对折，平静地对蒂娜说：“你从哪儿得到这封信的？”

蒂娜解释完，爱丽丝摇了摇头。

“我不明白。”她缓缓地说，“比利就是坐在这张桌子前，在你现在坐的位置上写了这封信。是我出的主意——这种事情他一直都很不擅长——但写完的时候他自己很满意。他很高兴终于能够说清楚自己的想法，告诉克里西他真正的感受了。后来他就出去寄信了。”

蒂娜把信封翻过来，问道：“可是他并没有把信寄出去。瞧。”

爱丽丝看着没有邮戳的邮票。“这些事过去太久了，我有点记不清了。我记得他说了要去寄信，但看来他大概是没去。我知道他去克里西家跟她母亲聊过，但她母亲对这封信一无所知。她告诉比利，克里西已经被送到爱尔兰去跟她姐姐一起生活了，会在那里生下宝宝。比利求斯金纳太太告诉他克里西的地址，但她说要先联系一下克里西看她是否愿意。”

“那他们后来联系上了吗？比利和克里西团聚了吗？”

爱丽丝低下头，深吸了一口气：“可悲的是，没有。他再也没有收到过克里西的任何消息。斯金纳太太那天晚上被车撞了，之后就再也没有醒过来。”

“那比利有没有打听到克里西和他们的孩子后来怎么样了？”

爱丽丝慢慢摇了摇头:“我的比利在1940年的一次行动中牺牲了。那年他才二十二岁。”

蒂娜目瞪口呆地坐在那里。她瞥了一眼那边的亨利，他已经坐在椅子上睡着了。爱丽丝用手绢擦了擦眼睛。蒂娜终于能开口说话了：“对不起，又让您想起了伤心往事。”

“没有。比利的死是我永远都无法忘记的痛，我每一天都在想他。我知道我偏心，但他真的是一个完美的儿子。或许我没有生下他，但在我看来，他跟我亲生的爱德华一样，都是我的骨肉。斯金纳医生认为他配不上他的宝贝女儿，但其实是他太优秀了。”爱丽丝朝蒂娜的肚子点点头，“生命是宝贵的，克雷格太太，你要珍惜跟孩子在一起的每一刻。永远没有什么爱能与那种爱相比。”

泪水顺着蒂娜的面颊落下来，她回答道：“我会的，爱丽丝，谢谢您。”

爱丽丝从椅子上挣扎着站起来，在一个旧衣柜的抽屉里翻了半天。

“瞧，这就是比利。”她把一张折角的照片推到桌子对面。蒂娜看着照片上那个身着军装的英俊的年轻人。

“如果你能找到他的孩子，就把这个给他们，然后告诉他们，他们的父亲是这个世界上最善良、最勇敢、最英俊的人。”

蒂娜把照片同比利的信一起放进信封里，然后说：“我答应您，爱丽丝，我会尽我一切所能将这封信交到克里西手里。她应该知道比利做出过正确的选择。可能我们永远也无法知道他后来为什么会突然改变主意，没有把这封信寄出去，但他确实曾竭尽所能想要找到她，我保证让她知道这一点。”

/ # /

蒂娜离开吉尔本特路的时候已经六点半了，外面的天都黑了。在公交站等车的时候，突然下起了大雨，她挣扎着把雨伞打起来。庆幸的是，她能看到公交车已经从远处开过来了，顿时又振作起来。今天是周五，晚上里克会跟同事去喝酒，所以不用担心回家太晚的事。她想到格拉哈姆的话，但她觉得他想错了。让里克下班后一周去喝一次酒，每次喝个一两杯，她觉得这并没什么不好。这是他应得的，作为他为了她和孩子卖力工作的回报。

坐上公交车后，柴油、废气味再加上一路的颠簸让她想吐。她回想起爱丽丝的话，突然担心自己可能无法给予孩子足够的爱。她告诉自己这是在犯傻。比利都不是爱丽丝亲生的，她还能那么爱他。试想一下这个自己怀胎九月、盼望已久的孩子，她肯定会爱他爱得不行。

到家的时候已经七点了，屋子里一片漆黑。她开了门，摸索着去找灯的开关。门廊里特别黑，因为贴了深棕色立体墙纸的缘故。想到这儿，她顺势想到，抽空要问问里克，能不能换个亮色的墙纸。她顺着墙一直用手掌摸到了开关，但还没有按下，一只温暖的手便盖在了她手上，把她的魂都吓出来了。

“里克！天哪，你吓死我了。我不知道你在家。”

之后，似乎同时发生了三件事：首先是她闻到一股浓浓的威士忌味；然后里克的拳头砸到了她的脸，她开始眩晕；之后，她的嘴里慢慢流满了血，她一直吞，一直吞，试图搞清楚这一切到底是怎么回事，随后便不省人事了。

14 克里西的诀别

1939年

走在黑黑的街上，比利眨眨眼，使劲把眼睛睁大。大家都这么严格地遵守灯火管制，不禁令他有些惊讶。没有一扇窗户里透出一丝光，没有人开灯。一辆没开车头灯的车小心翼翼地在街上行驶着，漆黑的夜似乎要将它吞噬。他敢说这条规定其实比炸弹真的落下来还要危险，但规矩又不是他定的，他也没办法。走到下一条街的街角时，他有点辨不清方向了，使劲回忆这附近最近的邮筒在哪里。一夜之间，似乎整个世界都变了样。正当他站在那里试图找回方向感时，突然发现身边站了个人。他停下来，仔细听了听，突然听到身后有划火柴的声音。他转过身，火柴正好点着了，清晰地映出斯金纳医生的脸。比利立刻警惕起来。

"你是在跟踪我吗？"

"我是来找你的，对。"

斯金纳深吸一口烟，把烟灰弹在人行道上。"你这是要去哪儿？我希望不是要去见我女儿。我告诉过你了，她不想再跟你有任何关系。"

"这是她跟你说的，是吗？"

“确实是。看来她终于恢复理智了。”

“我能问你点事吗，塞缪尔？”比利知道直呼其名会令这位医生无比愤怒，然而斯金纳医生只是点了点头，并没有发火。“你为什么这么讨厌我？我对你做过什么吗？”

“我知道你有一天肯定会成为某个人的好丈夫。”斯金纳用手指了指昏暗的街，“这个地方有的是婊子，你配她们绰绰有余。但我女儿不同，她值得更好的人，而不是一个孤儿，一个文盲面包师的儿子。”

比利压抑住心底的一阵窃笑。他知道自己抓住了他的软肋，只是在等待合适的时机出击。

“至少我是真的关心她幸不幸福，她到底想要什么。”

“她自己都不知道自己想要什么。但我知道，我是她的父亲。”

比利注意到唯一的光源，也就是烟头，正逐渐黯淡下去。他在自己的口袋里摸索着火柴。在说出接下来的话之前，他想看清楚斯金纳医生脸上的每一根筋、每一块肌肉、每一条神经。他划着火柴，那位医生的脸再次变得清晰起来。

比利盯着斯金纳的眼睛，掩饰不住笑意。“你想让孩子叫你外公还是姥爷？”

在火柴燃尽，在比利不得不把它丢掉前的一刹那，他看到了斯金纳医生的脸。他眯着眼，嘴巴抿成了一条线，太阳穴处的青筋抽动着。

“你这个骗子。”斯金纳骂道。

“是吗？”比利问，“你确定吗？”

黑暗再次将两个人隔开，但这次比利不需要看见就已经知道斯金纳医生的愤恨有多深了。他能感觉到，能够听到他的呼吸越来越急促。比利早就知道他不会轻易接受这个消息，只是没想到他的怒火如此之大。

他的语气缓和下来："我爱克里西，斯金纳医生。我知道我不会是你为女儿选的东床快婿，但她已经有了我的孩子，我会负责的。我不会逃避责任。克里西和孩子任何时候都可以依靠我。我会努力工作，会……"

斯金纳医生突然打断了比利的话，大叫起来。

"救救我。"他大口喘着气说。他抓着自己的胸口沉了下去，比利双手叉腰站在他对面。斯金纳医生指指自己的外套口袋："我的药。"

比利在斯金纳医生的口袋里四处摸索着。虽然他知道斯金纳医生肯定是在耍花招，但还是伸进手去掏出一个棕色的小瓶。他费劲地想把药倒进瓶盖里，但最后还是放弃了，直接把药片倒到自己手里。

"我看不太清楚。要吃几片？"

"过来。"斯金纳医生在另一个口袋里摸索了一会儿，掏出一个小手电筒，黄色的光立刻照亮了那一小堆药片。

"不让用手电筒，斯金纳医生。"

他瞪了比利一眼："现在是紧急情况。"他用颤抖的大拇指和食指捏起两个药片，扔到舌头底下。之后，他换了个舒服的姿势坐下，靠在一根路灯柱上。"谢谢你。"说着，他闭上了眼睛。

比利不知道接下来该怎么办了。医生的呼吸似乎很浅，而且很费力。街上一片荒凉，他一个人不可能搬得动斯金纳医生这样的大高个。"对不起，斯金纳医生，药管用了吗？"

斯金纳睁开眼睛，问道："是真的吗？你把我女儿的肚子搞大了？"

比利垂下视线。"是的，先生，不过我说了，我想做正确的事。"他从口袋里摸出那封信举在手上，"这是我给她写的信。昨天她告诉我这个消息的时候，我的反应可能太糟糕了，我可能说了一些不该说的话，但那不是我真正的意思。我去你们家想把错误纠正过来，但你不让我见她，所以我就把要说的都写下来了。这会儿我正要去把信寄出去。”

斯金纳医生的呼吸逐渐变得平稳：“请拉我一把吧，小伙子，可以吗？”

比利从后面抓住他的胳膊，扶着斯金纳医生艰难地站起来。他拍拍身上的土，直起身子，对比利说：“根本没有必要送到邮局，不是吗？”

比利皱了皱眉，问：“为什么？”

“你想想，昨天已经宣战了，现在一切都不一样了。邮政系统肯定已经瘫痪了，要是送进去，这封信就再也没有重见天日的那一天了。”

比利很怀疑他说的话，但现在谁也不敢保证任何事了。一夜之间，一切似乎全都不一样了。

斯金纳医生继续说道：“给我吧，我会转交给她。”他伸出一只手。

“我不确定……我的意思是，我怎么知道你会不会把信给她？抱歉，我不想冒犯您，但我就是不相信您。”

“我不怪你，但这是你最好的选择。”

比利不情愿地把信递给他，接着说：“我明天会过去确认一下她是不是真的收到了信。”

“没问题。”斯金纳医生接过信，放进胸前的口袋里。

/ # /

斯金纳医生回到家的时候，克里西和母亲正坐在餐桌旁小声谈话，她们正在讨论怎样告诉他孩子的事才最稳妥。她们听到前门“砰”的一声关上，梅布尔伸过手去，捏了捏克里西的手。克里西投给她一个紧张的微笑。医生上楼了，沉重的脚步声预示着这不会是一个美好的夜晚，这令她们既迷惑又担心。梅布尔沿着走廊冲出去，抓住栏杆，朝丈夫喊。克里西站在厨房门口，啃着大拇指。

“塞缪尔，是你吗？发生什么事了？”

走上楼梯的时候，她能听到他在到处砸东西。他已经进了克里西的房间，她也惴惴不安地跟了进去。

“塞缪尔？”

他背对着她，在克里西的衣橱里乱翻一通，把衣服扔到身后的床上。然后，他伸手从衣橱顶上拖下一个棕色的旧皮箱，箱子的把手掉了，箱子滚到了地上。

“该死！梅布尔，请你再给我拿个箱子来，好吗？然后准备去给你姐姐发个电报。”

“凯瑟琳？为什么？”

斯金纳医生停下来，转身对着他的妻子。他的脸成了绯红色，眉头上坠着汗珠，嘴角还有吐出的泡沫。

“因为你的女儿是个坏女孩，绝对不能让她在这个家里生下一个私生子！她必须去爱尔兰跟凯瑟琳一起生活。”

梅布尔一下子瘫倒在床上。“塞缪尔，请你冷静一下。我知道这个消息对于我们来说都很震惊，但是——”

“这么说，你已经知道了？不要试图替她说话，也别找借口，你有什么权利瞒着我。等那个私生子生出来了，你打算怎么办？难道要把他像个‘秘密宠物’似的塞进花园底下的箱子里吗？”

梅布尔从来没见过丈夫生这么大的气。他说的最后几个字简直就是带着毒喷出来的。

“明天一大早就送她走！”

/ # /

第二天，克里西独自站在自己的卧室里，最后一次注视着这里。艳丽的红玫瑰墙纸，耀眼的绿色油漆手镜和梳子，摆得整整齐齐的梳妆台，一切都那么熟悉，那么令人安心。她的人生为何突然之间就如此戏剧化地脱离了正轨呢？她重新整理了前一晚被父亲胡乱填满的行李箱，当拎起箱子的时候，不禁为它那无足轻重的分量感到震惊。

这就是她的十九岁，这个世界不会再向她展示更多了。她盯着镜子里惹人怜悯的自己。虽然天气还算暖和，但她身上穿的是她最好的冬衣，头发整洁地打着卷，藏在帽子底下。脸色苍白，没有血色，淡蓝色的眼睛目光黯淡，眼神里全是绝望。

她坐在梳妆台前，小心翼翼地拿起自己新到手的胭脂，用颤抖的手在脸颊上抹了一点，顺便还掐了掐。看到自己再次容光焕发，她感觉稍微好了点，于是又伸手去拿口红。“去他的，”她想，“要是他认为我是个坏女孩，那我干脆就像个坏女孩一样好了。”她涂了两层浅色，然后又在眉毛上和眼睛下面涂上了浓浓的眼影。母亲的声音飘上楼来，她一把抓起化妆盒塞进手提包里。

“克里西，该走了。”

她深吸一口气，拎起自己的小箱子，最后向屋内环视一圈，便朝楼下走去。父亲和母亲已经在下面等了。

梅布尔又跟她叮嘱了一遍：“你一到凯瑟琳姨妈那儿就给我写信，别忘了。我会想你的，克里西。我一有空就去看你，等孩子出生的时候我会过去的。”

斯金纳医生“哼”了一声，梅布尔瞪了他一眼。

“我很抱歉现在只能这样，但你会理解的，对吗？你父亲在这个社区是有地位的人，有一个女儿——”

“妈妈，我们能不能不要又聊这个了。我是个干了缺德事的混蛋，现在我要为此付出代价。”她低头看着地面。“我以前真的以为比利爱我。”她小声说，“但事实是，他只是让我看清楚了自己错得有多离谱。”

正在这时，利奥从花园里冲了出来，围着克里西打转。她弯下腰摸摸它的耳朵，它精神抖擞地晃了晃。

“再见了，伙计，我会想你的。一定要乖乖的。”她把脸埋进它的皮毛里，最后一次闻了闻它身上好闻的气味。之后，她站起来郑重地对母亲说：“答应我一定要好好照顾它。”

梅布尔抹掉眼中的泪水，说：“当然，克里西，我保证。”

她抱住女儿，紧紧地拥着她。克里西压抑住一阵抽泣，她不想让父亲因看到她掉眼泪而感到得意。突然，她迫切地想要赶快上路。狭窄昏暗的门廊像是要让人患上幽闭恐惧症，这里的空气似乎不够他们三个人呼吸。她最后一次拥抱了母亲，然后走回去跟父亲道别。但当她看到父亲冷漠无情的目光时，便意识到任何话语都是徒劳。她微微一点头，便离开了自己到目前为止唯一的家，迈向了人生的新篇章。

15 未邮寄的情书

那天晚上晚些时候，雨水拍打着窗户，梅布尔正在诊所里更新患者记录。通常这个工作都是克里西做的，她的效率根本没法跟克里西比。此刻，她突然意识到自己会以许多意想不到的方式思念女儿。门铃响了，吓了她一跳，利奥冲出客厅，疯狂地叫着。梅布尔从文书工作中抽出身来，前去开门。她现在不想接待客人，她阴沉的脸色、灰白的面容和红了的眼眶会让来访者明白无误地认识到这一点。她抓住利奥的项圈，一边拉住它，一边去开门。因为恶劣的天气，来访者压低了帽子，遮住眼睛，外套的领子竖了起来，盖住了耳朵，所以起初梅布尔并没有一下子认出他。

“斯金纳太太，晚上好。很抱歉打扰您了，但是我想知道我能不能跟克里西谈谈。”

利奥认出了比利的声音，在梅布尔放开它的项圈后兴奋地狂吠。比利弯下身好好摸了摸它。

“呃……斯金纳太太？她在家吗？”

梅布尔一声不吭地把门开大了些，示意比利进来。

“谢谢。”他摘下帽子，用手指拢着头发说。

“跟我来。”梅布尔平静地说着，朝厨房走去。

一走到亮光里，比利就发现梅布尔脸色很不好。“斯金纳太太，您还好吗？”他在厨房里四处看了看，“大家都去哪儿了？”

“我丈夫出急诊去了，克里西正在去爱尔兰的路上。”

“爱尔兰！为什么要去爱尔兰？”

梅布尔用手捂住脸，开始哭起来。

“斯金纳太太，求求您告诉我到底发生了什么事？她看到我给她写的信了吗？”

她擦擦眼泪，抬头望着比利，逐渐皱起了眉头：“什么信？”

比利越说越急，有些语无伦次：“昨天晚上，我给了斯金纳医生一封信，让他给克里西。我本来是要寄出去的，可是我碰到了他，他说服我让我把信给了他，说是因为宣战的缘故，邮政系统现在已经瘫痪了。告诉我，他把信给她了吗？”

“我根本不知道有什么信，比利。我只知道你伤了我女儿的心，现在我们一家人骨肉分离。”梅布尔在桌子上重重地击了一拳，“你还是不肯放过她，是吗？可是你又像丢掉昨天的旧报纸一样抛弃了她。你应该庆幸我丈夫不在家，因为他绝对不会让你完好无损地走出这个门。”

比利试图让她冷静下来：“拜托，斯金纳太太，请您听我说。”

梅布尔一边坐下，一边开始趴在桌子上放声大哭。比利深吸一口气，在屋里踱着步。

“听着，我承认刚听到孩子的消息时我处理得不太好。您知道，这太让人震惊了。我的意思是，我和克里西只有一次，呃，很亲密，而且还是——”

梅布尔抬起头来看着他，斑驳的脸上挂着泪痕。“请你告诉我细节。”

比利继续诚恳地说："我的意思是，我们之间更多的是精神恋爱。当她告诉我她怀孕的时候，我非常震惊，必须一个人好好消化消化。我最后悔的是，当时我竟然直接丢下她跑掉了。我的脑子里全是我们要怎样把孩子带到这个刚刚宣战的世界的事，我可能会上前线，留下她一个人把孩子抚养长大……我很恐慌，但这并不是因为我不爱她，而是因为我太爱她了。"

"那你为什么不把这些都告诉她呢，比利？"

比利的脸因焦灼而红了起来。"我试过了。那天晚上我跑来找她，但斯金纳医生告诉我，她不想见我。"

梅布尔摇了摇头："塞缪尔跟我们说的是你等烦了，认为她不值得你这么麻烦。我必须承认，我当时认为你特别冷酷无情。"

比利气得直咬牙："全都是谎话！我不敢相信他竟然这么讨厌我。"

"在你让他的女儿惹上麻烦之前他就已经很讨厌你了，你可以想象一下他现在是什么感受。"

"这么说他并没有把信给她，是吗？"比利自嘲地"哼"了一声，"我就知道不信任他是对的。我怎么能这么蠢？"

"你一直都很蠢，比利，这一点毫无疑问。话说回来，那封信里到底写了什么？"梅布尔问。

"道歉，声明，还有求婚。"

梅布尔的语气变得非常严肃："你想娶她？"

"我这辈子从来没有对任何事情这样确定过。我爱她，斯金纳太太，我真的爱她。我需要见到她，把一切纠正回来。"

"太迟了，比利，她去爱尔兰找我姐姐了。她会在那边生下孩子，远离这里的偷窥和八卦。"

“可是她应该留在这里跟自己的家人在一起。求您了，斯金纳太太，那也是我的孩子，难道我连决定他在哪儿出生的权利都没有吗？”此刻，他非常真挚地恳求着，“求您把她的地址给我，这样我好告诉她我的感受，趁着还不算太晚。”

“我跟你说过了，比利，已经太晚了。”

“不，没有，我的意思是，不一定。”

梅布尔望着比利黝黑的眼眸，对他眼神中流露出的痛苦感同身受。她突然明白了克里西为什么会倾心于他。他真的是她见过的最帅的人之一，如果换作其他情况，她可能会为有这样的女婿而骄傲。她的语气稍微温和了些：“听着，现在已经很晚了，我丈夫随时有可能回来。如果他发现你在这儿……哦，你真的需要我来告诉你会发生什么事吗？我明天会亲自给克里西写信，如果她愿意的话，会联系你的。”

比利耷拉着脑袋说：“非常感谢，斯金纳太太。”

“不过，你得有点耐心。我姐姐住在偏远的乡下，没有电话，所以通信线路会比较慢。”

比利如释重负地舒了一口气：“我理解。谢谢您，斯金纳太太，我保证绝对不会再让克里西失望了。”

“最好是。晚安，比利。”

他重新戴上帽子，向她道别：“晚安，斯金纳太太。”

/ # /

那天晚上再晚些时候，斯金纳医生回家的时候，他一边抖掉外套上的雨滴，一边走进厨房。

正在缝东西的梅布尔抬起头来看了一眼，说：“她现在应该已经到了都柏林的宾馆了。我可怜的女儿啊，只能一个人怀着孕踏上旅途。明天对于她来说又将是漫长的一天，鬼知道她到底什么时候才能到凯瑟琳家。”

斯金纳医生无视妻子的唠叨，伸手去拿茶壶：“要来杯茶吗？”

梅布尔把手上的东西放在面前的桌子上，继续说：“为什么不告诉我你昨天晚上见过比利？”

“我肯定是忘了。”他头也不回地说，梅布尔根本看不到他脸上的表情，“不过你怎么知道的？”

“他来找克里西了，说他给了你一封信，让你转交给她。信呢，塞缪尔？”

斯金纳医生终于转过身来，朝妻子毫无保留地发泄他的怒火。

“他就是不知道什么时候该放弃，是吧？我已经跟他说过了，他根本不可能成为克里西生命中的一部分。她那么漂亮、那么聪明，只要她愿意，什么男人没有？”

“可她想要的男人就是比利。”

“她现在可能是这么想，但那只是因为她怀了那个野种。等孩子被别人收养了，她肯定会恢复理智的。”

“收养？你到底在说什么？她会自己把孩子养大的。”

“只要我还有一口气，就绝不会让这两个人再有任何瓜葛，那个野种也会去一个他该去的家庭。”

“克里西绝对不会同意的，你不能强迫她放弃自己的孩子。”

“等着瞧。”

梅布尔忽地站起来，餐椅向后飞去：“那就先从我的尸体上跨过去。”

客厅里突然响起电话铃声，刺耳的声音把俩人都吓了一跳。

梅布尔一把抓起话筒："晚上好。这里是诊所。哦，您好，亨德森先生。"

简单地交谈一番后，梅布尔回到厨房。"是亨德森先生。他老婆要生了。羊水已经破了，所以我现在要赶过去。等我回来，我们再好好理一理这些乱七八糟的事情。我希望能看到比利给你的那封信。"她披上海军蓝披风，四处找自己的包。

"你应该带个手电筒，梅布尔，外面太黑了。需要我跟你一起去吗？我不想让你一个人出去。"

"塞缪尔，这种事我以前都遇到过上百次了，以前也没见你担心啊。灯火管制要求在任何情况下都不能使用手电筒。"

塞缪尔在厨房抽屉里翻了一通，找到一个棕色的旧信封，罩在手电筒上。"给，拿着吧，多少管点用。"

梅布尔一把抓过去，说道："你真是个顽固的老倔驴，塞缪尔·斯金纳，有时候我真是很讨厌你。"

那天晚上天气很不好，梅布尔裹上披风的帽子，手紧紧抓住领口。她一边迎着暴风雨前进，一边试图躲开涨满水的水洼。手电筒基本没什么用，而且她发现很难看清人行道。有块铺路板坏了，绊了她一跤，她从路边滑下去，头朝前摔倒在马路上，医疗包里的东西全都撒到了地上。那辆撞上她的车，她既没有看到，也没有听到，她只是在对方刹车时闻到一股烧焦的橡胶味，之后便感觉一股毁灭性的力量像掰断一根火柴一样掰断了她的脊柱。

16 爱尔兰农场

凯瑟琳·麦克布莱德把电报捂在胸口，不相信地摇了摇头。

“圣母玛利亚。”她一边小声祈祷，一边在胸口画十字。

就她所知道的信息来看，她怀孕的外甥女正在路上，而她对此完全无能为力。她一恼，把电报丢进了火里，思索着这个消息。这是她那位妹夫典型的推卸责任的做派。他是凯瑟琳所认识的人中最令人讨厌的人，是他把她妹妹拐到了英格兰，这件事她永远也不会原谅他。梅布尔跟他在一起，接受他那种新教徒的生活方式，彻底被毁了，现在，他们似乎把自己的女儿也培养成了一个不守妇道的浑丫头。

自从父母走后，是凯瑟琳把家里的农场经营了下来。一个弟弟、一个妹妹早夭，还有两个自私的弟弟都移民去了美国，为了寻求更好的生活。她是六个孩子里的老大，也是唯一一个关心农场和肯为父母做出牺牲的人。父母拼尽全力经营农场，就是为了让他们能够拥有一个温馨有爱的家。凯瑟琳下定决心，一定要把农场留下来，父母的努力应该得到肯定。

她的生活很简朴。农场里没有电，也没有自来水，在爱尔兰南部加尔蒂山山脚下这片崎岖不平、环境严酷的土地上生存，本身就是一种煎熬。农舍已经破旧不堪，沼泽似的土壤中泛起冷酷的湿气，透过斑驳的厚墙壁刻入骨头里。厨房的火既用来取暖也用来烧饭，从来都不敢让它熄灭。晚上，凯瑟琳在余烬上盖一层灰，早上把灰扒掉，底下的火还是红的，一会儿又会着起来。水是每天早饭前从井里打上来，然后装在一口锅里，放在火上烧开，烧水的过程枯燥又辛苦。生火的泥炭要从沼泽里割出来晒干，然后才能点着。

现在，凯瑟琳拖着一大块新泥炭把它扔进火里，房间里立刻全是烟，她使劲咳嗽起来。她站起来，一边慢慢直起身子，一边揉着后背。她不过才四十五岁，但常年在恶劣气候中的辛苦劳作让她为此付出了代价。

她不知道外甥女什么时候到，也不知道这件事该怎么处理，不过这些都不用她操心。她怀着孕呢，肯定不可能在这样的农场里待得住。这个想法甚至让凯瑟琳红了脸，虽然这里只有她一个人。这个社区非常小，未婚先孕的消息一定会像野火一样疯狂地传出去。她都能想象集会时大家会怎样你推我、我推你地看着她，然后她只能默默坐到自己的座位上，屈辱地低下头。看在上帝的分儿上，她妹妹到底怎么想的？为什么要把任性的女儿这样送过来？

她打开门，朝院子里喊："杰基，能过来一下吗？"

杰基·克里维十九岁了，但常年无休止的劳作让他的个头显得有些小。他正在照料拉货的老马，听到喊声，他抬头看了看，一下子跳起来。

"来了，麦克布莱德小姐，我能为您做点什么吗？"

凯瑟琳似乎有些欢喜地笑了笑，但脸上却明显写着担忧。"呃，我外甥女今天要来，我不确定她到底什么时候到，不过，你能帮我留意着点吗？她一到你就把我叫过来。不要跟她说话，也不要问她任何问题。我估计她应该会从镇上坐驴车来。"

"当然可以，麦克布莱德小姐。您就放心吧。"

/ # /

杰基摘下帽子走回去，萨米仍然在耐心地等着他。他一边用软刷轻轻地刷掉马腿上的泥，一边思索着老板刚才说的消息。他来农场四年了，麦克布莱德小姐从来没有提起过她的家人，现在却突然冒出个外甥女来，还要住在这里，这让他有点意外。来看她的人并不多，所以这应该是件令人兴奋的事，但她脸上的表情却明显在告诉他，这位特殊的客人并不受欢迎。

他在马腿上擦上一层蓖麻油防潮，然后把马带回马厩去吃草。之后，他朝窝在马厩后面的稻草里睡觉的农场狗们吹了个口哨，它们立刻跳起来，围在他腿边兴奋地狂吠。农场的另外两名工人，迈克尔和德克兰，也在偷偷打盹，杰基把他俩喊过来，一起沿着小路去把奶牛赶过来准备晚上挤奶。牛虽然不多，但也足够让他们四个人挤好几个小时了。杰基一边慢慢地往前走，一边想，不知道这位外甥女会不会住很久，会不会在农场里干活。他们会寻求一切可以寻求的帮助。

/ # /

牛群被赶进院子里的时候，凯瑟琳正把一只死羊从沟渠里拖出来。她在围裙上擦了擦手，朝奶牛群走去。迈克尔把奶牛一头接一头地领进来，凯瑟琳负责难度更高的工作，把麻绳系到牛的后腿上。农场工人被闹情绪的奶牛狠狠踢上一脚，好几天不能动弹的事儿已经发生过好几次了。

牛棚里安静下来，只剩下牛奶溅到金属桶上的声音。杰基转过身来，对着正在比平时更野蛮地拉扯奶牛乳房的凯瑟琳。

“您的外甥女叫什么名字，麦克布莱德小姐？”他壮起胆子问。

凯瑟琳挤得更用力了，奶牛抗议地蹬着后腿。

“听着，杰基，你不需要关注这种琐事，她不会在这里待很久的。”

“真遗憾。她本来可以跟您做个伴，帮您做做杂务的。”

“她是城里来的，杰基，我怀疑她甚至都不知道牛奶是从哪里来的。我想她可能觉得牛奶就像变戏法似的就出现在她家门口了。”

“啊，好吧。您可以教她，麦克布莱德小姐，真的。”

凯瑟琳直起身来把凳子移到下一头牛那儿。

“您今天晚上手真快，麦克布莱德小姐。”杰基崇拜地说。谁也无法指责她偷懒。

“外面有只死羊，杰基，那是给帕特准备的，你能先把它放到一边去吗？”

“好的，麦克布莱德小姐。”

帕特是当地的商人，他拜访山谷里的所有农场，带走他们卖的所有东西，包括鸡蛋、奶油、黄油或蔬菜。他把这些农产品带到镇上的各个商店里兜售。店老板们会直接把钱付给农民，而帕特则收取少量佣金。凯瑟琳也会让他带走所有因自然因素死亡的绵羊。不知死因的绵羊是不能吃的，但帕特可以弄一点羊毛。之后，他会把羊的尸体用水煮沸，挑出其中的脂肪，把它加工成马车车轮油再卖回给农民。他甚至还把其中一些卖给了蒂珀雷里镇的药剂师，药剂师又把这些脏兮兮的油腻物质制成肥皂和擦脸油。

/ # /

等杰基在谷仓里安顿下来，已经是黄昏时分了。他睡在稻草床上，被狗围着，唯一的光源就是一盏石蜡灯。麦克布莱德小姐给了他厚被子，而且每天晚上睡觉之前都要给他端来一杯热可可。他十四岁那年成了孤儿，当时是她收留了他，他在这里一直过得很快乐。他挣得不多，但有吃有住，有时候，迈克尔和德克兰还会带他去当地的小酒馆玩多米诺骨牌或纸牌游戏。这里的生活很简单，作息规律，日子循环往复，每天的内容没有太多不同。所以，当杰基听到驴蹄踏进院子的声音时，忍不住心跳加速。

他站在谷仓门口，打量着那辆小驴车。车夫下了车，朝麦克布莱德小姐的外甥女伸出一只手。她略一迟疑，便拉着他的手跳了下来，同时观察着周围的环境。这个小场景令杰基看得入了神。他一动不动地站在那里，过了一会儿才想起来要注意礼貌。他小跑过去问候新来的客人，同时摘下帽子。

“晚上好。您一定是麦克布莱德小姐的外甥女吧，欢迎来到布端尔农场。”

“对。我叫克里西。你好。”

她看起来疲惫极了。她的皮肤苍白无力，嘴唇干裂，金色头发十分蓬乱，不成样子。尽管如此，杰基还是觉得她是他见过的最美的人。她有一种讨人喜欢的甜美气质，但看起来很虚弱，让他立刻有种想要保护她的欲望。他拎起她的小箱子，带着她朝农舍走去。

“我叫杰基·克里维，不过大家都叫我杰基。”

克里西笑了笑：“很高兴认识你，杰基。”

“跟我来，我带你去见你姨妈。”

17 破碎之家

农舍很小，茅草屋的屋顶很低，前门两侧各开了一扇小窗。房子看起来真的很古老，而且似乎随时可能塌掉，但屋里透出来的火光让人觉得很温馨，克里西庆幸自己终于到了这里。

杰基带着她走到屋前，轻轻敲了敲门。他朝克里西笑笑，两个人一起在门前等着。门终于开了，克里西第一次见到了她的姨妈。凯瑟琳的头发已经完全白了，饱经风霜的脸上满是皱纹，背也驼了，看起来比她的真正年龄老了一倍。她警惕地跟克里西打了个招呼，然后转身对杰基说："水，杰基，谢谢。"

"没问题，麦克布莱德小姐。"

此时，克里西才注意到前门旁边墙上的容器。那个容器是石头做的，小盆子里装满了水。

杰基把手指伸进水里，然后在克里西身上洒了一些。几滴水流到她眼睛里，她摇了摇头。

"这是圣水。"杰基小声说。

克里西握住凯瑟琳伸出来的一只手，潮湿的手掌泄露了她的紧张，不禁让她有些尴尬。姨妈的手粗糙得令人惊讶，而且长满了老茧，握着她的手，克里西感觉自己像是戴了一副皮手套。

"你一定是克里西了，请进吧。可以了，杰基，谢谢你。"

“好的。晚安，麦克布莱德小姐。晚安，克里西。”

他退出去的时候，凯瑟琳瞪了他一眼，但克里西转过来朝他轻轻挥了挥手。

“好了，克里西，现在把外套脱了吧，好吗？”

克里西把厚重的外套脱下来，递给凯瑟琳。凯瑟琳把外套搭在胳膊上，后退一步，上下打量着她的这位外甥女。

“看不出来，是吧？”克里西向下捋了一下自己的裙子，拍拍肚子，“才两个月，孩子要四月份才出生。”

凯瑟琳似乎松了一口气：“你身体还好吧？”

“很好，谢谢。”

“孩子的父亲呢？”

克里西还没有准备好接受一个完全陌生的人这番接二连三的质问，不管她们是不是亲戚。她只是摇了摇头。

“你在想什么呢？孩子。你父母就没有灌输你一丁点道德观吗？你一点儿也不知道你给这个家庭带来了多大耻辱吗？”

克里西长长地舒了一口气：“不，我已经开始知道了。”她的下巴开始颤抖，凯瑟琳的语气缓和下来。

“这个事我们以后再说，此刻你看上去非常疲惫。过来，到火炉边坐坐，我去泡壶茶。”

克里西感激地坐下来，脱掉鞋子：“如果不是太麻烦的话，我不介意洗个澡，我已经赶了整整两天的路了。”

“洗澡？上帝啊，老天啊，你以为自己在哪儿呢，姑娘！”

克里西朝空旷的屋子里四处看了看，只有寥寥无几的几件家具，她立刻意识到了自己的错误。

“水是从外面的井里打来的，然后在这里烧热。”凯瑟琳指着挂在火上的大黑锅说，“水很匮乏，你得习惯这一点。厕所在外面，谷仓后边。”

克里西努力忍住泪水，问道：“那我在哪里睡觉？”

“那边，这里只有一间卧室。”

她转过身去，看到角落里刚搭起来的一张小床。

“现在，”凯瑟琳用一种官方的口吻说，“我们似乎已经暂时接受彼此了。我不确定谁的表现更差，但你在这里的时候，我们可能还是要试着友好相处。我就当你对努力干活没意见了？”

克里西摇了摇头：“当然没有。我帮……就是，我以前常在爸爸的诊所里帮忙。”

凯瑟琳挖苦道：“我说的可不是文书工作，姑娘。你挤过牛奶吗？拖过稻草捆吗？洗过马厩或者在各种天气里收割过庄稼吗？”

克里西摇了摇头。

“我想也没有。哦，你可不是来度假的。我希望你能养活自己。”

她递过一个盛着茶水的果酱罐。“为了你我已经把最好的陶瓷找出来了。”她眨眨眼，喝了一口自己的茶，克里西也努力挤出一抹微笑。

该睡觉了，克里西被允许陪凯瑟琳上楼去她的卧室。角落里放着一张桌子，桌子上铺着一张古朴的白布，桌子两头各放着一支蜡烛，中间是三个塑像——圣母玛利亚、圣约瑟夫和布拉格耶稣圣婴，塑像前摆放着整齐的干花。

“这是我的圣坛。”凯瑟琳自豪地说，“睡觉之前你可以跟我一起在这里祷告。”

“谢谢。”

“一起祷告的家人会在一起。”

凯瑟琳跪下来，克里西也照做。硬木地板把她的膝盖硌得生疼，她努力想找个舒服的姿势。凯瑟琳双手合十，闭上眼睛。

“亲爱的圣父，我们感谢您让克里西平安到家。我们祈祷为她不幸的处境找到知音；我们祈祷在她离开这个世界，去往另一个世界时，灵魂的污点得以净化；我们感谢迄今为止来自田地的收获，祈祷我们的庄稼可以继续茁壮成长。当我们的动物在您青翠的牧场里吃草时，我们感谢您照看我们的动物；我们祈祷您继续照看杰基和其他人，让他们在整个冬季远离疾病和灾祸。圣父，我们祈祷您原谅我们的罪孽。阿门。”

“阿门。”克里西也跟着说。她试图挣扎着站起来，但凯瑟琳却抓住她的胳膊，把她摁了回去。

“圣母玛利亚……”凯瑟琳说。

克里西无助地看了姨妈一眼，不知道自己该怎么做。

“为我们祈祷。”凯瑟琳说。

“哦，我知道了，为我们祈祷。”克里西重复道。

“圣约瑟夫……”凯瑟琳使劲推了一下外甥女的肋骨。

“为我们祈祷。”克里西说。

“阿门。”凯瑟琳说，她终于直起身来。

“阿门。”克里西重复着，也站了起来。

“嗯,我发现你不是个经常参加礼拜的人。”凯瑟琳的口气很不满。

“不，不算是。您知道，我爸爸是个医生，相比祈祷，他更相信药的力量，所以我从未真正去过教堂。平安夜的时候我们会去参加午夜服务，当然，也会去参加婚礼、葬礼和洗礼，但除此之外，确实，我不能说我经常去教堂。”

“或许如果你经常去的话，我们今天就不会有这次谈话了。”凯瑟琳的嘴巴噘成一条线，摇了摇头，“现在你可以去睡觉了。我们早上五点半起来做祷告，你可以上来圣坛这里找我。然后有个接水的时间，教堂六点钟的祈祷钟声就会响起。之后就是早上挤奶，然后吃早饭。你要帮忙做杂活，但绝对不能跟杰基或其他人谈论你的情况。明白了吗？”

克里西凄凉地点点头：“明白，凯瑟琳姨妈。”

“你可以从壶里弄点热水洗漱，床头有个夜壶，但只能晚上用。白天的时候必须去外面上厕所，有问题吗？”

“没有。”

“很好，那明天早上见。晚安。”

克里西蹑手蹑脚地爬下楼，拉出一张椅子，在火炉边坐下。在这里想暖和一下根本不可能，她的气一呼出去就会立刻变成白雾，停在空中。姨妈已经把火弄成了夜间模式，所以火炉只散发出极少热量。不过，锅里的水还是温的，也够洗一下。她舀了一些水到盆里，拿来姨妈留在床上的一条法兰绒巾，开始慢慢擦掉这两天的一路风尘。她一边脱下衣服擦身体，一边控制不住地颤抖。此刻，只要可以在满是泡泡的浴缸里好好泡一泡，她愿意付出任何代价。

当她从自己的小箱子里翻出睡衣，把睡衣套到头上的时候，她闻到了浓浓的、熟悉的家的味道。森林花园里有一种非常独特的味道，诊所的药味、手术室里橱柜抛光用的油蜂蜡的香味，还有母亲做的食物的香味。克里西突然很想哭。她想念自己的床，想念母亲温暖的怀抱，还有无比热情的利奥。她爬进被窝，把被子拉到下巴那儿。虽然被三床被子压得不能动弹，但她却丝毫感觉不到一丝暖意，停不下来的颤抖抖得她后背生疼。

她想知道比利现在在做什么，是否在为自己那么无情地抛弃她感到懊悔？她曾经真的很爱他，而且确定只要给她机会，她一定会让他幸福。母亲原本也可以更强硬些，不应该让父亲就这样把她送走。她仍然是那个家的一分子，并且下定决心终有一天一定会回去，她，还有孩子。

/ # /

塞缪尔·斯金纳绝望地抓着妻子的手，他身上的每一个细胞都希望她能活过来。过去的 24 小时彻底改变了这位医生的人生。他已经跟自己唯一的女儿道别，让她带着耻辱去爱尔兰开始新的生活。把她送走的正是时候，否则比利就会跑来卑躬屈膝地祈求她的原谅，他似乎已经说服梅布尔，说他想娶克里西。想到这件事的荒谬，斯金纳医生自嘲地笑了笑。不，那个孩子会被别人收养，永远不会出现在他们的生活中。他放开妻子的手站起来，用手指拢了拢她的头发。他想起之前说起关于孩子的计划时梅布尔的反应，“那就先从我的尸体上跨过去”，她曾轻蔑地说。

他俯身凑到她面前，用大拇指抚摸着她的面颊。“梅布尔，梅布尔，求你醒过来。对不起，梅布尔。”他轻轻摇晃着她的肩膀，虽然他知道这样做并没有什么用。他把头贴在她胸前，想从她有节奏的心跳声中寻求安慰，但她的胸腔里却一片死寂。他抓住她的手，已经能感觉出她的血液在逐渐变冷。“梅布尔，不，不要丢下我！”他失声大喊，一个护士跑了进来。

“斯金纳医生，怎么了？”

医生跪倒在床边。“她走了，”他声音嘶哑地说，“她走了。”

/ # /

斯金纳医生到家的时候已经是深夜两点了。他本应该筋疲力尽，他也确实已经筋疲力尽，可是他却觉得自己仿佛永远也不会睡着了。他给自己倒了一大杯威士忌，瘫倒在厨房的扶手椅上。利奥趴在后门上，咕哝着要出去。斯金纳医生朝它喊道：“过来，孩子，现在我只有你了。”

利奥缓缓地走过来，任由医生摸着它的头。

“现在只剩下我们俩了，利奥，我们该怎么办？”

小狗坐在主人的脚上摇摇尾巴。

这一切都是那个该死的比利造成的：如果不是他让克里西怀孕了，她现在就不会在爱尔兰；梅布尔昨晚也不会那么气冲冲地出去，如果不那么生气，或许她就能看到那辆撞到她的车；如果克里西从来没有正眼瞧过那个……那个……斯金纳医生把威士忌酒杯朝房间那头扔过去，杯子碎了，金色的液体顺着墙壁流下来，利奥钻到了桌子底下。斯金纳医生再次躺到椅子上，闭上眼睛。他当然不会告诉克里西她母亲的死讯，那会让她立刻从爱尔兰跑回来，然后投入比利的怀抱。不，最好什么都不要做，在他看来，克里西跟他妻子一样已经死了。

18 凯瑟琳姨妈

姨妈生病的时候，克里西已经来到农场两个月了。她立刻就意识到有什么不对劲，因为她曾见过父亲的许多病人都有相同症状。

“凯瑟琳姨妈，我真的认为您应该卧床休息，不要去院子里了。外面很冷，您出去只会让情况更糟糕。”

“外面那么多活要干，我怎么能躺在床上呢？别唠叨了，孩子，让我去干活吧，我这辈子就没生过超过一天的病。我今晚多喝一大勺麦芽酒和鱼肝油，很快就会好的。”

她使劲咳嗽，咳出积在喉咙里的痰，然后把一大口浓稠的绿痰吐在地上。克里西感到一阵恶心，赶紧背过身去，但还是注意到了痰里的血丝。凯瑟琳颤抖着，克里西搂着她的肩膀把她带到墙边，让她靠在墙上歇口气。又下了一场厚厚的霜，地上到处都像燧石一样硬。牲口无精打采地站在地里，甚至连平日里总在园子里乱飞的鸡也抱成一团，徒劳地张开翅膀取暖。

“凯瑟琳姨妈，”克里西再次试探道，“我觉得您可能病得很重。我想您可能得了肺结核。这些症状我见过，而且是很多次。”

凯瑟琳用发白的手绢擦擦眼睛，说道：“胡说八道。肺结核？有人听说过这种病吗？要是我听都没听说过，那从哪里得来的这种病？”

“您听说过，凯瑟琳姨妈，不过您可能把它称作‘肺痨’。”

听到这个，凯瑟琳似乎迟疑了一下：“哦，我说过了，但我这辈子就没生过超过一天的病。”

“那您就更应该去床上休息了。我可以多干点活，您知道，我挤奶学得有多快。而且，如果我的判断正确的话，肺结核是具有传染性的，非常非常强。您也不想感染杰基和其他人，对吧？而且我很确定我不想被感染。对孩子不好。”

提到孩子，凯瑟琳立刻把一根手指放到嘴边，警惕地四处看了看，然后说：“或许你说得对，我确实感觉很不好。”

“那就这么说定了。靠在我身上，我把您带进去。”

/ # /

那天下午稍晚些时候，克里西一边搅着炉子上的一罐鸡汤，一边听着姨妈剧烈地咳嗽。她往碗里盛了一些汤，把之前烤好的苏打面包撕碎，泡进去，然后轻手轻脚地端上楼。姨妈的样子吓了她一跳，让她一阵恐慌。她的脸白如粉笔，眼睛血红肿胀。克里西摸摸她的额头，虽然屋里又冷又潮，但她的额头却是滚烫的。她把汤和面包放在小床头柜上，跑回楼下拉开前门朝院子里喊。

“杰基！杰基！”

她听到杰基扔掉工具，铁锹“哐当”一声砸在石头地面上，随即便看到他从谷仓里跑出来，后面紧跟着两条狗。

“怎么了，克里西？”

“我需要你骑马去镇上把伯恩医生接来。现在就去。”

杰基的脸色立刻担忧起来，问道：“是麦克布莱德小姐吗？”

“是的，杰基。麻烦你快一点。”

杰基立刻转身，把正拴在院子里吃草的萨米拽出来，连马鞍也没装就跳到了受惊的马背上。他踢踢马的侧腹，马立刻做出回应。他们慢慢跑出院子，杰基一边拍打着胳膊，一边努力只用马头套控制坐骑。

又过了两个小时，杰基带着医生回来了。一起上楼的时候，克里西向他描述了姨妈的症状。

“我觉得她是得了肺结核。”她总结说。

伯恩医生皱了皱眉头说：“非常感谢，不过我才是这里诊断病症的人。”

“当然，抱歉。医生，您喝茶吗？水我已经烧好了。”

伯恩医生点点头：“两块糖。”他观察着昏昏欲睡的凯瑟琳。

“现在，凯瑟琳，你感觉怎么样？”

凯瑟琳突然醒过来，费力地睁开肿胀的眼睛。“伯恩医生？你来这儿干什么？我可没有钱给你，真的，都是我外甥女多事，她不应该把你叫来的。”

“该不该来我说了算。”说着，医生打开药箱，拿出一个体温计，“不管怎样，你可以付给我一只母鸡和一盘鸡蛋。”

“我不太好，医生。”凯瑟琳大喘着气说，“说实话，我心里早就知道了。”

“我知道，所以我才来这儿的。”他摸索着听诊器说。

“不，你不明白。”凯瑟琳抓着他的手腕，“现在既然你已经来了，那就帮我做点事吧。”

“这正是我试图做的，如果你允许的话。”他推开她的手。

“那边。”凯瑟琳指着一个小五斗柜说，“最上面的抽屉，里面有一卷钱。我需要把它交给德拉蒙德神父。”

“你当我是什么？邮递员兼医生？”

凯瑟琳又剧烈地咳嗽了一阵：“求你了，伯恩医生。这很重要。”

/ # /

那天晚上晚些时候，伯恩医生不情愿地确认了克里西的诊断，然后离开了。克里西把可可粉拌进两杯热牛奶里，姨妈服下医生开的药，已经睡熟了。克里西穿上外套，悄悄出了屋，走到谷仓。

“杰基？”

她只能看到他的煤油灯在谷仓后面，然后听到他起身时干草发出的沙沙声。

“克里西？稍等，我马上出来找你。”

他看起来像是打了个盹，头上还沾着些干草。

“我做了些可可，在厨房里。”

“哦，谢谢，你想让我去拿过来吗？”

“不，我想让你跟我去屋里一起喝。”

杰基犹豫了。“呃，我不确定麦克布莱德小姐会赞成，她总是把我的可可拿到谷仓里。”

“求你了，杰基，你陪着我完全没问题。而且姨妈早就睡着了，伯恩医生给她开了点药。”

“那我想应该没问题了。我去拿上夹克。”

克里西把厨房里的火烧旺，又多盖了一些泥炭，房间里确实感觉很暖和。他俩一人捧着一杯热乎乎的可可，围坐一处，立刻都开始放松下来。杰基的陪伴让克里西感觉舒服，如果没有他，她真的觉得自己会受不了。她来了一段时间后，姨妈对她的态度已经稍微温和些了，但仍然坚持不许她告诉别人孩子的事，所以克里西还是感觉有些孤单。过去几个月里，她给母亲写了好几次信，但却没有收到任何回音，这让她感觉很失望。不过凯瑟琳姨妈坚持认为这并不是什么不寻常的事。邮局根本靠不住，总是好几个月才能把信寄出去，现在英国又在打仗，自然会耗时更久。想到母亲、家、利奥，当然还有比利，克里西一阵心痛。不管他做了什么，她还是无法忘记他，甚至为他的孩子正在她身体里慢慢长大而窃喜。她只知道终有一天他们会团聚，正是这个信念让她一直坚持下去。她轻轻摸着肚子，对自己笑了笑。

“想什么呢？”杰基打断了她。

“哦，没什么，就是有点想家。你知道，想念所有人。”

“你从来没有说起过你的家，克里西，跟我说说吧。”

克里西耸耸肩：“其实没什么可说的。我在曼彻斯特出生，长大，是家里的独女，父亲是个医生，母亲是个助产士。就这些。”

“可是你看起来很悲伤。你这么想家，为什么不直接回去呢？”

克里西叹了口气：“如果事情真如我所希望的那么简单就好了。”眼泪顺着她的脸颊慢慢落下来。杰基踌躇地搂住她的肩膀，同时朝楼上瞥了一眼。

“好了，克里西，跟我说说你到底有什么烦恼吧。我并不是假装自己有答案，但我敢保证，如果你说出来的话，会感觉好一点。”

“我不能说。”克里西小声说。

“你可以相信我。我知道我们认识的时间还不太长，但我们是朋友，不是吗？”

这是实话。杰基有时会让她想起克拉克。虽然克拉克比他更高，但他也有一样的红头发和友善的面庞。克里西想，不知道克拉克现在身在何方，他肯定已经去前线打仗了。想到比利很可能也去了，在远处的某个地方守卫祖国，时刻面临着死亡的威胁，她不由得打了个寒战。或许她应该为自己感到庆幸，至少她没有性命之忧——爱尔兰已经宣布中立，不打算参战。

"克里西？"杰基关切的脸将她拉回现实。

她打起精神，解释道："我没事，杰基，真的，现在我们要担心的是凯瑟琳姨妈。"

"你说得对。医生怎么说？"

"呃，她得了肺结核，可以动手术，但凯瑟琳姨妈绝对不会同意的，而且，到了这个阶段，手术已经没有必要了。我父亲以前曾经做过一种叫'充填术'的手术，就是让受感染的肺塌陷，让它有时间休养，从而治愈病灶。我跟伯恩医生提过，但他似乎根本不知道我在说什么。要是在曼彻斯特，我父亲会把病人送去疗养院，那里医疗条件好，营养有保障，有助于抵抗感染。不过说实话，即使真的有这么个地方，凯瑟琳也不会去的，她绝不会离开农场，不是吗？所以，只能由我们俩来照顾她了。我可以保证让她吃好、充分休息、恢复力气，你可以管理农场，让她不要太着急。"

"我可以做我妈妈的爱尔兰炖菜，肯定能让她立刻从床上跳下来。"

克里西充满怜爱地看着他："很好。谢谢你，杰基，非常感谢，我知道姨妈也会感激你的。"

"我愿意为麦克布莱德小姐做任何事，真的。"

"你会很想念你的父母吗？"

“当然了。我是独生子，你知道，这在爱尔兰还挺罕见的。生了我之后，我妈妈就再也没有怀上过。”

“他们发生了什么事？我的意思是，你的父母。”

“他们得了肺痨，没隔几天就相继去世了。我拉着妈妈的手看着她咽下最后一口气，看着她慢慢地、安详地死去。”

他把手伸进卫衣里，从脖子上掏出一条金链子，上面串着三个戒指，发出叮叮当当的响声，在火光下熠熠生辉。“这是我爸爸妈妈的结婚戒指，还有我妈妈的订婚戒指，我从来没有摘下来过。”他吻了吻戒指，又把链子小心翼翼地塞回卫衣里，然后闭上眼，轻轻拍打着胸膛。

他的痛苦显而易见，这让克里西想起了自己的母亲。如果她发生什么事的话，她自己肯定接受不了。

“对不起，杰基。”

他脸上笼上一层阴云，吞吞吐吐地问道：“这个肺……肺结……”

“肺结核。”克里西纠正道。

“对，就是这个，这个病没有肺痨严重，对不对？我的意思是，我不能再失去麦克布莱德小姐了。”

克里西实在不忍心告诉他，这俩其实是同一种病。

“对，杰基，别担心，我们一定会让麦克布莱德小姐好起来的。你只要明天过来就行了，我们一起做你妈妈的爱尔兰炖菜，听起来那道菜似乎好像有起死回生的功效。”她捏捏他的手，自信地说，“我向你保证，麦克布莱德小姐一定不会死的。”

/ # /

第二天，克里西坐在火炉边修补麻袋。她已经习惯了织补麻袋，但手头这个似乎特别难弄。针是弯的，又平又尖，要把它穿过结实的布料特别费劲。杰基在楼上陪着姨妈，正在给她喂他妈妈的爱尔兰炖菜。菜里并没有很多肉，但他把许多新鲜蔬菜剁碎了放进去以弥补蛋白质的缺乏，反而做出了一锅美味营养的汤，比任何特效药都有效。他已经上去好一会儿了，克里西不知道他们聊什么能聊这么久。姨妈现在很虚弱，所以肯定只能小口小口喝，但不管怎样杰基现在也应该下来了，不是吗？

她又补好了一个麻袋，注意到火上的水已经烧开了，便用果酱罐给杰基泡了一杯茶。虽然有点太甜了，但她还是按照他的喜好加了两块糖，然后轻手轻脚地走上楼。

她轻轻推开卧室的门，四处瞅了瞅，杰基正躺在凯瑟琳旁边，头枕在她的枕头上，胳膊搂着她毫无生气的身体。

“杰基，你到底在干什么？”

杰基稍稍动了动，但没有回答。

克里西心里突然升起一股强烈的不安，她慢慢走到床边，被姨妈蜡白的脸吓了一大跳。凯瑟琳脸上仅存的一点血色也已经渐渐褪去，而今只剩饱经风霜的苍白面孔。

“哦，杰基，”她一只手放在他肩膀上，“你怎么不下来叫我？”

他抽开胳膊，把脸埋在枕头里。

“杰基，真的很抱歉，我知道她对你来说意味着什么。”

她把盛在果酱罐里的茶放到床头柜上，然后轻轻拉起床单盖住姨妈的脸。

“杰基，到楼下来一下好吗？我们必须把医生找来。”

杰基坐起来看着她。“你不觉得有点晚了吗？你答应过我她不会死的。”他强忍着抽噎，说出这句话。

克里西捏捏他的手：“我知道，真的很抱歉，显然她的状况要比我们之前想的更严重。”

“为什么我总是遇到这种事？我爱的人一个接一个地离我而去。我来到这里已经四年了，我以为我有了一个一辈子的家，结果现在又变成这样！”

克里西望望窗外，发现天已经开始变暗了。“我们真的需要考虑骑马去镇上把医生叫来。天很快就要黑了，我还得试着给我妈妈打个电话。快点，杰基，我们一起去。”

她站起来，伸出一只手。他犹豫着抓住她的手，站了起来。走到门口，他又回望了一眼床单下毫无生气的人形。“再见，麦克布莱德小姐。”他哽咽着说，“我永远都不会忘记您为我做的一切。”

19 德拉蒙德神父

圣诞节的早晨，克里西和杰基坐在厨房的火炉旁。距离凯瑟琳去世已经差不多有两个月了，但农场的生活依然在无情地继续着。他们刚刚挤完早晨的奶回来，今天花费的时间是平时的两倍，因为只有他们两个人。迈克尔和德克兰今天放假回去陪家人了，他们早已接受这个惯例。现在杰基成了农场的主人。凯瑟琳在遗嘱里把农场留给了他，就像她之前承诺的那样，让他有了一个一辈子的家。虽然他们之间并没有血缘关系，但她已经逐渐把他当成家里的一分子。他同他的父母一样充满了工作热情，她知道农场在他手里不会差。

葬礼很低调，到场的只有克里西、杰基、迈克尔、德克兰和德拉蒙德神父。经过几次尝试，克里西终于给家里打通了电话。她用毫无起伏的语调跟父亲说话，却被告知母亲有急事出去了，无论如何都参加不了葬礼。父亲甚至没有问问她过得好不好，从那一刻起，克里西发誓再也不会跟他说话了。她能听到利奥在后面叫，她的心中满是悲愤。

杰基杀了一只母鸡作为圣诞午餐，现在鸡正在锅里炖着。火炉上面的横梁上放着一罐热乎乎的啤酒，那是迈克尔和德克兰送的圣诞礼物。克里西把那浑浊的深色液体倒了两杯出来，递给杰基一杯。“干杯，”她说，“圣诞快乐！”

杰基举起杯子跟她碰杯。她笑着啜了一口微温的麦芽酒，然后做了个鬼脸，杰基大笑起来："我想这是我的新爱好。"

她用手背擦了擦嘴唇上的泡沫，说："你笑起来可爱极了。"

他尴尬地盯着地板，然后戳了戳鸡肉："再有一个小时应该就好了。"

"杰基，请你坐下。我需要跟你谈谈。"

他惊恐地瞪大了眼睛，问道："你要走了，是不是？"

"为什么突然这么说？我需要告诉你我为什么来这里，以及为什么我还不能回家。姨妈坚持认为应该保守这个秘密，但我不认为自己可以继续无视这个问题。"

她解开自己的羊毛衫，捋了一下裙子，露出清晰可见的圆滚滚的肚子。

杰基皱着眉头，不安地动来动去。

"你……"

"是的，差不多六个月了。我是被我父亲发配来的，他无法忍受与一个荡妇女儿生活在一起的耻辱。"她咬牙切齿地说。

"别那样说！"杰基立刻跪在她身旁，"孩子的父亲呢？"

克里西叹了口气："他是……曾经是……我的一生挚爱。我曾经全心全意地爱着他，但当他发现我怀孕的时候，他不愿意接受。"

杰基握紧了拳头："混蛋……"

"嘘，那不是他的错，我想他是慌了。当时刚刚宣战，我们都太年轻，我父亲对他深恶痛绝，而且我们才认识不久。"克里西擦掉眼角的泪水，"不过，我真的很爱他，而且我确定他也爱我……"她清清嗓子，坐直了身子，继续说："不管怎样，现在一切都过去了，他根本不知道我在哪儿，我也不知道他发生了什么。他很有可能已经去前线打仗了。”

杰基抬头凝视着她淡蓝色的眼睛问：“那你接下来有什么打算？”

“这正是我需要跟你说的。如果我继续留在这儿不知道行不行，至少等我生完孩子，之后我会昂首挺胸地回到曼彻斯特，到时候我父亲只能乖乖接受现实。只要我母亲看到她的外孙，一切都会好起来的。”

杰基无力地笑了笑说：“我喜欢这个计划，除了你要回曼彻斯特那部分。”他站起来，在她额头上轻轻落下一个吻：“我会照顾好你和孩子。只要你们需要，这里随时都是你们的家。”

克里西如释重负地舒了一口气，愉快地说：“谢谢你，杰基。我不知道如果没有你我该怎么办。对了，你现在不应该再睡谷仓了，现在这里已经是你的家了。我想你应该搬到姨妈原先的卧室去。”

“哦，不行，我会感觉很别扭。”

“好吧，那至少搬到我角落里的那张床上去，我暂时搬去楼上。”

他迟疑地看了看，但不得不承认她说得有道理。“那好吧，如果你确定的话。”

克里西笑着再次举起酒杯：“干杯！”第二口已经没那么好喝了，啤酒冲击味蕾的时候，她忍不住打了个寒战。

/ # /

农场的生活延续了整个冬天，虽然气候恶劣，每天都要辛苦劳作，但克里西和杰基依然过得很满足。三月初，杰基和德克兰宰了一头猪，庆祝他和克里西的二十岁生日，原来他们的生日只差一个星期。现在，猪正倒挂在屋顶上，准备没入已经用泥炭火炉烧热的开水里。

克里西进到屋里，蹑手蹑脚地走到杰基身后。“干得真卖力啊，杰基，什么时候能好？”

水蒸气把他的脸熏得通红，头发也贴在了额头上，他用袖子擦了擦眉毛：“恐怕还得有一会儿……”

他用一只胳膊搂住她的肩膀，关切地问：“你没事吧？”

克里西揉揉酸痛的后背，疲惫地说：“我现在就想快点把孩子生出来。”

“就还有几个星期了。”

杰基拿起剁下的四个猪蹄，问她：“你喜欢用这个当下午茶吗？”

克里西恶心地皱了皱鼻子：“当然不。我知道那头猪踩过什么地方！”

杰基大笑起来，努力不去想等孩子出生后，等她回到了曼彻斯特，那时自己会多想她。

/ # /

几周后，杰基被外面一个不熟悉的声音吓了一跳。狗们使劲狂吠，母鸡飞到空中，带起一阵尘土，与此同时，一辆小驴车进入院子，德拉蒙德神父从座位上爬了下来。他把驴子拴到柱子上，大喊着跟杰基打招呼。

“德拉蒙德神父，真是稀客啊，要进来喝杯茶吗？”

“我想我不会拒绝，杰基，谢谢。”

两个人用力推开农舍沉重的前门。克里西正在火炉边织东西，她惊讶地抬起头来。

“德拉蒙德神父！见到您真是太高兴了。我去烧水。杰基，能麻烦你把最好的杯子找出来吗？”她可不能让一个穿着神父衣服的人用果酱罐喝水。

待三个人都捧着喝的坐下后，德拉蒙德神父清了清嗓子，开始说话：“事情是这样的，大家，呃，你们知道……都在议论。”

“议论什么？”克里西不耐烦地插嘴道。

德拉蒙德神父明显很不自在。“呃，你姨妈以前总是在我的茶里放点威士忌。”他举起杯子，“可以吗？”

杰基从顶层架子上拿下酒瓶，吹掉灰尘，在客人的杯子里倒了一点。神父嘬了一口，赞叹道：“啊，好多了。刚才我说到哪儿了？”

“大家都在议论？”克里西傲慢地叉着胳膊说。

“啊，对，就是你们现在的状况。我的意思是，还没结婚就像夫妻一样生活，而且——”

克里西打断了他：“我们没有像夫妻一样生活。我睡在楼上以前姨妈的房间里，杰基睡那儿。”她指指角落里的小床。

“我知道，但是孩子……”

杰基轻声说：“孩子跟我没有关系，神父，我的意思是，我不是孩子的父亲。克里西在这里是我的客人，我会照顾好她和孩子，直到她决定什么时候要走。虽然我热切地希望那一天永远不要到来，但克里西是自由的，只要她愿意，她可以随时回归她以前的生活。这跟别人没有关系，这是我们俩的事，神父，我不会让闲言碎语把它变成龌龊下流的事。克里西就是我的全世界，如果没有她，过去的几个月我肯定熬不过来。如果她决定要走，我真的不知道自己该怎么办。”

他站在她身后，两只手坚定地放在她的肩膀上。她也抬起手，抓了抓他的一只手。两个人坚定地望着德拉蒙德神父，把他看得浑身不自在。

“好吧，克里西，我能看出你遗传了你姨妈的固执。不过，你生孩子的事很久以前就已经安排好了。”

“安排？什么样的安排？”

德拉蒙德神父小声而坚定地说：“你姨妈把你的情况跟我说了。”

“怀孕的事？”克里西打断他说。

“对，就是这个。她让我给你找一个生孩子的地方，一个远离窥视的眼睛、远离八卦的地方，一个你可以安全、平静地生下孩子的地方。”

“您是说医院？”

“呃，不是，不过只比医院差一点。我已经安排好了，把你送去女修道院。”

“女修道院？可是我不是天主教徒，这样也可以吗？”

“我说过了，你姨妈求我帮忙，我答应过她我会的。相信我，这样对你来说是最好的。”

杰基开口道：“或许他说得对，克里西，想象一下在这个潮湿的农舍里生孩子，没有热水也没有自来水，要是出事了怎么办？”

克里西不得不承认他说得有道理。看过那么多次母亲的病人生孩子，她非常清楚其中涉及的危险。

“多少钱？”

“什么？不要钱。”德拉蒙德神父解释道，“这就是它美好的地方。你进入女修道院，她们照顾你和宝宝，作为回报，你要为修女们工作一段时间。”

克里西警惕起来：“什么样的工作？”

“呃，让我想想啊，她们从当地的旅馆、餐厅和牧师家里拿衣服洗，类似这样的事情，她们还有一个小农场，种些蔬菜来卖。这些你应该很熟悉了。”

“你觉得怎么样，克里西？”杰基问，“听起来是个完美的方案。我们肯定没钱去医院，麦克布莱德小姐显然认为这是最好的办法。”

“听听杰基说的。”德拉蒙德神父继续劝道，“他说得很有道理，真的。”

“我要在那里待多久？”

德拉蒙德神父犹豫了一下才给出答案：“这取决于你自己，克里西，只要你喜欢，你可以一直待在那里。”

“您说的好像是去度假似的。”

他紧张地笑了笑：“呃，你会得到很好的照顾。”

“我觉得你应该去。”杰基催促道，“听起来是个完美的方案。”

克里西无力地笑了笑：“那好吧，神父，请您就这样安排吧。”

德拉蒙德神父站起来，两个男人握了握手，杰基带他朝门口走去。

“非常感谢您，神父，我们非常感激您的帮助。”

德拉蒙德神父盯着地板说：“这都是麦克布莱德小姐的安排，记住这一点，孩子。”

杰基皱了皱眉：“当然，神父。小心脚下。”

当德拉蒙德神父爬上驴车时，他拍了拍胸口口袋里凯瑟琳·麦克布莱德的信。不管她年轻的外甥女会多么伤心，他怎么能无视一个将死之人的嘱托呢？

20 暴徒里克

1973 年

蒂娜躺在客厅的沙发上，完全不记得自己是怎么到这儿的。心每跳一下，头都会随着血管里涌出的血液突突地疼起来。破了的嘴唇肿成了香肠模样，一只眼闭得紧紧的，好像有人在她的眼皮之间涂了胶水，然后把它们挤在一起。透过一只好眼，她只能看到里克模糊的影子在自己上方徘徊，她想说话，但舌头却一点不配合，固执地贴在上颚上动不了。她能尝到凝固的血液的味道，这让她想起小时候去看牙医时被拔掉两颗牙齿的情景。那段记忆突然变得如此逼真，她甚至能闻到过去常常熏得她昏昏欲睡的煤油味。睡眠，这正是她迫切需要和渴望的。如果可以睡着，那就可以醒来，然后发现这一切只是一个可怕的噩梦。她感觉自己越陷越深，逐渐陷入一片空白，那里的黑暗让她感到欢喜。

不知道过了多久，她感觉到嘴唇上暖暖的。她强迫自己睁开眼睛，看到里克的脸近在咫尺，他正用一块湿法兰绒巾轻轻按压她肿胀的嘴巴。

“早上好，亲爱的。你感觉怎么样？”

过了好一会儿她才想明白这个问题，然后又花了更长的时间去想清楚这个问题的答案。

“发生什么事了？”最后她只问出这一句。

里克转身在一碗温水里拧了拧毛巾，然后把毛巾敷到蒂娜的脸上。“出了点意外。昨天晚上你回来晚了，然后很黑。我在门廊那里找到你，想问问你去哪儿了，有没有什么事，然后你肯定是绊倒了。我想抓住你，但你摔倒了，头撞到了栏杆。我都担心死了，一直在这儿陪了你一宿。”

蒂娜的脑子像糨糊一样。她隐约记得自己在门廊遇到里克，但之后的记忆里就只剩下火辣辣的痛感。她知道一定是发生了什么事，虽然……

“孩子！”她想坐起来，但一使劲又是一阵眩晕。

“嘘，孩子没事。”里克安慰她说。

“你怎么能确定没事？我要去看医生。”

“不行。”里克几乎是喊出来的，“不许看医生。”

蒂娜躺回沙发上。“我的头好痛，里克。”她开始轻声抽泣。

里克用手轻轻摸了摸她的额头，说：“我去给你拿点醋氨酚[①]。”

几分钟后，他拿着一些药片、一杯茶和一片面包回来了。

“来，我给你弄了点早饭，这个药不能空腹吃。”

他用一只胳膊从背后搂住蒂娜，让她坐起来，然后为她垫上靠垫，让她更舒服些。热茶碰到嘴唇，她又缩了一下。

“抱歉给你带来这么多麻烦，里克。”

“蒂娜，你是我老婆，不管生病还是健康，你都是。”

---

① 解热镇痛药。

“可是你的工作怎么办？”

他瞥了一眼壁炉架上的钟，又忘了上弦了。“我还有一个小时上班。你一个人能行吗？”

“当然。你去吧，我没事。今天周几？”

“周六。别担心店里的事，我已经处理好了。”

她太累了，无力抗议。“好吧，我只是需要睡会儿。”

“好姑娘。”他在她唇上用力一吻，她再次缩了一下。

里克走了几个小时之后，蒂娜觉得饿了。她小心翼翼地把腿挪下沙发，坐直了身子。又是几秒钟的眩晕，但随后她便稳住身体，慢慢站了起来。她身上穿的还是昨天的衣服，血和汗让她感觉自己又臭又黏。她颤颤巍巍地走进厨房，查看了一下“战场”。里克昨晚显然给自己做了饭，每个台面上都残留着这顿饭的证据——干烘豆粘在锅底上，空蛋壳放在工作台上，两片烤煳的面包被丢在油腻的盘子里。

她叹了口气，开始洗盘子。她拿起一个玻璃杯，注意到杯底有个棕色的小点。虽然讨厌那种像是在偷窥的感觉，但她还是把杯子凑到鼻子前，使劲闻了闻。当她闻到陈腐的威士忌味道那一刻，昨晚发生的一切逐渐清晰起来。她根本没有绊倒，她脸上的伤不是因为撞到了栏杆，而是撞到了比栏杆危险一万倍的东西——她丈夫的拳头——造成的。她跌跌撞撞地回到客厅，站在楼梯底下。她丈夫就是个暴力狂加酒鬼，这一点永远也不会改变。这个真相比她昨天遭受的外伤还要痛上一倍。

她躺在浴缸里，思索着以后该怎么办。现在她已经怀孕七个月了，却仍深陷在这场充满暴力的婚姻中。格拉哈姆和琳达一直都是对的，她竟然让自己陷入如此境地，这让她既羞愧又尴尬！她本可以立刻永远离开，为了自己也为了孩子，但一想到要回到那个脏兮兮的小开间，她心里顿时充满了恐惧。而且，她现在已经不可能出现在公共场合了，她看上去像是已经跟亨利·库帕[①]大战了十个回合。

里克下班回来的时候，蒂娜觉得稍微好点了，至少身体上感觉好点了。她做了饭，两个人坐在餐桌旁试图正常地聊天。

“工作怎么样？”她随意地问道。

“还不错。今天有几个小无赖不付钱就跑了，售票员在他们后面追，但根本抓不住那些小混蛋。后来有个一直流鼻涕的小孩尿裤子了，弄的座位上一整天都是一股尿味。”

他又往嘴里塞了一口吃的。“谢谢你做的茶点，亲爱的。你知道，本来应该是我来做这些的，你需要休息。”

“我没事。”蒂娜推开没有动过的食物。

“你不想吃？”里克伸过手来，从她的盘子里叉了一块土豆泥吃。

“我不饿。”

“你需要保持体力，就算不是为了自己，也要替孩子着想。”

蒂娜深吸一口气，两只手捂住脸。

“我知道是你，里克。”

里克放下刀叉，屋里陷入一阵沉默。他把她的手指从脸上扒开，直直地盯着她的眼睛。

“你知道——‘什么是我’？”

“昨天晚上，我根本没有绊倒，是你打了我的脸。我记得闻到了

---

① 亨利·库珀（Henry Cooper）是第一位两次（1967年，1970年）被授予BBC年度体育名人的重量级拳击手，是英国最伟大的战后重量级拳击手之一。曾经和拳王阿里交锋。

威士忌的味，而且——”

他猛地一下站起来：“什么？你怎么能这么想？打你的脸？我永远都不会做出那样的事。”他注意到蒂娜不相信的表情，“我的意思是，我知道我过去打过你，对此我肠子都悔青了，但我已经改了，你必须意识到这一点。我们现在要组建一个家庭，我绝对不会让任何事情危及这件事。”

他跪在蒂娜身旁，把头埋在她的腿间，哭哭啼啼地继续说：“我不敢相信你竟然会那样想我，我连做梦都不会想要对一个孕妇动手。”

此刻，蒂娜的脑子完全乱了。他听起来似乎已经彻底悔悟，听到她认为他竟然会犯下如此暴行，似乎真的吓坏了。或许，昨天的事情她根本没有记清楚。她把手放在他的头上，用手指梳理着他浓密的黑发，安慰道：“对不起，里克，肯定是我的记忆跟我开了个玩笑。”

他抬起头来，恳切地望着她。“求你了，蒂娜，如果你真的那么想过，那你必须试着重新开始相信我。”他用力捏着她的手腕。

“我知道，只是——”

他伸出手来，把一根手指放在她嘴上，不让她继续说下去。“别说了，就当一切都没有发生过。”

他握住她的两只手，她微笑着，同时努力无视他关节处清晰可见的瘀青。

21 比利的信

天气从来没有这么寒冷潮湿过，随着石油危机的爆发和停电政策的施行，全国都陷入一片萧条。里克和蒂娜听着广播里希思首相的演讲，他正在警告大家，整个英国将经历自战争以来最艰难的一个圣诞节。第二天，特拉法加广场圣诞树上的 650 盏灯会全部熄灭。

正是在这样阴郁的氛围下，他们出发去曼彻斯特买婴儿车。蒂娜从好几个星期前就一直缠着里克陪她去买，她觉得这应该是两个人一起去做的事，最后他终于同意了。他紧紧拉着她的手，穿过拥挤的街道。一个年轻人朝他们走过来，不小心撞到了蒂娜，害得她趔趄了几步。里克抓住她的胳膊肘把她扶住，同时转过身去冲着那位年轻人喊："喂，伙计！怎么走路的？"

那位陌生人注意到蒂娜已经身怀六甲，立刻忙不迭地道歉。

"真的非常非常抱歉。"他轻轻碰碰蒂娜的小臂，"您没事吧？"

里克立刻放开蒂娜，一把抓住那人的领口，大嚷道："别碰我老婆！你看不见她已经怀孕了吗？她对你没兴趣。只有我才能碰她，明白了吗？"

年轻人赶紧高高举起双手。

"别紧张，先生，我没有任何恶意。不小心撞到您妻子，我感到很抱歉，可以了吗？"

里克咕哝着把他推到墙边。

蒂娜胆怯地站着，试图融入已经聚集过来的一小群人中。里克找到她，一只手拉着她："走吧，亲爱的。"他又转向好奇的围观人群说："没什么好看的，都散了吧。"接着，他拽着身后的蒂娜大步走开。

"上帝啊，里克，刚才是怎么回事？"

"别告诉我你没看见？那个小丑一直盯着你看。他看你的那种方式……你都怀孕快九个月了……真是太恶心了。"

蒂娜叹了口气。她知道里克坚信与她发生接触的所有男人都想跟她上床。他如此保护她，让她有些开心，因为这说明了他有多爱她。此刻，他呼吸急促，既是因为生气，也是因为走得太快，蒂娜必须得跑起来才能跟上他。

"不行，"他停下来深吸一口气，"我现在不能去买东西，气死我了！"

"里克，求你了，不要煞风景，我盼这一天已经盼了好久了。"

他指着路边的一个酒吧，问："我们去那边稍微吃点东西，喝一杯怎么样？"

她犹豫了一下。她知道这是个糟糕的主意，但她真的特别想今天就把婴儿车买了。吃完午饭后一起静静地待一会儿，或许他就能冷静下来。

"那好吧，但不能太久。"

他振作起来，再次牵起她的手，说道："很好，那走吧。"

他欢快地跳过马路，一边紧紧地把蒂娜拉在身后，一边熟练地躲闪着车辆。

/ # /

那天晚上，里克情绪不佳地坐在沙发上。又停电了，他们默默坐在那里，周围摆着一圈蜡烛。无须多言，去酒吧吃午餐确实不是什么好主意。几品脱下肚，蒂娜终于成功把他哄到了街上，但他一直想找人吵架、打架，根本没有兴趣去买婴儿车。她建议他俩乘公交车回家，里克爽快地同意了，但在此之前，他先给自己买了一件“奢侈品”。那件奢侈品现在正放在客厅中央的箱子里，完全就是多余的。

“狗屁政府！他们以为自己是谁，就这么断我们的电？”

“我敢保证，如果他们知道你今天要买一台彩电的话，肯定会开个特例的。”

蒂娜默默地怒火中烧：彩电，我的老天！他们原来租的黑白电视机怎么了？这下买婴儿车的钱没了。她知道上次全国越野障碍赛赢的钱还有剩，但里克早就放在了她根本碰不到的地方。她叹了口气，挣扎着站起来：“要喝点茶吗？”

里克难以置信地看着她：“你是想逗我玩吗？”

蒂娜意识到自己的错误，又坐了回去：“我忘了。”

“我们坐在几乎一片黑暗之中，然后你跟我说你忘了停电了？”

“求你别揪着这个不放了，里克，我不想吵架。”

他悄悄挪到坐在沙发上的蒂娜旁边，凑到她耳边说：“那你知道我想干什么吗？”

蒂娜的心跳骤停了一秒：“里克，求你了，看看我现在的样子，我的肚子实在太大了。”

他一只手滑进她的裙子里，粗鲁地揉着她的乳房：“确实是。”

他把鼻子凑到她的脖颈间，用力咬了一下她的耳朵。她转过身来求他住手，但他用自己的嘴堵住她的嘴，然后用舌头撬开她的嘴唇。蒂娜强迫自己放松，不要惹他生气，并且在他爬到她身上时不要退缩。

/ # /

第二天，终于有电了，里克从箱子里搬出电视机。当他打开电视机的时候，电视里的画面逐渐变成了五颜六色的万花筒，所有的人似乎都蒙上了一层橙色的光。蒂娜觉得还是老黑白电视机的画面要更自然些，不过里克很高兴，摆弄着按钮，调节对比度和亮度，直到调出自己最满意的完美画面为止。

他后退几步，欣赏着自己的新玩具。“瞧瞧，”他大喊道，“多么清晰！嘿，真是太棒了！看西部片的时候尘土都要飞进我的眼睛里了！”

他自娱自乐，继续浏览着那三个频道。“把那个《广播时报》拿过来好吗，亲爱的？”

蒂娜拿起那本封面上呈现出一片热闹节日景象的两期合刊：**莫可姆和怀斯，看：麦克·亚伍德，黑白迷你剧**。在新的彩色电视机上看黑白迷你剧，这么讽刺的事情对于蒂娜来说并没有什么影响。她把杂志从地上扔过去，里克一把捞起来，根本没有注意到她的坏情绪。

“你觉得我们什么时候可以去买婴儿车？”她壮起胆子问。

“现在不要说这个了，行吗？我们坐下看新电视不好吗？婴儿车可以下周再去买。”

蒂娜摸了摸肚子：“那时候可能孩子都生出来了。”

正在翻《广播时报》的里克停了一下，回味着这句话，突然喊道：“我的天哪，你说得对！所以，我们最好在可以的时候及时行乐。去拿两杯喝的，好吗？”

/ # /

几天后，蒂娜正在慈善店里工作，格拉哈姆走了进来。

“你打算什么时候停下这一摊子事？你现在必须休息了。”

“早上好，格拉哈姆。做到这个月底。”蒂娜答道，“很快就到了。”

她瞥了一眼角落里的婴儿车。那是几周前慈善店收到的捐赠，蒂娜当时还想，不知道哪个妈妈这么可怜，买不起新的婴儿车，只能买这个。但是现在，她却只能接受残酷的现实：她将会充满怜爱地把自己期待已久的宝宝放进这个又旧又破的车子里。她开始把放在车子里的书往出拿，格拉哈姆突然冲了过来。

“嘿，我来帮你。”他把一摞书从她手里接过来，放在柜台上。“话说，你收拾这个车干吗？有人要这个吗？”他用手摸摸生锈的外罩，看着破烂的内饰做了个鬼脸。蒂娜尴尬地别过脸去，又拿了些书放到柜台上。

“不是吧，”格拉哈姆说，“求你告诉我不是你要买。”

“哦，其实也没那么差。里面用去污粉一擦，看上去就跟新的一样。”

“我以为你会去商场买个新的。”

蒂娜自嘲道：“我们确实去了。说来话长，反正我们最后买了台彩电回来。”

格拉哈姆紧紧抓住柜台，摇摇头，他咬着牙，深吸一口气。

蒂娜把一只手轻轻放在他肩膀上。

“格拉哈姆，这跟你没关系。我很好，真的。不管怎么说，婴儿车也用不了太久，电视可以看好几年呢。”

“你真是圣人，蒂娜，我真不知道你到底是怎么忍受他的！”

她耸耸肩，说："我爱他，格拉哈姆，我知道我有一万个理由恨他，但我做不到。他的表现一直还不错，除了……"她本能地把手放到脸上。

"除了什么？他是不是又打你了，蒂娜？"

她赶紧开始维护里克，解释道："不，当然没有，一切都很好。我们都很期待宝宝的到来。"

格拉哈姆似乎不太相信。

"听着，我知道你是好意，但我必须跟你说清楚，我不想让你以为我很弱。我知道自己在做什么，你知道，我没法一个人把孩子养大，而且，我确定里克会是个好爸爸。如果我有一秒钟认为他会伤害孩子，相信我，我一定会走的。我不知道我会去哪儿，但我绝对不会拿自己孩子的安全冒险。你必须相信我，格拉哈姆。"

/ # /

蒂娜早早地关了店门，准备推着婴儿车慢慢走回家。她把店门钥匙塞进口袋里，想起自己没拿包就出来了，她又暗暗骂了自己一次。

婴儿车确实没那么差，上面有很多挂东西的地方，人行道上的坑坑洼洼都被大轮子轻松碾过去了。她想象着那些曾坐在这辆婴儿车里，被推着，与妈妈一起度过珍贵时光的宝宝们，突然觉得精神抖擞，自豪地推着车子经过一条条街道。再过几周，她就会推着自己的宝宝走在街上，陌生人都会温柔地冲她微笑，问她可不可以看一眼孩子。她会拉开被子，露出他们从未见过的这世界上最漂亮的宝宝。里克会载着婴儿车骄傲地围着汽车站转，其他司机和售票员都会聚过来夸赞他们的孩子可爱。他们会一致认为，这是他们见过的最可爱的宝宝。

想着这些景象和画面，蒂娜惊讶地发现自己已经走到家门口了。

推着婴儿车,路似乎也没那么远了。她把车放在门口,走进门廊叫里克。

“来看看我弄到了什么!”她脱下外套挂在衣架上,“里克?你在哪儿?”她走进厨房,里克正望着窗外。“你在这儿啊。没听见我进来吗?我弄到了一辆婴儿车。是辆二手的,不过还挺好推,等刷干净了,肯定——”

里克突然转过来对着她,把她的话打断了。他一脸怒容,似乎每一根筋都要爆开了。他手里拿着什么东西,是一张纸——蒂娜认出了那张纸。

“我刚才有点头疼。”他慢慢地说着,努力压抑着声音中的怒火,“可柜子里一片药也找不到。后来我发现你的包落在了餐桌上。包里也没有药,不过我找到了这个。”他高高举着比利的信,蒂娜心里升起一阵恐惧。

“哦,克里斯蒂娜。”他重重地说着她的全名,“你打算什么时候跟我说说这个比利?”

蒂娜一时手足无措,连忙解释道:“天哪,里克,你全搞错了,那封信不是写给我的。看在上帝的分儿上,你看看日期。”

但里克根本不听。他一下子扑过来,抓住她的长头发。她惊恐地尖叫着,但他却用力掴了她一巴掌,然后握紧拳头,朝她隆起的肚子打去。蒂娜大口喘着气,痛苦地弯着腰,跌倒在地上。她记忆中的最后一件事就是比利·斯特林褪色的照片颤抖着飘到了地上。

“全都弄错了。”她一遍又一遍地说,但已经没有人听得到她了。她试图挣扎着站起来,却听到前门“砰”的一声关上了。之后,她感觉两腿间热乎乎的。

“孩子。”她小声说,随即便昏了过去。

22 真相大白

里克右手抓着比利的信，气势汹汹地跑到街上。他看到一辆公交车开了过来，虽然离公交站很远，但他还是伸出手去。公交车稍微减慢了速度，但完全没有要停的意思，这让里克火冒三丈。他直接抓住银杆，熟练地跳上车，把售票员吓了一跳。

“哎，你不能直接跳上车，就这样——”他认出里克，立刻不说了，“哦，是你啊，你急急忙忙这是要去哪儿？”

“吉尔本特路，弗兰克。”他挤过去，在最近的座位上一屁股坐下，“现在别管我了。”

里克在吉尔本特路下了车，找到180号，整个人完全像是中风了一样。他很想喝水。他用拳头砸了两下门，不耐烦地等着。两秒钟后，他又砸了两下，这一次同时还喊了起来。

“比利，你的事情我都知道！出来，像个男人一样站在我面前。”

他又砸了一次门，这一次，他听到里面有动静，门慢慢开了一条缝。

“吵什么吵？至少让我走到门口啊。”

看到一位老太太出来，里克万分惊讶，但他还是粗暴地推开她，直接冲进狭小的客厅，喊着问：“他在哪儿？”

“谁？”老太太问，“我丈夫？”

里克把她上下打量了一番，挖苦道：“我想应该不是。比利，他是你儿子吗？”

她一下子僵住了：“是谁想知道？”

里克一把抓住她的胳膊肘：“别跟我耍花招。我知道他住这儿，而且我还知道他一直跟我的妻子纠缠不清。”

老太太愤怒了:“那他也得有那工夫。比利已经死了三十多年了！”

里克一时乱了阵脚：“你说什么？”

女人瞪着他说：“听着，我不知道你是谁，但我一点儿也不怕你。你不能这样在这里大喊大叫，什么屎盆子都往我们家比利头上扣。我说过了，他早就死了。他在 1940 年的战争中牺牲了。”

里克不请自便，一屁股坐在火炉旁的一张扶手椅上。

“不客气。”老太太讥讽道。

他慢慢打开从家里一直攥到这里的那封信，第一次认真地看起来。看到末尾，他两只手抱住了头：“哦，我的天啊！我干了什么？我干了什么？”

23 银十字牌婴儿车

格拉哈姆知道，如果被希拉发现的话，她会杀了他的。他从口袋里的一卷钞票中抽出一叠，递给售货员。

“谢谢，先生，我保证您妻子一定会喜欢它的。”

他犹豫了一下，说：“这不是给我妻子买的。”

售货员给了他一个“我懂”的眼神。“哦，我明白，是我弄错了。”她在收银机上按了几个按钮。抽屉“叮”的一声打开了，她数了数钱放进抽屉里。

格拉哈姆突然有些慌张，连忙解释道：“不是，不是那样的，这是给一个朋友买的。”

售货员轻轻吹了一声口哨，说：“那肯定是一位很好的——朋友。”

“对，是，一个非常好的朋友。”他不确定自己为什么要跟一个完全不认识的人说这些话。他就是太实诚了。

他跟售货员道了晚上好，便推着崭新的高端银十字牌婴儿车走到了人行道上。他听到身后的门“咔”的一声关上了，售货员把牌子翻到了“停止营业”那一面。

他把婴儿车推到自己的卡车上，看到它崭新的轮子第一次粘上沙砾和污点，忍不住咒骂起潮湿的街道来。他知道自己这件事做得有点过头了，但想到蒂娜要推着那辆破旧的二手车走在街上，他真的无法保持淡定。他知道蒂娜是他的软肋，但他就是控制不了自己。他只希望一会儿他去送车的时候里克不在家。

当他把车开到克雷格家门外时，里面一片漆黑，他不禁有些困惑。他瞥了一眼路灯，路灯都亮了，所以肯定没有停电。他把婴儿车留在卡车上，按了门铃，同时注意到慈善店的那辆旧车正放在前门。

按了三次门铃后，他放弃了，回到了卡车上。他发动汽车，引擎突突地响起来。这时，他突然想到可以把婴儿车放在后面的棚子里，他可以从前门塞一张纸条进去，解释自己的心意。等蒂娜回家的时候，这一定是个大惊喜。

他推着银十字婴儿车走过蒂娜家旁边狭窄的小巷，到达棚子时，他必须从婴儿车旁边挤过去才能把棚子打开。棚子里有很多垃圾，还有剪草机和一些没怎么用过的园艺工具，不过，格拉哈姆稍微整理了一下，就把婴儿车塞进去了。他犹豫了一下，然后，突然有一种预感迫使他用手罩住眼睛，趴在厨房窗户上往里看。屋里一片黑暗，他的眼睛过了一会儿才适应过来，然后又花了几秒钟，他脑子里才想明白自己看到了什么。他迅速用胳膊肘敲破后门玻璃，拿起钥匙，冲进厨房。

“蒂娜，蒂娜……”他的喉咙一下子堵住了，“上帝啊，到底发生了什么事？”

他跑到门廊，拿起电话，拨打了999。他的手指一直在发抖，动作也有些笨拙，试了三次才打通。

他回到蒂娜躺着的地方，跪在她身旁。他的双手颤抖着，几乎不敢碰她。她的脸看起来很不真实，嘴唇发青，裙子缩了上去，露出雪白的大腿。他小心翼翼地把裙子拉下来，让她保持得体。可就在这个时候，他注意到了，暗红色的污血已从她两腿间流出来，凝结在亚麻布上，格拉哈姆本能地知道，那两辆婴儿车她一个也用不上了。

24 爱之殇

她首先注意到的是气味。先是消毒剂味，随后是另一种不太熟悉的味，那股味让她觉得心跳加速，是刺鼻的、有股带有金属的血腥味。她睁开眼，试图把头从枕头上抬起来，但头却像健身实心球一样沉，根本动不了。胳膊也很僵硬，胳膊肘一侧微微刺痛。她伸长了脖子，发现自己正在输液。嘴巴干得厉害，像是结了一层水垢，嘴唇也破了。还有点别的什么，是比这些更悲惨得多的。她感到一阵空虚。

病房的门开了，格拉哈姆端着一杯咖啡走进来。他发现她已经醒过来了，一下子冲到床边。

“你醒了！”他用手摸摸她的眉头，理理她的头发，头发上仍然全是汗水。

“格拉哈姆！你怎么在这儿？我这是在哪儿？”

格拉哈姆拉起她的手，吻了吻她的手背：“你在医院，亲爱的。”他眼睛里闪着泪光，别过脸去，努力让自己平静下来。

“格拉哈姆？”

他深吸一口气，说道：“真的很抱歉。”

蒂娜抬起手示意他不要说了。

“我知道。孩子没了。”

“哦，蒂娜。”他俯身在她额头上轻轻一吻。

“里克在哪儿？”

格拉哈姆握紧拳头，努力控制自己。“如果他知道这里有什么在等着他的话，那他可能得过好长一段时间才会出现。我认为你应该去告他！”

蒂娜觉得很累，费力地说：“现在先不想这个。我只是需要见到他。”

格拉哈姆难以置信地摆摆手，说：“想想他都干了什么，蒂娜！你脑子糊涂了。”

眼泪顺着她的脸颊滑下来。她想用手擦掉，但这个动作把架子上的输液袋弄得左右摇摆。“我的孩子。”她小声说，“我的孩子没了。”

格拉哈姆把她裹在怀里，她终于失声痛哭。他抱住她前后晃着，安慰道：“这就对了，都哭出来吧。”

她几乎泣不成声：“男孩还是女孩？”

“是一个漂亮的女娃娃，蒂娜，可爱极了。”

蒂娜抽出身子，凑近盯着他，问道：“你见过了？”

“嗯，我一直在这里陪着你。哦，真正分娩的时候没有，那时候我在走廊里等着，不过后来他们让我看了。”

蒂娜用胳膊肘把自己撑起来，说：“我想看看她。”她的声音异常镇定。

格拉哈姆只是稍微犹豫了一下，答道：“当然，我去叫护士。”

/ # /

蒂娜望着刚刚出生的女儿，感叹她是如此完美。她闭着眼睛，长长的黑睫毛扫过脸颊，看上去像是睡着了，仿佛随时会醒过来，瞪着可爱的大眼睛看着她的妈妈。“你确定她……”

捂住脸的格拉哈姆抬起头来："她根本没有活下来的希望，蒂娜，那个混蛋用那么大的劲打你，导致你胎盘早剥……你流了很多血。你自己没死都已经是个奇迹了。"

蒂娜紧紧闭上眼睛。"我真希望我死了。"她把女儿抱在怀里，"都是我的错，我根本不应该回到他身边。你和琳达都说我疯了，我却不听，现在，我的孩子为此付出了最大代价。我永远无法原谅自己。"

格拉哈姆紧紧攥住一团被褥："蒂娜，要说错，只有一个人错了，不过，那个人不是你。"

"凯蒂。"蒂娜小声说。

"什么？"

"我要给她起名叫凯蒂。"她挤出一丝微笑。

"这个名字真好听。"格拉哈姆掏出手绢，用力擤了擤鼻涕。

蒂娜抱着孩子，轻声给她哼歌，一边唱歌，一边温柔地摇着她：

睡吧，我的小宝贝

安静会伴随你

整个晚上

守护你的天使会把整晚的安静带给你

她笑着用手勾勒着孩子的脸庞，然后把脸转向正坐在旁边椅子上看着自己的格拉哈姆，说道："能麻烦你现在让护士过来把她带走吗？"

他一下子跳起来："如果你确定的话。"

他按了铃，不一会儿护士就来了。蒂娜理了理凯蒂的粉色小毯子，轻轻裹住她的小脸。"我不想让她冻着。"她口气坚定地说。她低头望着自己完美的宝宝，在她额头上落下一个吻。“再见，我的小天使。我永远也不会忘记你的，安息吧。”之后，她便将孩子永远地交了出去。

/ # /

蒂娜从断断续续的睡眠中醒来时已经是后半夜了。格拉哈姆躺在旁边的椅子上，轻轻打着呼噜。蒂娜带着笑意，怜爱地看着他。好男人还是有的。她转而想到里克，顿时胸口升起一股恨意。她开始心跳加速，希望自己有足够的力量发泄出这股怒气，但随后，女儿早夭的悲痛却化解了她所有的力气。在她的坚持下，格拉哈姆曾试着给里克打电话，但却没有得到任何回应。蒂娜想过给婆婆打电话，但又无法面对那个女人，而且，蒂娜确定，她毫无疑问会为她儿子的暴行找到一切能找的借口。他很可能在某个地方喝得失去了意识，烂醉如泥，根本无法处理现实问题。除了彻骨的痛，她唯一记得的就是他抓着比利的信气势汹汹地冲出门的画面。他那邪恶的脑子里全是些愚蠢的想法，根本看不见事实。

/ # /

里克回家的时候已经是凌晨了。离开吉尔本特路后，他去了最近的酒吧，想理一理思绪。他真是蠢透了。他再次冷静地、完整地看了一遍比利的信，这才意识到自己是个多么不理智的混蛋。可问题是，他太爱蒂娜了，特别怕别人把她抢走。他的嫉妒现在变成了空前严重的妄想症。因为蒂娜不仅特别漂亮，还非常善良、体贴，她的大智若愚经常会令他感到惊讶。他知道他不是这个世界上最好的丈夫，他的行为可能很古怪，他缺乏判断的举动有时候近乎精神失常，但他确实全心全意地爱着她。

他又喝了一杯，挣扎着站起来。他已经下定决心，要成为让蒂娜感到自豪的好丈夫。他知道自己已经让她失望太多次了，但这次他真的下定决心要补救。他们会成为最棒的父母、最宠爱孩子的父母，他们的孩子将别无所求，他们的小家将牢不可破。

当他正要把钥匙插进自己家前门的锁眼里时，突然注意到门口的旧婴儿车，他不由得停下手中的动作。他不记得自己之前冲出去的时候看到过这辆车。他蹑手蹑脚地走进门廊，免得吵醒蒂娜。他迫切地想要喝杯水。走了那么长的路才到家，他已经差不多清醒了，但此刻他口干舌燥。他打开厨房的灯，打开水龙头放了点凉水。他大口大口地吞了两杯水，然后突然停住了，因为他感觉脚底下好像踩到了什么东西。他弯腰看了看地上的玻璃碎片，然后皱着眉头站起来，发现后门的窗户破了。

“这是怎么了？”他的心突然怦怦地跳起来，虽然喝了那么多水，他却突然又感觉口渴得厉害。他从门口向后退了几步，随即恐惧便像水银一样涌满了他的全身。他缓缓转过身来检查厨房有什么不对劲。一股冷汗从脊背上淌下，他的心在胸膛里狂乱地跳着。

之后，他终于明白发生了什么。他惊恐地后退几步，靠在水槽边上，两只手捂住脸，用力揉了揉眼睛，然后强迫自己再看一次。还在那儿，他就知道，地板上暗红色的血迹，不可能是别人的，那是他妻子的血。他转身对着水槽吐起来。

确定床上没有人后，里克回到厨房，拉出一张椅子。他趴在桌子上，闭上眼睛，呼吸逐渐变浅，过了一会儿，他的身体突然一阵痉挛，又惊醒过来。他站起来到处找笔。最后终于在门廊的电话旁找到一支，然后又从裤子口袋里摸出比利那封皱巴巴的信。他双手颤抖着把信捋平，翻过来写上三个字：对不起。

他最后一次离开了他婚后的家，只留下一个绝望的背影。这一次他非常清楚，蒂娜永远都不会原谅他了。他既不期望也不想得到她的原谅。随着他拖着步子慢慢走向远处，他终于给了她应得的——他给她自由。

25 醉死梦乡

蒂娜坐在医院的病床边上，心不在焉地晃着腿。她已经在医院住了快一个星期了，里克那边还是没有任何消息。格拉哈姆回过他们家几次，主要是收拾厨房，处理掉那两辆婴儿车，但从来没有见过里克。最后蒂娜还是给莫莉打了电话，但她也没有他的消息。听说自己的孙女没了，她号啕大哭，又听说里克好像也失踪了，她担心得要命。

“我家里克一定会是一个好爸爸。”她抽泣着说。

一阵迟疑的敲门声响起，格拉哈姆四处看了看。

“你准备好了吗，亲爱的？”

蒂娜滑下床，拎起自己的小包。她稍微晃了下，格拉哈姆连忙扶住她的胳膊肘，关心道：“放松。听着，我去拿你的外套，外面冷死了。”

蒂娜接过厚实的冬外套穿上。她意识到有什么变得不一样了，但又说不上来是什么。后来她突然想起来了，现在外套上所有的扣子都能扣上了。上次她穿这件外套的时候是怀孕差不多九个月的时候。她用力咬住颤抖的下嘴唇。

“你没事吧？”格拉哈姆问。

“你觉得呢？”她懒洋洋地答道。

“对不起，这个问题太蠢了。”

“不，该说对不起的人是我，格拉哈姆，不过求你不要一直问我好不好。”

“当然。”格拉哈姆说，“听着，你要不要过来跟我和希拉一起住？我一想到你自己住在那个房子里就难受。要是他回来怎么办？”

“要是他真回来了正好。我需要见他，我们俩之间还有些事没说清楚。”

“我不能让你那样做。你再也不许看他一眼。想想他都干了些什么事！”

蒂娜抬起一只手，说：“格拉哈姆，有些话我必须跟他说清楚。这些话我很久以前就应该说了。”

她的口气让他明白继续争论下去没有任何意义。

回到家后，蒂娜惊讶地发现这个地方看起来竟然如此温馨。格拉哈姆把整个房子从上到下全打扫了一遍，还在客厅里摆了一棵小圣诞树。她倒在沙发上，挣扎着想脱掉靴子。

“别动，我来。”格拉哈姆说。他帮她把靴子脱了，放在脚边的地板上，接着问道：“要来杯茶吗？”

“很乐意，谢谢。”

几分钟后，格拉哈姆端着托盘回来了，手里还拿着其他东西。“我找到了这个。”他把比利的信递过来。

蒂娜看看皱巴巴的信，试图把它捋平，就在这时，她看到了那三个字。他以为她就值他写得那么幼稚的那三个字？

她瞪着那三个字，过了好一会儿才开口。“他回来过了。”她简单地说。

/ # /

格拉哈姆和蒂娜一起坐在沙发上，两人各自沉默着，气氛自然又舒心。他一边咬着笔杆，一边思考填字游戏，而她则心不在焉地翻着《妇女周报》。上面有怎么做星形圣诞饼干的食谱，如何用卷纸芯自己做小饼干的说明，还有关于应急圣诞礼物的建议。她任杂志滑到地上。在她看来，圣诞节已经被取消了，一本充满节日气氛的杂志也无法改变这个事实。她很感谢格拉哈姆摆了圣诞树，她知道他是出于好意，但她就是想把它撕碎，把那些廉价的小饰品都踩在脚下。她突然很想一个人待着。

她转身对着格拉哈姆说："你不觉得你应该回去陪希拉吗？"圣诞树上的灯一闪一闪的，发热的电线也发着微光。"我一个人在这儿没事，真的。格拉哈姆，你一直是我很好很好的朋友，真的，但你有你自己的生活，有些时候你必须得回去。"

"你想多了，蒂娜，我只是想保证你没事。我知道我就是个小题大做的老家伙，但我担心里克会回来。"

"他不会回来的。他肯定得低调一阵了，我很确定。他没脸回来求我。"

门铃突然大声响起来，二人都僵住了。他们互相看看，谁也不敢动。蒂娜首先反应过来。

"我去开门。"她开始挣扎着站起来。

"哦，不，你别去。"格拉哈姆轻轻把她推回去。

他从前门窗户那儿看了看，但霜太厚了，根本看不清外面是谁。他把链子拴上，然后把门稍微开了一条缝。

一个留着一头显眼红头发的女孩正站在门外，手里拿着一盘用格子茶巾包住的砂锅菜。

“哦，嗨，我是来看蒂娜的。”

她看起来很友好，所以格拉哈姆拿掉了链子，招呼她进来。“你是？”

“琳达，她同事。她在家吗？”

她朝客厅门里看的时候，蒂娜也正好抬头看。“琳达！哦，天哪，快进来。谢谢你能来。”

两个女人热情地拥抱，然后琳达看了看蒂娜的手，又上下打量了她一番。“你感觉怎么样？我知道这个问题很蠢，但我不知道还能说什么。这种情况我最不会处理了。”

蒂娜笑了：“你什么也不用说，来了就够了。”

格拉哈姆清了清嗓子，问：“这个，你想让我怎么处理？”他拎着砂锅菜，尴尬地站在那里。

“哦，麻烦你先放在厨房吧。”说完，琳达转过身对着蒂娜，“我做了豪华鱼派作茶点。”她在包里四处摸了摸，然后掏出一瓶蓝仙姑酒，递给格拉哈姆：“还有，麻烦你把这个放冰箱里好吗？”

蒂娜感动得不行：“你做了鱼派？”

“豪华鱼派。”琳达纠正道。

“怎么个豪华法？”

“里面加了大虾。”

蒂娜开心地笑起来，她似乎已经好久、好久没有这样笑了。

格拉哈姆回到屋里，说道：“瞧，你们俩肯定有好多话要聊。现在我可要走了。”他转身往外走。

“等一下。”蒂娜说。她抱住他，把头靠在他怀里，“你知道，没有你我坚持不到现在。”

格拉哈姆低头吻了吻她的头顶。

“我会一直在你身边，蒂娜，如果有任何需要，记得给我打电话。记住，是任何需要。”

蒂娜感激地望着他，说：“谢谢，我会的。”

/ # /

豪华鱼派加半瓶酒下肚，蒂娜感觉好久没有这么放松了。她盘腿坐着，怀里抱着一个毛茸茸的抱枕。琳达一直是个开心果，总是能让她的情绪好起来。她们刚把派热好，电又停了，于是俩人点上蜡烛坐在客厅里。

“你猜他去哪儿了？”琳达壮起胆子问。

蒂娜摇着酒杯里的酒，说：“我真的不知道。他并没有什么关系特别好的朋友，他妈妈那儿也没有他的消息。可能是从一家酒吧踉跄地走到另一家酒吧，一直喝得酩酊大醉吧。”她犹豫了一下，又加了一句：“谢谢。”

“谢什么？”琳达问。

“谢谢你没说‘我早就跟你说过’……”

“哦，我不否认我想说来着，不过这是你现在最不需要听到的话。”

那天晚上的第二次，突然响起的门铃声又把蒂娜吓了一跳。

“这回又是谁？”琳达问。她注意到蒂娜站了起来，连忙说：“不，我去。”

不一会儿，琳达回来了，旁边还有两个穿制服的警察。蒂娜站起来跟他们打招呼的时候，感觉头皮一阵发麻。

“克雷格太太？”其中一个警察紧张地问。

“对，是我，有什么我能帮忙的吗？”她努力让自己的声音保持平静。

另一个警察接过话头：“恐怕是个坏消息。您的丈夫，理查德·克雷格，被人发现……呃，被人发现死了。”

虽然很震惊，但蒂娜还是很同情那个不得不传达这个消息的年轻警察。

“死了？”

“对。真的很抱歉，克雷格太太。”

“死了？”蒂娜重复着这个词，“我的意思是，怎么死的？在哪儿死的？”琳达用一只胳膊搂住她。

警察清清嗓子，低头看着自己的笔记本，解释道：“有个人去遛狗的时候在运河边的牵道上发现了他。”

蒂娜感觉自己膝盖一软，连忙抓住琳达靠在她身上。

“我不明白。他怎么会死了？”

两个警察互相看看，然后第一个警察又开口了：“当然，具体的死因要验尸后才能知道，不过初步迹象表明他是被自己的呕吐物噎死的。”

蒂娜苦笑一声：“你的意思是喝多了？他在运河边被发现是因为他醉死在那了？”

两个警察尴尬地彼此看了一眼，其中一个开口道：“呃，目前为止还没有人这么说。”

警察一走，琳达便张罗起来：“我去给你拿杯威士忌，你肯定被吓到了。”

这句讽刺的话蒂娜并没有听进去。她目光呆滞地拿起杯子放到嘴边，威士忌的酒味让她想起无数痛苦的回忆。

“我感觉自己被骗了，琳达。我之前真的很想再见他一面。我需要见到他。现在他留下一句话就走了，我永远也没有机会告诉他我多么——”

她把威士忌酒杯往水槽里一扔，酒杯摔碎了，把琳达吓了一跳。蒂娜开始抽泣，整个人身体上下起伏，同时顺着墙滑到了地板上。她咬牙切齿地说出了下面的话：

“我永远也没有机会告诉他——告诉他我有多么恨他！”

PART TWO

26 枫糖小屋

1974年

威廉·莱恩直起身子，两只手放在腰上。他深吸几口气，擦掉额头上的汗珠，从水壶里喝了一大口水。虽然工作很辛苦，但这是他一年中最开心的时候。从糖枫中收割树液的工作自二月末开始，持续大约六周的时间，直到把绑在树上的最后几个桶收集满为止。将黏稠的琥珀色液体煮沸，熬到只剩下又厚又浓的糖浆，变成他的美国同胞们最喜欢往早餐煎饼上倒的调料。

他能听到父亲在车库里劈柴的声音，心里突然涌起一股对这位老人浓浓的爱，同时更为自己接下来要做的事感到无比愧疚。为了给他们提供更好的生活环境，父母一直辛勤工作。虽然他们的生活一直温馨舒适，但就他们投入工作的时间而言，他们值得更好的回报。当然，他们自己并不这么想。母亲喜欢经营旅馆，她喜欢遇见各种人，把寄宿的客人当成他们的家人一样对待。

威廉把最后一只桶搬到枫糖小屋里，烧着火的锅炉此刻已经烧得滚烫，糖浆正在逐渐沸腾，慢慢变浓。一旦所有的糖浆装瓶，贴上他们自己家的标签——“莱恩枫糖”，他就知道时候到了。至少这是他的大脑告诉他的，至于心之所想，那就是另一回事了。

/ # /

一个月后，四月末的阳光温暖地照耀着大地，枫糖已经装瓶分好。威廉坐在自己的箱子上，一会儿上一会儿下地去抓带扣。一旦拿到容器并把它们牢牢系好，他便从床上把它荡到门口摆好。他拍拍外套口袋，里面鼓鼓的护照和机票让他感到心安。这时，母亲亲切的声音飘上楼来。

“威尔，亲爱的，你走之前一定要吃点早饭。我做了蓝莓煎饼，赶紧趁热过来吃点。”

他拖着箱子下了楼，心情因为愧疚而愈发沉重。这一天他等了一辈子，但此刻却感觉像是背叛了母亲的爱。父母养育了他三十一年，现在他却要给他们致命一击。他们本应该得到更好的。

走进厨房的那一刻，松软的煎饼香涌入他的鼻腔，母亲微笑着，用围裙擦了擦手：“来啦。过来坐，我正要装盘子呢。”

威廉拉出一张椅子坐下。他用手托着头，像个老头一样耷拉着肩膀。母亲搂住他的背，摸摸他的头发，好像他还是个几岁小孩似的。

“别这样，威尔，这一天你已经等了很久了。”她努力让自己的声音保持平静。

威廉一抬头，正好遇上她的目光，眼睛不觉湿润了，好像她任何温柔的话语都会令他的眼泪立刻决堤。他清了清嗓子：“我觉得好像是在背叛你们——你和爸爸。”

母亲在他旁边坐下，安慰道：“我们都想通了，你父亲和我完全支持你。我们永远都是你的父母，永远都爱你。你是我们的宝贝儿子，看到你因内心的挣扎而痛苦，我也会心痛。”她拍拍他的手背，继续说：“我只会祈祷你能找到。”

/ # /

唐纳德·莱恩踏进厨房的时候，突然刮起一阵大风，差点把后门刮翻。他背上扛着一支来复枪，另一只手里拎着几只死兔子。

“早上好，儿子，今天怎么样？”虽然拖着纽约式的长音，父亲还是努力让这个问题听起来很随意。

“我觉得，还行。”

“你的飞机几点从爱德怀德机场起飞？”

威廉摇摇头，挤出一丝微笑：“是肯尼迪国际机场，爸爸，十一年前就改名叫‘肯尼迪国际机场’了。”

唐纳德嘟囔了几句，把来复枪放在桌子上，说：“都一样。”

“飞机是晚上起飞，不过我一会儿就出发，德克把我捎过去。我们在路上要走几个小时，然后我想多预留点时间。”

唐纳德转向妻子，问道：“咖啡好了吗，玛莎？”

威廉很小的时候就知道自己是被收养的。不过，在新英格兰度过的田园牧歌式的童年生活中，这个事实对他的成长并没有太大影响。他的养父母是你能想到的最善良、最诚实、最虔诚的人，而他们一直没有自己的孩子这个事实令威廉非常怀疑他们如此虔诚信仰的上帝是否真的存在。如果说真的有人“生而为母”的话，那说的一定是玛莎·莱恩。

他人生的头三年是跟自己的生母在爱尔兰南部的一家修道院里度过的，那里也是他出生的地方。他一直都知道这个事实——他的养父母也没有刻意隐瞒——但他对自己“真正的”母亲或者他蹒跚学步时生活的那个地方都没有多少记忆。十岁左右的时候，他们搬到了佛蒙特的农舍，威廉走进屋子的时候，母亲正跪在地上用日光牌香皂擦木地板。从后面看，缩成一团的身影罩在脏兮兮的围裙里，头上包着一条头巾。那背影太寻常了，可以被误认为其他任何人。有一会儿，威廉迷茫了。之后，香皂味飘得到处都是，塞满了他的鼻腔，惊得他无法动弹。他竟然真的一动不动地定在原地。柠檬味倏忽之间带他穿越回了生命中最初的日子。他突然看到一条长长的走廊，走廊上全是年轻的女孩子在擦地板，她们一直把地板擦得像镜子一样亮。他一声不吭地悄悄退了出去。

还有一次，过了几年之后，他当时的女朋友珍娜，一个厨艺不怎么出众的女孩，给他做了一顿浪漫晚餐。那是一堆发灰的土豆泥，没有捣到的地方完全是硬硬的一大块。他叉起土豆泥，然后突然放下餐具，呆呆地望着窗外。

“你没事吧，威尔？”珍娜问。

“惩罚。”威廉说，“这是惩罚。”

珍娜似乎很生气：“这听起来可不像恭维。”

“不，不是骂你，对不起。我的意思是，我们以前是这么叫的，我记得我母亲曾经喂我吃过。”他紧紧闭上眼睛，揉揉太阳穴，试图想出一个更具体的画面。但并没有什么用，不管他多么努力尝试，母亲的脸总是那么模糊，但记忆中的她却是一个温柔慈爱的人。

此刻，他和父母一起站在农舍门口，准备道别。

玛莎·莱恩手里抓着一条小花手绢，不时擦擦眼睛。唐纳德·莱恩给了儿子一个熊抱，威廉也带着浓浓的爱意回应。之后，他抽出身来，望着父亲的眼睛。

“谢谢您让我去，爸爸，我知道您和妈妈一定很难过。我只想让你们知道，我真的爱你们，你们永远是我的父母，你们为我付出的一切我都心怀感激。我不是要找一个新妈妈，我只是需要知道我来自哪里，为什么会在那样的环境中出生。”

他拉起母亲的手，吻了吻她的脸颊。

“你一定要快点回来，儿子。我们会想你的。”玛莎迅速转身跑回屋里。

“爸爸呢？”

“别担心，儿子，她会没事的。你只要确保自己安全回来就行了。还有，如果你找到你的亲生妈妈，代我们向她表示感谢。”

威廉皱了皱眉，问：“感谢什么？”

唐纳德用力吸了吸鼻子，说：“感谢她给了我们这世上最珍贵的礼物——一个让我们自豪的孩子，一个让我们的人生变得完整的好孩子。”

“我会的，爸爸，谢谢你。照顾好妈妈。”

/ # /

几个小时后，当威廉坐在座位上，准备开始接下来的跨洋之旅时，他拿出了母亲之前给他的报纸。上面所有的细节他早已熟记于心，但他还是用手指指着，一个字一个字地又读了一遍。1940 年 4 月 10 日，他出生在蒂珀雷里镇附近的圣布里奇特圣心修道院，他生母的名字叫布罗娜·斯金纳。她生他的时候是二十岁，也就是说，她现在五十四岁。他把报纸对折，塞进夹克口袋里。望着窗外逐渐消失的纽约地平线，他感觉到一阵兴奋，同时又伴着恐惧感。不管是好是坏，他都要追寻自己的根。

27 寻根之旅

过了好一会儿威廉才意识到自己在哪儿。他的生物钟已经彻底乱了，这一觉睡的时间比他想的要长。他掀掉厚厚的凫绒被，走进卫生间，一下子被自己的样子吓到了：厚厚的眼袋、黑眼圈，头发看起来像是从来没梳过似的。他用冷水洗了洗脸，然后走到窗边，看着窗外绚烂多彩的蒂珀雷里镇。按照旅游指南上的说法，在那里他肯定会受到热情款待。他确实已经在房东太太那里受到了热情款待，要是他母亲也一起来了，她一定会印象深刻。

他在卧室里四处看了看，满意地点点头。屋子新装修过，虽然弗拉纳根太太在梳妆台上放了一大瓶鲜花，但空气中还是一股油漆味。突然响起的敲门声把他吓了一跳，他抓起一条毛巾遮住重要部位，然后把门开了一条缝。

“啊，打扰了，莱恩先生，我就想问问你需要吃点早餐吗？我们一般十点钟就不供应早餐了，不过我知道你飞了那么久肯定很累。”她温柔的爱尔兰口音中透着善意。

“哦，弗拉纳根太太，好的，谢谢您。抱歉，现在几点了？”

“呃，我看看。”她撩起衬衫袖子，瞥了一眼手表，“哦，差十五分钟……”

“十点？”

“呃，不是，差十五分钟十一点。”

“哦，该死，比我想的要晚。我不想给您添麻烦，不过我突然觉得好饿。”

弗拉纳根太太红润的脸上绽放出灿烂的笑容：“那就这么定了，十五分钟后上桌。”

/ # /

餐厅很小，但很温馨。地毯上的图案纷繁复杂，所有家具都是深色红木的，显得屋子特别小。威廉觉得窗户上的纱网窗帘是个败笔，挡住了小镇的美景。他喝着弗拉纳根太太放到他面前的咖啡，拿出一张地图铺在桌子上。

弗拉纳根太太忙着给他做早餐：“这个会让你今天一整天都精力充沛。”

威廉的口水立刻流了出来。有肥厚多汁的香肠、烤番茄、血肠、两个煎鸡蛋，还有一个自制的土豆饼。

“真是大餐啊，弗拉纳根太太，谢谢您。”

“啊，快吃吧，千万别客气。”她笑着退出了屋子，留下威廉一个人享用他丰盛的早餐。

十分钟后，她又回来了，问他够不够。威廉往后一靠，摸着自己的肚子说：

“弗拉纳根太太，味道真的太棒了！不过夫人，我真的一点儿也吃不下了。”

“好吧，如果你确定的话，我可不想让我的任何一个客人饿着，尤其是当他们长途跋涉来见我们时。”

“我觉得我今天一整天都不用吃东西了。”

弗拉纳根太太一边大笑着开始收拾盘子，一边问：“告诉我，这是你第一次来爱尔兰吗？”

威廉犹豫了一下才回答，他还没准备好开始讲述自己的过去，尤其是面对一个完全陌生的人。弗拉纳根太太在他身边走来走去，等着他回答，她没想到这个问题会很难回答。

“呃，既然您问了，那我就告诉您。不是，我不是第一次来。虽然我这辈子大部分时间都跟我的养父母一起住在美国，但我是在这里出生的。”

“哦，真是太难以置信了！出生在蒂珀雷里镇？”

“我想应该离这不远，是在一个修道院里。”

弗拉纳根太太的脸色一下子黯淡下来，匆忙洗着剩下的盘子，不再看他的眼睛。“哦，你的口音可一点儿也听不出来。”

威廉决定追问下去：“圣布里奇特圣心修道院，您听说过吗？”

弗拉纳根太太眯起眼睛，瞧着他说：“当然听说过。我有个朋友在镇上开了一家十字钥匙酒店，她那儿的脏衣物——就是床单、桌布之类的，都是送到那里去洗的。”

威廉皱了皱眉：“您的朋友把脏衣物送到修道院去？”

弗拉纳根太太放好盘子，拉出一张椅子，在威廉对面坐下。

“你对你的生母了解多少？”

他耸耸肩说：“不多。只知道她的名字。”

“那你准备去修道院吗？”

“当然了，这正是我此行的目的。”

弗拉纳根太太不安地踱着步：“那别抱太大希望，好吗？我的意思是，你的母亲之所以会被送到修道院去，肯定是有迫不得已的理由的。”

“您为什么说她是被送去的？”

弗拉纳根太太嘲讽地说：“相信我，莱恩先生，没有哪个头脑正常的女孩会自愿去那个地方的。”

听了弗拉纳根太太接下来的话，威廉的眉头越皱越深。

“听着，我该怎么说呢，那里面全是些令自己家人蒙羞的女孩，如果你喜欢的话，也可以说是道德败坏。未婚先孕确实是大罪，但修女们要确保这些女孩的灵魂得以净化，通过辛苦的工作洗去身上的污点。在她们的家人都不想与她们扯上任何关系的时候，修道院给了她们一个家，反过来，女孩们要靠洗衣服、种菜、做念珠来养活自己。”

“可是，她们有选择离开的自由，不是吗？”

弗拉纳根太太耸耸肩：“呃，我想应该是吧，我就知道这么多。我只是想说，当那些女孩被家人抛弃时，嬷嬷们收留了她们，这是她们的幸事。”

威廉摸了摸下巴说：“所以，我明白您的意思了，您是说我的母亲肯定是被她的家人抛弃了，对吗？”

弗拉纳根太太站起身来说：“我什么也没说。我只是让你明白一些事，每个女孩的情况都不一样，尽量别抱太大希望。嬷嬷们不会透露什么消息的，那个地方，非常封闭。”

威廉也站起身来收拾地图：“哦，能麻烦您帮我指个路吗？起码让我自己去看看。”

“当然，举手之劳。”她从围裙里掏出一支笔，“写在地图背面行吗？”

/ # /

公交车走了半个多小时，等威廉下车的时候，车上就剩下他一个乘客了。司机指了指前面的路说："我就到这儿了，你得自己继续走大约半英里，然后就在你的左手边，修道院就在那里，肯定不会走错的。"

威廉点头道谢，然后跳到路边的草坪上。车门"砰"的一声关上了，他突然孤身一人站在宁静的乡间。天气已经暖和起来了，阳光像一根根杆子一样穿过树间。田野里到处都是羊，周围一片寂静，他能听到羊群在草地上用力咀嚼的声音，除此之外，就只有羊羔们彼此追逐嬉戏时发出的"咩咩"声。

他把帆布包背在肩膀上，弗拉纳根太太坚持给他装了一瓶咖啡和一大块她最拿手的波特蛋糕，上面堆满了水果干，还淋了吉尼斯黑啤。过了一会儿，他停下来脱掉卫衣，把厚厚的格子衬衫袖子卷起来，摘掉棒球帽，然后用手捋了捋已经被汗水浸透的头发。他确定旅游指南上说的肯定是气候凉爽，伴有不同程度的降雨。帆布包紧贴在他湿黏的衬衫上，令他忍不住发抖，但想到此刻距离自己的目的地仅有几百英尺了，他不由得加快了脚步。

快走到拐弯处的时候，他看到了那座自己曾在那里出生并度过人生最初三年时光的修道院。他停住脚步，用手撑在旁边的一棵树上，大口喘着气。他本以为自己会记得那栋建筑，但竟然一点印象也没有。他慢慢地往前挪，直到最后终于站在前门外。有一条长长的车道通往大门，但门是锁着的，他没发现有进去的路。他围着周围转了转，最后绕到了后面。后院完全被厚厚的墙围住了，那墙至少有二十英尺高，上面还放着碎玻璃碴。这里很重视安保啊，威廉想，甭管谁想闯进去都不容易。或者，应该是跑出来不容易。他冷酷地思索着。

他走回大门口，从栏杆那儿往里看，修道院确实一派威严。一座恢宏的双入口建筑，石台阶通向刷着黑漆的前门。墨绿色的常春藤蜿蜒着爬上砖石建筑，紧靠门口左侧有一座非常漂亮的白色大理石雕像。

威廉沮丧地坐在路边的草坪上。他跑了三千英里才来到这里，可现在却似乎根本进不去。他拿出弗拉纳根太太做的水果蛋糕，剥开外面的防油纸，刚咬上一口，口水便止不住地往外流。水果丰厚多汁，香浓的吉尼斯黑啤令他的味蕾快乐地起舞。他给自己倒了一杯咖啡，然后掏出地图，发现在拐弯的地方有一个村庄，确切地说就是个小村子。他正打算动身前往那个小村子的时候，突然听到有汽车的引擎声隐隐传来，接着，路上便出现了一辆小卡车，缓缓向他驶来。他挥挥手，试图吸引司机的注意力，司机一下子放慢了车速，从车窗里探出头来。

"有什么我能帮你的吗？"

威廉赶紧叠起地图，跑到他面前。

"你是要去修道院吗？"

"当然了。"

"哦，那太好了。我想进去，但是门好像打不开。"

卡车司机大笑起来："伙计，这地方可不接待散客。你来这儿有事吗？"

"对，可以这么说。"

"是修女们在等你？"

"准确地说，不是。"威廉用靴子踢着地，"听着，我走了很远的路才来到这里，我就是想进去看看，跟管事的人聊聊。"

“管事的嬷嬷？那你走运了。”司机朝车道点点头，“现在正好过来一个。她是来给我开门的。瞧，得她们等着你你才能进去。”

威廉看见，一个上了年纪的嬷嬷从车道上走过来，她的黑色衣服扫着地上的沙砾，像踩着风火轮一样，一路滑了下来。

卡车司机小声嘟囔着：“那是玛丽嬷嬷，她哪儿都不会让你去的。听着，跳到后面的脏衣服里，我把你带到前门。不过，一定不要说是我把你带进去的。”

威廉感激地笑了笑。他拧开卡车后门，爬进一堆脏床单里。等着卡车开动的时候，他躺在床单上暗暗偷笑，感觉自己像是个逃难的，但不管怎样，至少他离自己的生母又近了一步。

28 圣心修道院

威廉一直等到卡车完全停住才敢动弹。他能感觉到司机爬下车时汽车晃了一下，也能听到车外的小声谈话声，之后，后门突然“砰”的一声开了，灿烂的阳光一下子洒满了车厢。他眯着眼睛走出来。

“现在安全了。快，跳出来绕到前门去。要是她们问你是怎么进来的，就说你正好跟送脏衣服的卡车一起到的，就说你是硬着头皮走了前门车道。当然，她们肯定不会相信你说的话，不过至少你已经进来了。”

威廉抓住自己的帆布包，敏捷地跳出来。他朝司机伸出一只手，感谢地说：“太谢谢你了，伙计，我欠你一次。”

司机握住他的手，眨了眨眼：“希望你能找到自己要找的东西。”

威廉沿着石台阶往上爬，终于爬到厚重的前门面前。发现门上没有门铃，他便开始用指关节使劲地敲门。木板坚硬冷酷，他不由得缩回来，揉着自己的手。当门打开的时候，他故意直了直身子。

“下午好。”他开口道，“我想知道我能不能进去跟管事的人谈谈。”

开门的修女抬了抬眉毛，问：“预约了吗？”

“呃，没有，但是我是来——”

他还没说完，门就“砰”地关上了。他张着嘴呆呆地站了几秒钟，血气开始涌遍全身，突然感觉异常愤怒。他握紧拳头，用力呼着气，虽然手很痛，但还是再次敲起门来。他一直敲，一直敲，直到之前那位修女再次把门打开，皱着眉头瞪着他。

“太无礼了！我刚才说了，我要跟管事的人谈谈。我走了很远的路才过来，除非见到一个能帮我解答疑问的人，否则我绝不会离开。所以，如果你不介意，麻烦你去找个管事的人，否则我就要在你们门口安营扎寨了。还有，不要以为我不会，我已经带来了一瓶酒、一块蛋糕，而且我有的是时间。”

修女一声不吭地又准备关门，但威廉已经先她一步把自己沉沉的大靴子卡在了门边。

“把你的脚拿出去！”修女骂道。

“没门。”威廉一边说，一边推开门从她身边溜过去，快步走到门廊里。刚一进来，熟悉的柠檬味立刻击中了他。他四处看了看周围环境，注意到走廊尽头站着一群女孩。她们都穿着一模一样的难看的无袖连衣裙，脚上好像还裹着一些碎旧布。威廉皱了皱眉，随即意识到那是她们用来擦地板的。一个剃了光头的女孩转过身来看他。他注意到她隆起的腹部，尴尬地别过脸去，但还是看到她在羞怯地笑。

“伯纳黛特，别看了，你这个不要脸的小婊子。”正在监督那群女孩的修女骂道，“能不能长点记性，看看你现在什么样子？我真为你的灵魂担忧，姑娘，真的。”

威廉不安地清了清嗓子，转身面对还站在他旁边的那个修女。现在，她已经关了门，而他也逐渐感受到修道院里令人窒息的氛围。

“我们可不会善待闯入者。在这等着，我去找本尼迪克塔嬷嬷。”

威廉恭敬地低下头说：“谢谢，女士，不过如果没什么区别的话，我更愿意把自己当成‘客人’而非‘闯入者’。”

他耐心地在原地等着的时候，那群女孩已经拖着步子离开了。大厅里突然安静得有些诡异，这时一个声音突然响起，威廉吓了一跳。

“我是本尼迪克塔嬷嬷，有什么能帮您的吗？”

本尼迪克塔嬷嬷个头很高，面色红润，有一双犀利的蓝眼睛，嘴巴早就冷酷决绝地抿成一条线。

“下午好。我叫威廉·莱恩，您也可以说我是回家了，因为我就是在这里出生的。”

不知道这番言论是否会让那位嬷嬷感到惊讶，但她并没有表现出来。

“我再说一遍，有什么能帮您的吗？”

威廉往后退了一步，问：“您是这里管事的吗？”

她缓缓地点了点头，说：“是的，我是。”

威廉继续追问：“听着，本尼迪克塔嬷嬷，我不想找麻烦，我只是想过来看看您是否能帮我找到我的母亲。我知道她曾经是这里的一位病人——”

“住客。”本尼迪克塔嬷嬷打断他说，“这里没有病人。”

威廉低下头：“当然，对不起，我知道她曾经是这里的一名住客。我是1940年4月出生的，我想您这里应该有记录，所以如果您能给我任何信息的话，我会感激不尽。”

本尼迪克塔嬷嬷的嘴边露出一个狡猾的笑容：“您的天真真是令人惊讶，莱恩先生。跟我来，好吗？”

威廉跟着她走进她的办公室。屋子中央有一张巨大的红木桌子，上面堆着许多不同高度的文件。墙上的一块牌匾上写着：

私欲既怀了胎，就生出罪来。雅 1:15

本尼迪克塔嬷嬷指指桌对面的一张椅子，两个人同时坐下。她把胳膊肘撑在桌子上，凑到威廉面前问：“告诉我，莱恩先生，你爱你的父母吗？”

威廉被激怒了：“为什么这么问？当然爱了，我爱他们胜过一切！”

“而且，他们给了你一个很好的家，不是吗？养育了你，不是吗？”

他在椅子上有些坐立不安，解释道：“不是这个问题，而且，这也不重要。他们全心全意地祝福我，希望我能找到自己真正的母亲。”

“你真正的母亲就是那个把你养大的母亲，那个在你跌倒时把你扶起来的母亲，那个在你夜晚做噩梦时安慰你的母亲，那个在你——”

威廉抬起一只手，打断道：“我明白您的意思，嬷嬷。但我的意思是，他们全心全意地希望我找到自己的生母，我这样说会不会好点？”

“我根本不在乎你的口气，莱恩先生。我认为你根本不感激我们在这里所做的工作。来过这座修道院的女孩都是失足妇女、道德败坏的人，她们被社会唾弃，被家人抛弃，她们带给家人的只有耻辱。我们给了她们一个家，在孕期照顾她们，然后确保她们的孩子被送到充满爱的家庭，我们确保她们通过辛勤的工作洗刷自己的灵魂。这些女孩都知道，如果告诉别人她们生过孩子，她们注定会下地狱，所以，我敢向你保证，莱恩先生，你寻找自己的亲生母亲这件事没有任何益处。我建议你现在马上离开，然后跪在地上感谢主，因为这家修道院以你的利益为上，把你放在了一个如此善良、充满爱的家庭里。”

威廉感觉自己像个淘气的学生坐在班主任的办公室里被训话，当他看到本尼迪克塔嬷嬷身后的墙上挂着的细藤条时，这种感觉越发强烈。他不知道这根藤条是否曾落在他母亲身上，他努力压抑着自己的怒火。

“本尼迪克塔嬷嬷，您在这里的工作没有问题，当然，我对这些年受到的养育心怀感激，但我人生的头三年是在这里度过的。我的脑子里甚至会突然闪现出我和母亲在这里一起生活时的片段，只是我一直都看不清她的脸。我感觉自己人生的某一部分好像缺失了，正因如此，我的内心一直无法得到安宁。这样做对您来说有什么损失吗？求您给我点关于我母亲的信息，然后我马上就走。我保证绝对不会再来打扰您了。”

本尼迪克塔嬷嬷叹口气，又摇了摇头，然后道：“我说的话你好像一个字也没有听进去。”她站起身来，走到一个大文件柜前，用挂在脖子上的一把钥匙打开柜子，拿出一本大活页夹。她把活页夹扔到桌子上，由于动作太猛烈，一捆文件被震得散到了地上。

“你母亲叫什么名字？”

威廉因心中升起的希望而感到一丝雀跃，他突然觉得嘴巴发干：“布罗娜·斯金纳。”

“你说你是出生于1940年？”

他点点头，在裤腿上擦了擦手掌上的汗。

本尼迪克塔嬷嬷翻看着记录，时间似乎过了好久好久。本子上面列着数百个名字，这让威廉感到些许安慰，看来跟他一样的人还有很多。她拿起钢笔，在纸条上写下一串数字，然后站起来，把大活页夹放回文件柜里。之后，她用一个特别夸张的动作再次把柜子锁上，然后一边直勾勾地盯着威廉，一边把钥匙挂到脖子上。

“在这儿等着。”她命令道，之后便离开了房间。

十五分钟后，本尼迪克塔嬷嬷仍然没有回来的迹象，威廉站起来在屋里踱着步。他走到窗边，望着下面的花园，那里有几个女孩，全都怀着孕。她们正在挖菜地，一个修女在旁边紧紧盯着。一个女孩绊了一跤，双膝跪地，跌倒在地上。她似乎站不起来了，另一个女孩伸出手去扶她，监督的修女立刻插进去把两个女孩分开了。因为有玻璃隔着，威廉听不到她们的对话，但他看到修女抬起手的时候，之前绊倒的女孩缩了一下。他非常确定，这个女孩肯定经常被打。

办公室的门再次开了，一个穿着护士服的中年妇女看着他，抬了抬眉毛。

“哦，我要找本尼迪克塔嬷嬷。”

“她刚出去了，一会儿就回来。她去给我找一些信息。”

“哦，知道了。”

“什么事，护士？”本尼迪克塔嬷嬷已经回来了，胳膊底下夹着一个薄薄的棕色文件夹。

“我有事跟您说，嬷嬷。”她朝威廉点点头，接着说，“借一步说话。”

本尼迪克塔嬷嬷丝毫不掩饰自己的不耐烦，凶巴巴地问：“不能等一会儿再说吗？”

“这事儿不太能等，很快就好。”

本尼迪克塔嬷嬷把护士推到走廊上，同时关上门。威廉好奇地走到门口，趴在木门上听，两个女人说得很快很急，但他还是听明白了。

“是科莱特，嬷嬷。我刚给她接生完，但是她撕裂得很厉害，真的非常需要缝合。”

“你知道规矩，护士，不能缝合。如果她撕裂了，那就是上帝的意思，她要赎罪。在她让自己陷入如此境地之前，她就应该想到这一点。”

“嬷嬷！您知道她是被强奸的。”

“这只是她自己的说法。她是个荡妇，护士。她这是咎由自取。现在不要浪费我的时间了，我还有事情要处理。”

再次听到开门的声音，威廉大步走回屋子中央，装出一副随意的样子。本尼迪克塔嬷嬷皱着眉头看看他，然后指了指椅子说：“坐。”

她在他对面坐下，打开文件夹，然后把一副老花镜架在鼻梁上，开始翻看文件。威廉伸长脖子也去看，但桌子太宽了，他只看到一串数字：40/65。最后，本尼迪克塔嬷嬷找到了自己要找的东西，从文件夹里抽出一张发黄的信纸。

“看到底下的签名了吗？”

威廉凑过去，瞥了一眼一个用非常幼稚的笔迹写下的名字：布罗娜·斯金纳。他伸手去拿那封信，但还没等他碰到，本尼迪克塔嬷嬷便迅速把信拿走了。“在你离开这座修道院的那天，你的母亲已经放弃了对你的所有权利。你永远都不能联系她，她也在这封信里发誓永远都不会联系你，不会再干涉你的生活、你的未来。我们永远都不会泄露她的下落，莱恩先生，所以，恐怕你这趟是白来了。现在，如果你不介意，我还有工作要做。”

她轻蔑的口吻让威廉确定这次会面已经结束了。他站起来，把帆布包背到肩上。他已经很讨厌这个女人了，并且发现自己完全不知道该说什么。

“我还会回来的，嬷嬷，走着瞧。”

“我说过了，你这是在浪费时间。”

但威廉此刻已经下定决心：任何事情，尤其是这个恶毒的女人，都无法阻止他继续寻找自己的亲生母亲。

29 修女格蕾丝

威廉再次站在了外面狭窄的小路上。午后的阳光没有那么强了，刺骨的凉气让他想起现在还只是四月初。他把卫衣重新穿上，迈着轻快、坚定的步伐朝公交车站走去。不到二十分钟，他就走完了那一英里半的路程，此刻他迫切地想要远离那个肮脏的地方。现在他又出汗了，于是他再次脱下卫衣，同时研究着钉在柱子上的公交车时刻表。下一趟车还有十五分钟才到。他抱怨了一声，一屁股坐在路边的草坪中。他突然觉得筋疲力尽，既是因为他刚与那位固执的本尼迪克塔嬷嬷争执过，同时也是因为没倒过来的时差。

他把背包当枕头，躺在草地上，感受着清凉的草地贴在自己流汗的皮肤上。似乎睡了一个小时，他突然听到一阵丁零零的声音。太阳不见了，隔着眼睑，威廉感觉天变黑了。他用胳膊肘把自己撑起来，揉了揉眼睛。挡住太阳的并不是乌云，而是一个跨在自行车上的人。他看不清她的样子，但她的轮廓，以及脸周围的一团卷发让他知道这是个女人。

“希望我没吓到你。我按铃铛是因为你好像失去知觉了。”

威廉挣扎着站起来。当他看到她的脸时，才认出她是修道院里的那个护士。

“没有没有，我只是想趁等公交车的时候打个盹，希望我没错过公交车。”他卷起袖子看了看表，只睡了十分钟而已。

“公交车是整点过十分来，所以你可以在这里等五点十分那趟车，也可以先跟我回家，然后赶六点十分那趟车。六点十分那趟是末班车。”

威廉皱了皱眉，问道：“跟你回家？为什么我要跟你回家？”

“因为你需要告诉我你所知道的一切，看看我能不能帮你找到妈妈。”

/ # /

在格蕾丝·奎恩的记忆中，她一直在修道院做助产士——准确地说是干了三十六年——接生过无数宝宝。威廉挨着她，坐在高低不平的碎花沙发上，沉浸在她温柔的声音和深陷的灰色眼睛中。她一边讲述，一边不时地瞟一眼屋顶：“我想你肯定想知道我为什么会在那么凄凉的地方工作。”

威廉赞同地鼓起腮帮子，吹了口气，说：“我必须承认，那里似乎没有太多欢声笑语。还有那个修女，她真的跟常人不一样。”

格蕾丝合起双手，放在大腿上，说道：“我知道，她们有些方法看起来可能很极端。对于外人来说，她们似乎特别残忍，但如果不是这样，那些女孩都将无家可归。她们带给家人的耻辱令人痛心疾首。试想一下，如果允许你母亲把你养大的话，那你们过的会是什么样的生活？”

威廉耸耸肩，说：“我不知道，不过你说到点子上了，就是那句，‘如果允许的话’。所以说，她当时没得选择，对吗？我人生的头三年就是跟她一起度过的，后来我就被强制送去了美国。别误会，我爱我的爸爸妈妈，但这听起来太恶毒了。”

格蕾丝低下头。“我知道，所以我才要帮你。”她站起来走到办公桌前，拿来笔和纸，“现在，告诉我你知道的一切。”

威廉清了清嗓子，说：“我母亲名叫布罗娜·斯金纳，我出生于1940年4月10日。”

格蕾丝从本子上移开目光，抬起头来，笔停在纸上准备写下更多信息。“就这些？”

“哦，还有，她当时二十岁。”

格蕾丝皱了皱眉：“没有更多信息了？”

威廉突然想起本尼迪克塔嬷嬷之前拿到办公室里的那个棕色小文件夹，连忙补充道：“她的文件编号是40/65。”

听到这个信息，格蕾丝似乎很惊讶：“你很有侦探潜质啊，是不是？这个编号的意思是，你是1940年出生的第65个孩子。”她记下这个信息，然后在下面加了重重的下划线，似乎这样会让这条信息显得格外重要似的。格蕾丝又问道：“好。关于在修道院的生活，你还能记得什么吗？任何可能让我想起来什么的事都行。”

威廉站起来，在屋里踱着步：“我记得香皂味，还有我们吃的大块土豆泥，我记得我们叫它‘惩罚’。”

“有什么跟你母亲相关的吗？你出生的时候我刚到修道院两年。因为1950年之前修女是不能接受培训当助产士的，所以几乎可以肯定你就是我接生的。”

威廉闭上眼睛，捏捏鼻梁，说道：“还有件事。”

格蕾丝满怀期待地凑过来：“说。”

“呃，她以前总是给我唱歌。”他开始哼起一个调调，“我不记得歌词了，但是感觉很压抑。我现在几乎能想起她的声音，但是她有点不一样……”

“不一样？”

“说话的方式。她说话听起来跟其他人不一样。”

他靠在沙发上，用手托着脑袋，过一会儿，他开始轻轻地前后晃起来。“睡吧我的小宝贝，安静会伴随你……”他唱道。

正在记的格蕾丝抬头看了一眼，说：“整个晚上。”

威廉抬起头来微笑着，接下去：“守护你的天使会把……”

他俩一起唱完了这首歌：“整晚的安静带给你。”

格蕾丝握住威廉的手，说：“你知道，我对那些女孩们都很好。我的意思是，我尽可能地让她们舒服一点。我把一生都献给了那个地方。我没有丈夫，也没有自己的孩子。”

“我只是不明白本尼迪克塔嬷嬷为什么要阻挠。我能不能找到母亲对她来说有什么关系呢？”

“苦修，威廉。你的母亲未婚先孕，在主的眼中这就是罪，但通过她在洗衣房的辛苦工作，她灵魂的污点得以洗刷，这样以后才能上天堂。我知道这听起来很残酷，但你的母亲已经放弃了对你的所有权利。本尼迪克塔嬷嬷现在是不会泄露她的行踪的。”

“您真的认为我的母亲会得到宽恕吗？”

格蕾丝点了点头：“是的，我相信上帝有能力宽恕任何罪。她现在肯定可以上天堂。”她搓搓手背，继续说：“你说你母亲的声音听起来跟其他人不一样？这是什么意思？”

“有些词……我不知道……她说得跟别人不一样。她的元音更平一些，而且——”

格蕾丝一只手捂住嘴巴，喊了起来：“我的老天，我记得她了！

她是英国人！”

威廉的眼睛瞪得圆圆的，问道：“您记得她？您是说我有一半的英国血统？”

“如果你母亲正是我想起的那个女孩的话，那你就完全是个英国人，威廉。还有，她的名字也不叫布罗娜，而是克里斯蒂娜。”

30 悲情克里西

“你真是个幸运的孩子。”格蕾丝眼睛里闪着兴奋的光芒，“我必须得跟你说实话，我记得你母亲的希望非常渺茫，不过布罗娜让人很难忘记。”

“您说她的名字叫克里斯蒂娜？”威廉打断她说。

“女孩们进入修道院的时候都会有一个新名字，是修女们选的，如果你喜欢的话，也可以说是更神圣的名字。圣布罗娜是十六世纪的一个女修道院院长，我不介意跟你打个赌，你母亲来修道院的那天，应该就是她的圣节。在圣布里奇特，名字经常都是这么取的。”

格蕾丝放下笔记本，走到书柜前，在一本厚重的旧书里翻了一会儿后，最后终于找到了要找的东西。

“啊哈！”她喊道，“圣布罗娜节——4月2日。这个日子很说得通。你母亲是2号进的修道院，8天后你出生。”

“又对上了。”威廉兴奋地追问格蕾丝更多信息，“您说她让人很难忘记？”

格蕾丝坐回威廉旁边的沙发上，拉起他的一只手说：“那个可怜的女孩。所有进入修道院的女孩都有自己的故事，但她的故事真的触动了我的心弦。我记得她来自曼彻斯特，被送到爱尔兰来跟她母亲的姐姐一起住在农场里。之前我们这里从来没有来过英国女孩，之后应该也没有。她也不是天主教徒。”她试图挤出一丝微笑，但却更像是做了个鬼脸。“不过，我从来没跟别人说过这事。不管怎么说，她自己的母亲就是一名助产妇，所以生孩子的事她基本上都知道。你出生后那几年，她甚至还帮着我一起接生。她对那些女孩总是很友善，她们也乐意对她倾诉。”

威廉摇了摇头，问：“如果她是英国人，那她怎么会到修道院里去的？”

“啊，”格蕾丝开口道，“这就是令人伤心的部分了。一个严厉的父亲外加一个屈从的母亲。从我了解的信息来看，她一直是养在深闺。她被禁止见任何不合适的男孩，或者说任何与那方面有关的男孩，直到一天晚上，她遇见了比利。哦，她一直说起他。比利这个，比利那个。你出生的时候她一直在哭，喊着他的名字，望着门口，好像期待着他会随时走进来祈求她原谅似的。”

威廉全神贯注地坐在那里听着。至此，他的母亲终于以一个完整的人的模样出现在他脑海中，而不再只是一个名字。

“她要原谅他什么？”

“这就是整件事最奇怪的地方了。他那样对她，我不敢相信她竟然还对他抱有希望，但她却说，真爱可以经受住任何考验。显然，当他发现她怀孕的时候，呃，他惊慌失措，然后就消失了。那会儿他们交往没多久，当然，她的父亲一点儿也不支持这桩恋情。她的父亲是一名医生，你知道，一个备受尊敬的人，对他来说，名声就是一切。不过令人难以置信的是，她竟然一直爱着比利，所以才会以他的名字为你命名。”

“所以，她当时爱着比利，但比利却似乎并不爱她？那后来他们有联系吗？”

格蕾丝耸耸肩：“不知道。布罗娜三年后就离开圣布里奇特了。你知道，这是规矩。照看自己的孩子三年，然后就可以自由离开。不过当然，是一个人离开。从来没有人能够带走自己的孩子，她们决不允许的！如果想在此前离开，就必须由亲人来领走并为你的自由付一大笔钱。那笔钱大多数女孩都付不起，而她们的家人当然也早就抛弃她们了。她最大的心愿就是亲手把你抚养长大，但为环境所迫，她别无选择。她所有的权利都被剥夺了，也没有任何力量反抗。当然，这些制度并不完美，但这就是圣布里奇特的规矩。”

想到这种无情的规矩，威廉不由颤了一下，心想：不知是怎样的宗教信仰之下竟会允许这样的事情发生。他的父母都是十分虔诚的教徒，他受到的教育也是要尊重《圣经》，但这种宗教信仰的方式他是绝对不能接受的。他确定，母亲一定不知道真相竟会残忍到如此地步。

“那她离开后去哪儿了？”威廉问。

“这个恐怕我就不知道了，我只知道她姨妈的农场离修道院不远。”格蕾丝叹了口气，“这些信息全都在那个文件夹里，但我要想碰到那个文件夹几乎是不可能的。太难了。”

“求您了。”威廉恳求道，“我一路走过来，一无所获，现在终于感觉离她更近些了。我绝对不能放弃。”他努力克制声音里流露出的焦急。不管怎样，格蕾丝没有义务帮他。

格蕾丝咬着下嘴唇，努力回忆过去，两人之间陷入沉默。“那是三十四年前的事了，威廉。”她无助地说。她集中精力闭上眼睛，仰头朝着天花板。突然，落地钟敲了六下，他俩都吓了一跳。

“公交车！”威廉叫着，一下子跳起来，“我要赶不上公交车了！”

“哦，天哪！”格蕾丝喊道，“时间怎么过得这么快！听着，骑着我的自行车去公交站吧，丢在树篱里就行，我明天去骑回来。”

威廉抓起背包扔到肩膀上。

“真是感激不尽，格蕾丝。”

“哦，快走吧。”她笑着说，“等你找到你母亲再谢我。我明天休息，你明天再过来喝杯茶，我告诉你我的进展怎么样。不过不要抱太大希望，威廉，你也见识过本尼迪克塔嬷嬷是多么固执了。”

/ # /

一回到弗拉纳根太太的旅馆，威廉立刻闻到了咸香的煮火腿味，他的肚子也跟着叫了起来，饥饿感猛地袭来。

“哦，你回来了。有消息吗？”弗拉纳根太太招呼道。

“关于那些修女，您说得太对了。”他叹口气说，“一点儿忙也不帮。”他一屁股坐在厨房的沙发上，闭上眼睛。

“你看起来累极了。吃晚饭之前要不要先打个盹？我可以给你把饭热着。”

“真是太谢谢您了，弗拉纳根太太，但是我觉得如果我现在去睡觉的话，这顿饭就要变成早餐了。”

“很好，那你现在去洗洗，我把饭拿出来。五分钟就好。”

吃完煮火腿加卷心菜土豆泥后，威廉感觉心满意足，只是这一天的情绪真的让他疲惫万分。他谢过弗拉纳根太太，便上楼睡觉去了。他知道不脱衣服、不刷牙就上床是个错误的决定。他本来只想打个五分钟的小盹，但时差占了上风，等他再次睁开眼睛的时候，阳光已透过红色的天鹅绒窗帘射进来，尘埃正在光束中飞舞。他揉揉眼睛，一边试图张开好像长了毛的嘴巴，一边跌跌撞撞地跑到洗手间，急切地寻找牙刷。

/ # /

第二天，他满怀期待地再次来到格蕾丝家。但格蕾丝之前警告过他不要抱太大希望，看来这话是正确的。没有钥匙她根本拿不到文件，而那把钥匙就被本尼迪克塔嬷嬷贴身挂在胸前。他们坐在格蕾丝家厨房的小木桌旁，她洗的衣服在炉子前挂了一排，炉子上烤着的苹果派的香味突然让他想起了家，想起了母亲做的美食。愧疚感再次袭来，他努力压制。

“怎么了，威廉？”格蕾丝问。

“我只是想妈妈了，你知道，就是美国的那个妈妈。”

格蕾丝拍拍他的手，安慰道：“你知道她是祝福你的，对吗？你对她的爱不会因为你想知道自己来自哪里就有丝毫减少。我听说她应该是一个可爱、无私的女人，就这一点来说，本尼迪克塔嬷嬷是对的。你确实拥有世界上最棒的父母，不是吗？”

威廉赞同地点点头，害怕自己的声音会泄露什么。

“那好，”格蕾丝继续说，“在等派做好的空档，要不要再来杯茶？”

威廉笑了，说：“太好了，格蕾丝，谢谢你。”

她忙活着把水壶里装满水，然后在有茶渍的旧壶里丢了两个茶包。“真是太令人沮丧了，我都找到装文件的那个保险箱了，就是打不开。我感觉自己真没用。”

“别担心，格蕾丝，你能去试已经很好了。我真的、真的很感激你。”

她把茶壶装满水，放回桌上，然后端着一杯红蓝条纹相间、上面全是泡泡、样子非常漂亮的茶走了过来。想到这茶就像是戴了顶帽子，威廉不由地笑了。他父母绝对不会相信的！

“不管怎样，回想一下，你这趟也不算白来，不是吗？”

“什么意思？”

“呃，来的时候，你只知道你母亲的名字叫布罗娜·斯金纳，她当时二十岁，对吧？”

威廉眯起眼睛说：“继续。”

“现在，你知道她的真名叫克里斯蒂娜·斯金纳，1919 年或 1920 年出生于曼彻斯特。”格蕾丝顿了一下，想让威廉跟上，但他却一脸茫然，她只好继续说下去，“还不明白？你可以去曼彻斯特试试，看能否找到她的出生证明。她进入修道院的时候已经二十岁了，我们知道那是 4 月初。所以，她的生日肯定是 1920 年 4 月之前那一年。”

格蕾丝又倒了两杯茶，等着威廉消化这些信息。

“你觉得这有什么用？”他的大脑仍然是一团糨糊，还没有从旅行中恢复过来。

“出生证明不仅能告诉你准确的出生日期和地点，还能告诉你她父母的名字。我很确定她母亲的闺名一定也在出生证明上。我真希望我能记得她姨妈的名字。真是太令人沮丧了。我知道她是个老姑娘，在克里斯蒂娜进入修道院前不久刚刚去世。我还知道她是从父母那儿继承的农场，所以如果我们知道了克里斯蒂娜母亲的闺名，那就有机会找到知道那个农场地址的人。”

威廉一拍手，往椅子上一靠，激动地说：“你真是太聪明了，格蕾丝。”

她微微红了脸，说：“你要是继续想下去，最后肯定也能想到的。”

“你觉得她有可能已经回曼彻斯特了吗？”

格蕾丝耸耸肩，说：“我不知道，威廉，我猜有可能。我的意思是，她是被偷偷送到这儿来生孩子的，生完孩子之后她就自由了，可以回去了。我想不到爱尔兰有什么值得她留恋的，所以，对，我想说的是她可能已经回到自己的家乡了。”她停了一下，又说：“不过，曼彻斯特是个大城市，在那里找到她的机会非常渺茫。”

“我知道，你说得对，我需要首先找出农场在哪儿。如果能找到农场，或许在那儿就能找到知道她下落的人。”

格蕾丝打开烤炉门，肉桂烤苹果的香味立刻在整间屋子弥漫开。她把金黄色的派放在桌子上。

“让我试试。”威廉自告奋勇，拿刀切了一块。一股热气在两人之间升腾起来，格蕾丝用手把热气挥散。

“知道吗，格蕾丝，我想我得去趟曼彻斯特。既然我已经跨越了大西洋来到这里，再跨个爱尔兰海也不是什么大事。也许在那里我能找到解开这些谜题的关键。”

31 寻找克里斯蒂娜

渡轮上，好几个乘客都告诉威廉，曼彻斯特总是下雨。他不知道往常情况如何，而今四月已经结束，刚迎来的五月的天就像游泳池里的水那般湛蓝清澈。他在郊区给自己找了个每天会供给早餐的便宜住处落脚，从那里到市中心，坐公交车的话，一会儿就到了。房东太太给了他一张地图，还用笔在他要去的地方画了一个红圈。他坐在红色双层巴士顶层，看着巨大的巴士沿着牛津路嘶嘶前行，新奇感令他喜笑颜开。他在皇宫剧院外下了车，然后摊开地图。他瞥了一眼圣彼得广场的方向，就是那儿，正如房东太太所说的，那就是曼彻斯特中央图书馆的大穹顶。

他加快脚步，大步朝那座宏伟的新古典主义圆形建筑走去。科林斯柱廊入口有两层楼那么高，总共有六根威严的石柱，爬台阶的时候他感觉自己像正在走进罗马皇宫，而不是一个市政图书馆。走进去，图书馆内部的壮丽威严仍然令人动容，内部建筑全是由抛光的橡木和英国胡桃木制成的。他沿着巨大的台阶走进大厅。这里最初就被称为“阅览室”，十分安静。威廉想不到什么地方比这儿更适合读读文学，或者悠闲地翻翻晨报了。他略带惊惶地走近服务台后面的年轻图书馆工作人员。

“早上好，女士，我想知道您能不能帮我个忙。”

“这正是我的工作。”她笑着说，“我能帮您什么？”

“我需要复印一份出生证明。”

图书管理员——威廉从她的胸牌知道她是萨顿小姐——从桌子底下拿出一张表。

“我需要一些详细资料。首先，出生证明您需要邮寄还是自己来取？”

过程竟然如此简单，威廉不由得吓了一跳。“麻烦您，我自己取。我在英国没有固定住址。”

萨顿小姐甜甜地笑了：“我能听出来您不是本地人。加拿大人？”

“我尽量不把这个当作冒犯。”威廉大笑着说，“我来自美国佛蒙特。不过，我是在爱尔兰出生的，而我的父母是英国人。”

萨顿小姐皱了皱眉。

“说来话长。”威廉解释道。

她撇嘴笑了笑：“那你一定得找个时间好好跟我说说。”

该死，威廉想，英国女孩都这么直接吗？

“也许吧……”他说。

“跟你开玩笑的！好了，你叫什么名字？”

威廉让自己平静下来。“威廉·莱恩。”

“出生证明上的名字？”

“克里斯蒂娜·斯金纳。”

萨顿小姐的笔在纸上飞快地写着，然后头也不抬地问：“出生日期？”

威廉迷糊了一下。“我的出生日期？”

她无奈地看了他一眼，说：“克里斯蒂娜·斯金纳的出生日期。”

“呃，我不知道准确的日期，我只知道应该是在 1919 年 4 月至 1920 年 3 月之间。”

“还有其他信息吗？住址？出生地点？父亲的名字？”

威廉突然觉得自己像个傻瓜。“不知道，有问题吗？”

“对于我来说不是问题，不过你得去总登记索引下面查，看看能不能找到正确的克里斯蒂娜·斯金纳。这么少的信息我没法预约出生证明复印。”

威廉叹了口气，问：“我应该怎么做？”

萨顿小姐指指房间角落里的一张桌子说：“你去那边等一下，我去把第一本名册给你拿过来。”

两个小时后，威廉感觉自己的眼睛再也无法聚焦了。近距离的工作让远处的东西都开始变得模糊，他觉得自己的头也开始痛了。他迫切需要呼吸点新鲜空气。他走到服务台前找萨顿小姐，现在他已经直呼其名了。

“凯伦，抱歉打扰一下。”他小声说，“我得出去透透气，能给我留着那张桌子吗？”

“当然。进行得怎么样了？”

“我找到了两个有可能是的‘克里斯蒂娜·斯金纳’，不过还有一本没看。我大概半小时后回来。”

威廉走在曼彻斯特街头，想着不知道自己的母亲是否也曾从这些人行道上走过。会不会她此刻就在曼彻斯特呢？他的父亲，比利，他怎么样了？为什么他在母亲最需要他的时候那么残忍地抛弃她呢？他似乎不是一个能够引以为傲的父亲，这一点是肯定的。随即他想到身处佛蒙特老家的唐纳德，他任劳任怨地在农场里工作，养活家人，长满老茧的手和驼着的背都是他辛勤劳作的证明。此刻正在做的事情常常引发的那种愧疚感再次涌向他，他突然好想家。他渴望家里的安宁、平静和浓浓的爱——母亲做饭时那温暖的家的味道，还有枫糖小屋里那令人激动的甜香和独有的僻静。曼彻斯特是一个远离那一切的世界，他开始怀疑自己的努力是否明智。可不管怎样，他的内心深处就是有一种无法抑制的渴望，想知道自己到底是在什么样的背景下出生的。他已经知道了母亲最大的心愿就是亲手把他抚养长大，她是违背自己的意愿被迫放弃他的，这让他既感到深深的悲痛，又十分愤怒。他需要知道母亲和父亲交往的全部故事，以及自己为什么会被无情地抛弃。再次坚定决心的威廉爬上图书馆的台阶，继续搜索。

/ # /

当威廉拿着一张列出了三个可能是克里斯蒂娜·斯金纳的名单，再次走到凯伦·萨顿面前时，图书馆已经快关门了。他一脸严肃地把单子推到服务台那边，凯伦迅速扫了一眼。

“一次要三份吗？”

威廉思索了一下，问：“要等多久？”

“几天吧，也可能更久。”

“我想，如果我一次复印一份的话，可能我比较走运，一下子就找对了，但也有可能要最后一个才对，那就得好几个星期了。我的钱不够在英国待那么久，而且我父母也在盼着我早点回家。”

“我们可以帮你把证明寄回美国。”凯伦建议道。

威廉揉了揉额头，凯伦盯着他，等他的答案。

“我不想催你。”她催促道，“但图书馆还有十分钟就关门了。”

“抱歉，”威廉说，“我想我还是把三份一次性都复印了吧。”

凯伦开始登记详细信息，这时一个同事走到她旁边，是一个穿着棕色花呢裙子和小外套的女人，脖子上挂着一串无趣的珍珠，头发灰白，一脸好管闲事的样子。她从凯伦身后瞥了一眼，然后又把眼镜推到鼻梁上凑近瞧了瞧。

“克里斯蒂娜·斯金纳？那个出生证明我们已经复印过了，是上周预约的，正等着人来取呢。”

听到这个消息，威廉和凯伦同时惊得目瞪口呆。

凯伦扭过头去对着她的同事，问：“不好意思，格兰杰太太，您的意思是我们这儿已经有一份克里斯蒂娜·斯金纳的出生证明了？”

格兰杰太太丝毫不掩饰自己的不耐烦：“我刚才就是这么说的，不是吗？现在快点过来把桌子收拾干净。我要锁门了。”

凯伦把一堆文件整理起来，然后一边把一些散乱的笔放进笔筒，一边问道：“能不能看一眼？看看是不是威廉要找的那个？”

“当然不行。那份证明是付了钱的，是属于预约的那个人的个人财物，只有预约的人才能打开信封。”

凯伦朝天花板翻了个白眼，她似乎早就料到会是这个答案。格兰杰太太显然是个墨守成规的官僚派。

“那这个人什么时候来取证明？”威廉问。

格兰杰太太耸耸肩，说：“我不知道。证明是昨天才送来的，所以可能明天或者后天吧。这取决于要的人急不急。”

那份出生证明上的人真的会是他母亲吗？威廉无法想象还有谁会想要这份复印件。难道他还有兄弟姐妹？他们也在找妈妈？又或者，那个人就是克里斯蒂娜本人？她要这份证明是为了代替原来的吗？还是说要这份证明的完全就是个陌生人？他迫切想要知道这些问题的答案。

格兰杰太太此刻已经离开了服务台，忙着把一些书放回书架上。威廉趴到凯伦面前，小声说：“我需要知道是谁预约了那份复印件。”

凯伦转过身来，确认格兰杰太太还在忙。她爬上了一个小梯子，正把一大摞书放到书架的最顶层。

“给我一分钟。”她回答说。

她在桌子底下的抽屉里翻了半天，然后拿出一把钥匙。她的眼睛一直盯着格兰杰太太，同时走到文件柜前，悄悄打开最上面的抽屉。她的手指飞快地翻着文件。找到她要找的东西后，她只来得及瞥了一眼信封上的名字，格兰杰太太便开始喊起来：“你弄完了没，凯伦？”

“还有最后几件就收拾好了，格兰杰太太。”她回答说。她朝威廉眨眨眼，低声说：“五分钟后外面见。”

/ # /

现在是曼彻斯特的晚高峰时间，威廉看着人们匆匆往家赶。广场上充斥着各种噪音和烟雾，人们跑着去赶公交车，汽车不耐烦地按着喇叭。他听到高跟鞋踩在石台阶上的声音，便转过身来跟凯伦打招呼。她拉着他的一只胳膊，把他推到街上，警惕地瞥了一眼身后。

“她就在我后面。”她小声说。她拉着他走进一家商店，格兰杰太太正好大步走过去，眼睛紧紧盯着前面的人行道。威廉和凯伦都如释重负地松了一口气，凯伦咯咯笑起来：“我感觉自己像个国际军火走私犯。”

威廉也笑了。

“看到了吗？预约证明的那个人的名字？”

“看到了，是蒂娜·克雷格太太预约的。这对你来说有意义吗？”

威廉摇了摇头，说：“从来没听说过这个人。不过话说回来，我在曼彻斯特本来就一个人也不认识。或许她预约的是另一个克里斯蒂娜·斯金纳的出生证明吧。”

“也许吧，也许不是。有一个办法可以知道。”

“什么办法？”威廉问。

“明天再来一趟，等她出现。”

“那要是她没来呢？她可能决定过几天，甚至过几个星期再来取。”

凯伦耸了耸肩，说：“这取决于你有多想看到那份证明。”

32 结缘曼彻斯特

蒂娜甩了甩雨伞，然后转身踏上图书馆的台阶。整条街都闪着亮光，雨滴落在人行道上，浸透了她薄薄的凉鞋。她骂自己怎么这么笨，今天穿靴子才是更明智的选择。但不管怎么说，现在都已经五月份了，她固执地拒绝在这个时候再去翻冬天的衣柜。她从包里拿出化妆盒，打开镜子，看见自己的长头发已经贴在了脸上，所谓的防水睫毛膏淌成了一条长长的黑线。她一边用手背擦着脸，一边踏上大厅的楼梯。她走到服务台前，把伞立在一边，抛光地板上立刻形成了一小滩水洼。她用手拢拢头发，朝服务台后面的年轻女人打招呼。

“您好，我是来取一份预约的出生证明的。”

“名字？”

“蒂娜·克雷格。克雷格的拼法是 C–R–A–I–G。”

“好的，请稍等。”女孩朝旁边的一排软垫椅招呼了一下，然后转身在一个文件柜里翻看着许多文件。她略带歉意地朝蒂娜笑了笑。

“抱歉，我得去跟我同事说句话。”

蒂娜摆摆手说：“没关系，我不着急。”

/ # /

威廉躲在角落里的一张桌子旁，用报纸挡住脸。凯伦一巴掌拍在桌子上，吓得他赶紧抬起头来。

“嘿！你以为——”

凯伦打断了他：“她来了。”

不需要过多解释，他站起来，小心翼翼地把报纸夹在胳膊底下，跟着凯伦走到服务台，看着她从抽屉里拿出一个信封。

“克雷格太太，”她喊道，“您的证明。”

一直坐在旁边一张椅子上的一个女人拿过信封，放进自己的包里：“非常感谢。再见。”

威廉张着嘴巴站在那里，眼睁睁地看着她头也不回地走出去，却一句话也说不出来。他无助地看了凯伦一眼，然后做了一个决定：“我得跟着她。”

他追上了那个女人，她正在门廊下弄自己的雨伞。

“打扰了，女士，我想知道能不能容我说几句话。”

她惊讶地四处望了望，问道：“跟我？”

“如果你不介意的话。不会耽误你太长时间的。”

她漂亮的蓝色大眼睛令他着迷，眼睛下面花了的黑色睫毛膏更是令他无法自拔。他突然感觉到雨水正顺着自己的衣领往下淌，他不自觉地颤抖起来。女人朝他走了一步，用她的伞罩住他。他们沉默相对，时空静止。时钟似乎已经走了好久好久，但实际上才过去一小会儿。两个素不相识的人共同站在地球上不超过一块方砖大小的地方，给人一种天长地久的错觉。

威廉首先开口了：“我叫威廉·莱恩，我已经等你很久了。”

“等了一辈子了吧，我猜。”

威廉立刻僵住了，随即意识到自己的话被误解了，不由得脸一红：

“哦，不，我不是那个意思。我的意思是，我一直在等你来拿那份出生证明。我跟你并不是偶遇什么的。”

女人似乎很疑惑，解释道：“抱歉，我以为你是想钓我。”

“钓你？”威廉皱了皱眉。他们明明说的是同一种语言，可是沟通却似乎很困难。

“你知道……就是约我。”她微微笑着耸耸肩。

威廉打量着她的脸。虽然她确实很漂亮，但眼睛里却明明透出一股忧伤。

“听着，”最后，他终于说道，“我们重新开始好吗？附近有没有什么地方适合聊天的？”

“哦，我不确定，我都不认识你。”

“拜托了。”威廉恳求道，“这真的很重要。不会耽误你太长时间的。”

“好吧，拐角那儿有一家咖啡店。我想我们就去那儿吧。”

“很好。”威廉说，“那走吧！”

/ # /

二人坐下，分别捧着自己的咖啡，一番寒暄后，威廉便开始讲述自己的故事。

“我来自美国，到这儿来是为了寻找我的亲生母亲。我是1940年在爱尔兰的一家修道院里出生的，有人告诉我我母亲的名字叫布罗娜·斯金纳。”

听到斯金纳这个名字，坐在座位上的蒂娜不安起来，但并没有打断他。威廉继续往下说。

“我去了修道院，想看看她们能不能帮我，但是没有用。那里的嬷嬷一点消息也不肯透露给我。不管怎样，一位在那里工作的助产士看我可怜，提出要帮我。后来她竟然记得我的母亲，因为我的母亲是英国人，就来自这里，曼彻斯特。而且，她的名字不是布罗娜，而是克里斯蒂娜。我去图书馆预约她的出生证明，结果发现你已经先我一步预约了。我不知道这跟我正在找的克里斯蒂娜·斯金纳是不是同一个人，但我想知道你是否介意让我看一眼。”

蒂娜已经明白，那份出生证明肯定就是威廉母亲的。爱丽丝·斯特林和莫德·库特勒都跟她说过，克里西被偷偷送到爱尔兰去了。她弯腰在包里翻起来。威廉满怀期待地看着她，但她从包里拿出来的却不是刚才凯伦·萨顿给她的那个信封，而是另一个发黄的旧信封。她庄重地把信封推到桌子这头。“我想你应该看看这个。”

威廉颤抖着把信封拿起来。“这是写给 C. 斯金纳小姐的。”

“就是你的母亲。”蒂娜说。

“我不明白。”

“你先看。一会儿我再跟你解释这一切是怎么回事。”

他小心翼翼地把信从信封里拿出来展开，瞥了蒂娜一眼，然后开始看信。她屏住呼吸看着他扫了一遍信，然后又仔仔细细地看了一遍。读完两遍后，他把信放在两人中间，把纸展平。“你从哪儿得到的这封信？”

“我在一家慈善店上班，有人把一堆旧衣服放在了门口。里面有件西装，这封信就塞在上衣口袋里。”蒂娜用食指点了点信，“你可以从信封上看出来，这封信并没有寄出去。我打开这封信的时候，被上面的文字打动，同时也疑惑比利为什么没有把信寄出去，所以我发誓要试着找到克里西，把这封信亲手交给她。”她微微红了脸。“你可能觉得这跟我一点关系也没有，但这封信让我无法平静。”

威廉再次盯着那封信。“他说的那个孩子，就是我。”他的眼中慢慢蒙上了一层雾，“我以为他抛弃了我母亲。她以为他再也不想跟她有任何关系。格蕾丝告诉我，虽然他那样对她，但她一直在等他，现在我却发现了这个。”他把信贴到脸上，闻着信上的味道。“他为什么没把信寄出去，蒂娜？他怎么了？”

蒂娜知道接下来的消息很难说出口。“找到这封信后，我就去了吉尔本特路180号，你可能不会相信，但比利的父母一直住在那儿。”

威廉惊讶地瞪大了眼睛。“我的爷爷奶奶还住在曼彻斯特？”

“是的，威廉，他们还在。”蒂娜被他的热情感染，不由得笑了笑，但随即又严肃起来，“你的奶奶，爱丽丝·斯特林，跟我说了她儿子的事情。他是十个月大的时候被她和她的丈夫收养的。我给爱丽丝看了这封信，她记得他写了这封信；实际上，写信是她的主意。第二天，他去了克里西家，跟她母亲聊过，但她似乎根本不知道信的事。听说克里西被送到爱尔兰去了，他伤心欲绝，恳求斯金纳太太把她的地址给他。她答应代表他联系一下克里西。”

“那后来呢？”威廉急切地问，“他们联系上了吗？”

蒂娜摇了摇头：“梅布尔·斯金纳当天晚上就因为灯火管制去世了，据我所知，她一直没有联系她女儿。”她又从包里翻出爱丽丝·斯特林之前给她的比利的照片。“这就是你父亲。”

威廉拿着照片，仔细看着。“他很帅。”他说，“你知道他后来怎么样了吗？”

蒂娜硬起心肠。“他在1940年的一次行动中牺牲了。真的很抱歉。”

泪水立刻涌了出来，威廉用手背把泪水抹掉。蒂娜从桌上的小盒子里抽出一张纸巾递给他。“他是个好男人，威廉。他没有抛弃你母亲。他爱她，想给她一个家。爱丽丝说，他会是一个好父亲。”

“可是我的母亲一直不知道这些。要是她收到了这封信，一切都会不一样。”

“我知道。所以我才觉得必须要找到她，把这封信交给她。”

“所以你就复印了她的出生证明？”

蒂娜点点头。她告诉威廉她去了森林花园，见到了莫德·库特勒。“莫德对斯金纳一家人很熟悉。她告诉我斯金纳医生的脾气很吓人，克里西被送去了爱尔兰。”

“真是太难以置信了，蒂娜。谢谢你这么上心。你本来可以直接把信丢到垃圾桶里的，但你花时间找到的这些事实，还有试图找到我母亲的努力真的太……”他搜索着合适的字眼，“呃，真的太了不起了。”

“我发现这封信是一年多前的事了，从一开始我就很好奇。”蒂娜又喝了一杯咖啡，望着窗外顺流而下的雨滴。里面的玻璃已经蒙了一层水汽，她漫不经心地用手指沿着窗格画了一条线。“话说回来，我自己的生活当时也发生了许多事，所以只能先把这件事撂在一边。后来再看到这封信的时候，我突然想到克里西可能不想让人找到她。我的意思是，如果她现在已经有了幸福的婚姻生活，不愿意想起过去呢？”

“这个我也想过。”威廉承认道。

“最后，我决定从出生证明开始查起。想着我可以随时改变主意。”

正在这时，一名女服务员走到桌前，她原本雪白的围裙上已经沾上茶和咖啡的污渍。“打扰一下，”她说，“我不是开玩笑，请问你们还需要点些其他的吗？瞧，外面好多人排队等位呢。”她指指门口，一队面露焦色的人正望着他们这个方向。

威廉边站起来边说：“实在抱歉，我们有点忘记时间了。”他帮蒂娜拿起雨衣，招呼她往外走。一走到街上，他们面对面站着，又不知道接下来该说什么了。雨已经停了，厚厚的乌云已经分开，阳光透过乌云影影绰绰地射下来。

“我们走一走？”威廉建议道，“我没耽误你什么事吧？有人在等你吗？丈夫？男朋友？”

蒂娜摇了摇头说：“没有。走吧，我们去皮卡迪利花园找个座位坐下。”

他们找了一个相对安静的凳子，看了一会儿上班族们抓着棕色纸袋匆匆走过，里面装着他们当早午餐的三明治和水果。

“跟我说说，在只知道我母亲名字的情况下，你是怎么找到我母亲的出生证明的？”

蒂娜笑了。“哦，就像我说的，我去的第一个地方叫森林花园，在那里我遇到了莫德·库特勒。克里西父母的名字就是莫德告诉我的。她还跟我说了梅布尔葬在哪里。她现在每年还会去她的墓前献花。你知道，是梅布尔救了她的孩子。他刚出生的时候那么小。”她闭上眼睛，想起了自己的小女儿。

“你没事吧？”威廉问。

“没事。我就是……没事。不管怎样，一旦我知道了她父母的名字，再找她的出生证明就不难了。我们现在看看吧？”

威廉完全把出生证明的事忘了。“好的，请。”

蒂娜把出生证明摊在大腿上，威廉凑过去看。

“这就是我需要的名字。”他兴奋地说，“能给我看下吗？”他拿过出生证明，更仔细地看起来。“麦克布莱德。这就是克里西母亲出嫁之前的姓氏，所以肯定也是她姨妈的姓氏。等我回到爱尔兰的时候，这肯定非常有用。麦克布莱德家族。”威廉眼中闪烁着兴奋的光。“肯定会有人记得什么的。”他双手颤抖着把证明还给蒂娜，“我要去找我母亲了！”

蒂娜把证明推给他。“你留着吧。”她在包里翻了一会儿，“这些也都给你吧。”她把比利的信和照片一起递过来。“祝你好运，威廉。”她站起来，伸出一只手，“很高兴认识你。”

威廉一下子站起来。“跟我一起去吧。”他脱口而出。

蒂娜吓得后退一步。

“我的意思是，请你跟我一起去吧，去爱尔兰。没有你我不可能走到这一步，我真的希望你能陪我一起去看看最后的结局。”

蒂娜知道跟一个几乎不认识的男人跑那么老远这个想法本身就很荒谬。她能做的都已经做了。实际上，比大多数人做得都多。她不欠他的。但当她望着他深棕色的眼睛时，却突然意识到他跟他父亲很像。像到令人惊讶。比利已经死了，但他的儿子就站在她面前，邀请她陪他一起踏上他肯定已经筹划了一辈子的旅程。是她促成了这一切，是她给了他寻找母亲需要的线索。她感到一种许多个月来一直没有体会过的兴奋。这是一个疯狂、冲动、完全荒谬的想法。

她一甩头，大笑道：“威廉，非常荣幸。”

33 同行爱尔兰

蒂娜用力推开电话亭翠绿色的门，立刻就喜欢上了这处安静的庇护所。电话亭里的微妙氛围让她立刻镇定下来，这里有种与世隔绝的错觉，你可以集中精力思考，反思外面那些烦心事。当然，曼彻斯特的大多数电话亭里都有股尿骚味，但这个位于蒂珀雷里镇的电话亭却很讨人喜欢，里面没有任何难闻的怪味。她拿起笨拙的黑色话筒开始拨号，电话里“嘟嘟”地响了几声后，电话那头传来了希拉的声音，她暗暗骂了一句。她没得选择，只能把第一个硬币塞进去。

“希拉？我是蒂娜，能帮我叫一下格拉哈姆吗？”

幸运的是，希拉还是那么不喜言语，她只是嘟囔了一声便把话筒放下去喊她丈夫了。蒂娜一边来回踢着脚，一边等格拉哈姆来接电话。似乎过了好久好久，她终于听到了他的声音。

“蒂娜？”

她还没说话，滴滴滴的声音便响了起来。她又塞进去一枚硬币。

“你好，格拉哈姆。听着，我钱不多了，所以我长话短说。你看到我写的字条了吗？”

“早上看到了。你跑爱尔兰去干吗？”

“说来话长。还记得我去年发现的那封信吗？”

“不记得了，什么信？”

蒂娜暗暗抱怨了一下："就是我在慈善店收到的一件西装口袋里发现的那封旧信。我肯定跟你说过。"

"我不记得了，但这跟你跑到爱尔兰有什么关系？"

滴……滴……滴……

蒂娜开始失去耐心了，她又多塞了几枚硬币进去。

"我得快点了，格拉哈姆。等它再滴滴滴的时候就结束了。我已经没钱了。所以，你就听着，不要说话，行吗？简单地说，我来爱尔兰是想找那封信的收件人，那个女人。我现在跟她儿子在一起，他也在找她。我只想让你知道我一切都好，不用担心我。"

格拉哈姆似乎一头雾水："你跟谁在一起？什么时候回来？"

滴滴声最后一次响起，蒂娜无视他的问题，匆忙道了声再见。

放下话筒的时候，她正好听见他冲着电话喊："你什么时候不用我担心过！"

/ # /

回到弗拉纳根太太的旅馆，威廉正在客厅里等她。

"一切顺利吗？要来点茶点吗？"他说话的时候，嘴里塞得满满的，字都吐不清楚。

弗拉纳根太太拿来了一大壶茶和一份热乎乎的土豆饼加熏鲑鱼，威廉正狼吞虎咽地往嘴巴里塞。他吞下食物，用手背擦擦嘴巴，又开口了。

"不好意思，这些土豆饼真是太好吃了。你跟你朋友说了吗？"

蒂娜坐在他旁边的沙发上，给自己倒了一杯茶。"嗯，说了，谢谢。我给他留了张字条，告诉他我去哪儿了，不过他还是很担心我。"

威廉又吃了一口，然后问："这个格拉哈姆，是你的前男友吗？"他说话的时候，食物屑跟着飞了出来，蒂娜皱了皱眉。

"你们美国人都喜欢嘴巴里塞满东西说话吗？"

威廉喝了一口茶，笑了："对不起，这个习惯很不好，我知道。恐怕我不是个很讲究的人。其实，我就是个乡巴佬而已。"

她瞥了一眼手表："现在才下午四点。你这吃的是什么饭？晚午饭还是早茶？"

"都是弗拉纳根太太，她觉得我需要增肥！"他耸耸肩，蒂娜笑了。

"回答你刚才的问题。格拉哈姆是我一个非常要好的朋友。过去的差不多十二个月里，他给了我巨大的支持，所以我欠他很多。要是我直接走掉，不告诉他我一切安好，那就太不公平了。"

"那更像父亲的角色咯？"威廉问。

蒂娜想了一下："我觉得更像是兄长。"

弗拉纳根太太从门口露出头来："还要再来点吗？"

"非常感谢，弗拉纳根太太，不过我想我们这儿已经足够了。"

"很好。要是还想来点的话喊我一声就行。"她退出房间，再次留下蒂娜和威廉两个人。

"你接下来的计划是什么？"蒂娜问。

"哦，明天一早我要带你去见格蕾丝·奎恩。不管怎样，如果不是她，我永远都不会去曼彻斯特，我们也不会遇见。我们去看看她是否记得麦克布莱德家族以及他们住在哪里。"

蒂娜笑了："听起来是个不错的计划。"

/ # /

蒂娜觉得格蕾丝·奎恩的小屋特别漂亮，如果印在巧克力盒上或者做成拼图一点儿也没有违和感。白色石墙在灿烂的阳光下熠熠生辉，烟蓝色的紫藤完美地勾勒出鲜红的门，沿着拼铺的石头走向门口时，蒂娜被墙耀得只能遮住眼睛。一走到屋里，他们便受到了格蕾丝的热情欢迎，她很高兴威廉带蒂娜来见她。他们围坐在餐桌旁，威廉拿出自己的笔记本。

“克里斯蒂娜·斯金纳的母亲在结婚前名叫梅布尔·麦克布莱德，你对这个名字有什么特别的印象吗，格蕾丝？”

格蕾丝双手扣在面前的桌子上，努力回想。她真的很不想让这个年轻人和他带来的这个可爱女孩失望，但她必须承认，她并不认识什么叫麦克布莱德的人。

“对不起，威廉，真的很抱歉，但我对这个名字没有任何印象。”

威廉试图掩饰自己的失落：“没事。都到这一步了，我现在肯定不会放弃的。我在曼彻斯特了解到很多事情，你肯定不会相信。”

他翻翻笔记本，拿出比利的信。

“给，你看看这个。”

格蕾丝把眼镜放到鼻梁上，看了那封信。“真是太难以置信了！你从哪儿得到这封信的？”

蒂娜解释了自己如何发现这封信，以及如何查到克里西的出生证明等一系列事情。

“你说得对，格蕾丝。”威廉插进来说，“克里西的父亲是一名医生，她母亲是一名助产士。”

“那个可怜的女孩，她都不知道比利要娶她。我一想到她生产时经历的那些痛苦，还有她眼中一直挥之不去的忧伤……她第一次抱你的时候，威廉，我知道她特别高兴，她的笑容照亮了整个房间，可是她的眼睛……如果你看到她的眼睛，你就会知道，那里面满是永远都无法褪去的痛苦。”格蕾丝轻轻吸了吸鼻子，“我不明白的是，比利为什么没有把这封信寄出去。我的意思是，这封信字里行间充满了爱和真挚的情感，我只是无法相信他竟然没有寄出去。”

蒂娜说爱丽丝·斯特林记得比利去了邮局，但跟其他人一样，也不知道他为什么改变了主意。

“我这辈子从来没听过如此令人痛心的故事。”格蕾丝吸着鼻子说，“你知道比利后来怎么样了吗？”

蒂娜和威廉互相看看，威廉首先开口了。

“他在1940年的一次行动中牺牲了。”他再次打开笔记本，“这是他的照片。”

格蕾丝看着照片上那个身着军装的英俊的年轻人。

“你和他真像，威廉。”最后，她只说了这么一句话。她把信对折，准备把它还给威廉，但突然停住了。“哦，看，背面还有字。”她仔细查看信的背面，“上面写着‘对不起’。”

威廉把信和照片拿过来，又仔细看了看：“我之前都没有注意，你发现了吗，蒂娜？”

往事涌上心头，蒂娜一下子僵住了。那种熟悉的厌恶感涌遍全身，那感觉从她胃里的深处开始慢慢往上爬，直到灼烧她的咽喉，让她想吐。她用一只手捂住了嘴巴。

“蒂娜，你没事吧？”

她能感觉到汗水从上嘴唇渗出，整个身体因仇恨而竖满了刺。

“我没……没事……”她结结巴巴地说着，站起身来，“格蕾丝，我能用一下洗手间吗？”

格蕾丝望了一眼威廉，脸上露出担忧的神情：“当然可以，亲爱的，这边。”

蒂娜躲在洗手间里，往脸上泼了些冷水。她的胸部和脖子都变得通红，脸上也出现了一些斑点并且变得绯红。她抓住水槽边缘深呼吸几次，试图让自己平静下来。里克已经死了五个月了，但他还是能激起她心中如此强烈的情感。大多数时间，她成功地克制住了对他的仇恨。她不想被仇恨吞噬，让它主宰自己的人生。过去的五年已经被他毁了，她下定决心，之后的五年绝不能再被他毁了。

平复之后，她回到小小的客厅里，发现威廉和格蕾丝正趴在桌子上，中间放着一盘热乎乎、蓬松的牛奶松饼。爱尔兰人的热情似乎都体现在食物上了。听到她进来，威廉转过头来。

“我们正在看地图呢，蒂娜。我们已经把修道院标出来了，瞧，就在这儿。”他指着一个画好的红十字对她说，“现在，我们知道克里西的姨妈之前就住在这一片，不过在农村地区，这可能意味着在好几英里之外。”他查看了一下地图的比例，然后围着修道院画了一个圈。“这是两英里半径范围内的一切。”他又画了一个更大的圈，“这是五英里半径范围内的一切。”他往后一靠，看着自己的作品：“画得有点粗，不过在没有圆规的情况下，我只能画成这样了。”

“我弟弟今天晚上要过来。”格蕾丝说，“我可以让他标出你这两个圈里的酒吧，作为你们的出发点。农村社区里，酒吧是活跃分子的聚集地，他们确实知道很多消息。”

威廉朝蒂娜笑了笑：“准备好了吗？”

她也朝他笑了笑：“当然。”他的热情总是能感染别人，而且现在退出已经晚了。她不知道他们是否能找到威廉的母亲，但不管结果怎样，她都希望能陪在他身边。

34 走访酒吧

威廉和蒂娜坐在“麦芽铲子”酒吧里，这是他们走访的第三家酒吧。格蕾丝的弟弟非常负责地标出了地图上的酒吧，里圈里四个，外圈里三个，这就意味着修道院五英里半径的范围内总共有七家酒吧。

威廉拿起半品脱吉尼斯黑啤嘬了一口：“这个酒吧竟然还有吃的。我们要不要来点儿？我都快饿死了。”

蒂娜大笑起来：“你脑子里就没有其他事情吗？我从来没见过这么能吃的人。我觉得你肚子里肯定有绦虫！”

“围着这些酒吧一家接一家地找让我很有胃口。”他指指黑板，“看，他们有好吃的牛排啤酒派，真的。”

蒂娜使劲戳了戳他的肋骨：“你听起来有点像爱尔兰人了。”

他又喝了一口酒：“我本来就是爱尔兰人，不是吗？虽然血统不是，但出生地是。”他朝酒保举起酒杯，酒保点点头，又给他倒了一杯。

“你确定还要吗？这个完了我们今天晚上还有一家酒吧要去查呢，你不想被抓到‘自行车酒驾’吧。”

“我想你说得对。听着，我们点了食物就去四处问问，这里好像比前面两个地方更有希望。”

蒂娜表示赞同：“那好吧。我来份芝士沙拉就行了，我还得留点肚子吃那个呢。”

她指指桌上的菜单，威廉凑过去看。

“面包奶油布丁。这是什么玩意儿？”他明显厌恶地皱了皱鼻子。

“一会儿你就知道了。我要了两个勺子，我保证你肯定想吃！”蒂娜两眼放光地望着远方，“这是我妈妈的拿手绝活，她做的简直完美。白面包厚片涂上一层滑滑的奶油，水果丰厚多汁，奶油冻恰到好处，顶层总是有点脆脆的，再加一层焦糖，要是没吃完的话，冷藏一下第二天吃更好。”

威廉笑了：“你从来没提起过你的家人。跟我说说他们吧。”

蒂娜捡起毛衣袖子上的一个线头，不敢看他的眼睛：“我父母都过世了。”

威廉呆住了：“哦，天哪，真对不起，蒂娜，我不该提你的伤心事的。”

“你又不知道。我十六岁的时候父亲就去世了，七年后我母亲也走了。你知道，她一直放不下我父亲。虽然听起来可能有点老套，但他们真的是灵魂伴侣。不管怎样，我是家里的独生女，二十三岁的时候我发现自己成了孤儿。”她挤出一丝微笑，“我曾经有一份好工作，在办公室里上班，周末去慈善店，所以从来不会觉得孤单。现在我已经全职在慈善店工作了。”

“你办公室的工作怎么了？”

蒂娜犹豫了一下：“说来话长。我怀孕的时候辞职了。”

威廉瞪大了眼睛：“你有孩子？”

“没有，生下来就死了。”

威廉本能地抓住她的手，贴在自己脸上：“我不知道该说什么，可怜的家伙。孩子的父亲呢？你们结婚了吗？”

蒂娜立刻没了胃口："是的，结婚了，不过他也死了。"

威廉惊呆了："一个人到底得受多少苦？"

蒂娜直直地望着前方。"我不会为他流泪的。"她拿起菜单，"好了，我们点餐吧？"

/ # /

威廉和蒂娜离开酒吧的时候，太阳已经开始下山了。空气中弥漫着浓郁的山楂树篱味，五月的晚上仍然有些凉意。

"哎，又是浪费时间。"威廉把裤腿塞进袜子里说。他看看正在拨弄格蕾丝的自行车车筐的蒂娜，整顿饭她一直很安静，威廉骂自己不该揭人家的旧伤疤。

"还要去另一家吗？"

蒂娜抬起头来："另一家？"

"里圈的最后一家酒吧。如果下一家还不走运的话，就只能去更远的三家了。"

"如果你确定这辆自行车能撑得住的话！"蒂娜看着威廉从格蕾丝邻居家借来的那辆生锈的旧自行车，咯咯笑起来。

威廉做了个鬼脸："我知道。这就是因为太过时而被诺亚丢下的那辆。"

蒂娜大笑起来："你真是太有趣了，威廉。"

"你笑起来真可爱。听着，刚才在里面的事我很抱歉。"他朝酒吧点点头，"我希望你不要觉得我是在刺探你的隐私。"

"你询问我家人的事是合情合理的，你又不知道这会涉及一部莎士比亚戏剧。好了，我们走吧。下一站去哪儿？”

那天晚上的第三家酒吧不过是间小茅舍。酒吧的窗户很小，所以里面又黑又暗，磨损得太厉害的木地板即使撒上了锯末也遮不住旧划痕。里面有六张桌子，坐着好几堆老人，有的在打牌或玩多米诺骨牌，有的只是盯着自己的酒杯啥也没干。威廉和蒂娜走进酒吧的时候，所有人都抬起头来。威廉点点头，挽起蒂娜的胳膊走向吧台。

“晚上好。”酒保说，她看起来更适合在军营里发号施令，“有什么能帮您的吗？”

威廉转身对着蒂娜。

“哦，给我来杯橙汁就行了。”

“两杯，谢谢。”

酒吧里已经没地方坐了，于是他们直接靠在吧台上，打量着这个小屋。最初的好奇心褪去后，那些常客们现在又沉浸到之前的活动中去了。威廉转身对着酒保。

“我能不能跟您打听点事？”这已经是惯用开场白了，只是在之前的三家酒吧里都没有什么效果，“您知道附近有个麦克布莱德家族吗？是一个农场家族。”

正在擦杯子的酒保停下手里的活，皱起眉头：“恐怕您得说得详细点，麦克布莱德这个姓在这一片很常见。”

威廉叹了口气。每一家酒吧的酒保都是这样回答的，他们手头的信息似乎确实不太够。

“恐怕我们就知道这么多。那个家族的名字叫麦克布莱德，以前住在一个偏僻的小农场里，不过那是三十多年前的事了。”

酒保一边用力地擦杯子，一边思索着这个信息："话说回来，您为什么要打听这个呢？"

威廉清了清嗓子："我在找我的母亲。我三十四年前出生在圣布里奇特修道院，然后就被送养了。我一直生活在美国，这次回来是想找到我的母亲。"

酒保噘起嘴巴："明白了。我想您应该已经去过修道院了，但他们根本没有提供什么帮助。"

威廉意味深长地看了蒂娜一眼："可以这么说。"

"呃，那我们试试能不能帮上什么忙。您说这些事发生在三十多年前？"

威廉和蒂娜同时点点头。

酒保放下酒杯，朝一个正在打牌的人喊了一声，那人放下牌走了过来。

"怎么了，莫拉格？"

她朝威廉和蒂娜点点头。"神父，这两位要找一个叫麦克布莱德的家族，您能帮他们吗？"

"你说麦克布莱德？能再具体点吗？"

莫拉格笑了："我刚才也是这么说的。"她转向威廉和蒂娜："这位是这个教区的牧师，麦金太尔神父，要是有人能帮你们的话，肯定就是他了。"

/ # /

半小时后，威廉和蒂娜已经站在酒馆外，威廉的手里抓着一张纸。

麦金太尔神父想不起哪个麦克布莱德家族能对应威廉所说的模糊的描述，但他知道有个人能。威廉看看神父给他写的那个名字：“哦，这是明天的任务了。”

他把纸条塞进衬衣口袋里，骑上那辆老旧的自行车，对蒂娜说：“希望这位德拉蒙德神父能帮我们找到另一块拼图吧。”

35 心碎之夜

威廉和蒂娜回到弗拉纳根太太的旅馆时，房东太太已经休息了。威廉从门垫底下摸出钥匙。钥匙发出“叮当”一声脆响，被他用力插进锁眼。接着，他俩蹑手蹑脚地跨过门槛，生怕吵醒了弗拉纳根太太。

“想来点夜宵吗？”他小声问。

蒂娜迟疑了一下，随即点头表示同意。二人在前厅落座，每人拿了一杯威士忌，都稍微放松下来，压低的声音也逐渐变成了正常的谈话声。蒂娜向后把头靠在沙发上，闭上眼睛。威士忌一路灼烧到她胃里，酒味又让她想起了里克。一种如鲠在喉的窒息感猛然袭来，泪水不可抑制地开始往外涌。她默默祈祷威廉不要发现，但他太敏锐了。

“蒂娜，你没事吧？”他一下子窜到她旁边的沙发上，“哦，天哪，你哭了。”

她用小指揩掉眼泪，强迫自己露出一个微笑。

“我没事，威廉，真的，别担心。”

他接过她的酒杯放在咖啡桌上，然后用自己的手包住她的两只手。“从我们相遇的那一刻起，我便察觉了你的忧伤。都在你的眼睛里了，蒂娜。你很漂亮，笑容也很迷人，但你的眼睛却从来都不会笑。”他把她的手抓得更紧了，“你对我这么好，一路跟过来，我想帮你。告诉我你到底怎么了。”

可怜的威廉，他看起来像是自己的心也碎了，他的关心无疑是发自内心的。

蒂娜指指她放在桌子上的酒杯：“麻烦你。”

威廉把酒杯递给她。

“看到这个液体了吗？”她用力晃着酒杯，威士忌从杯子边缘溅出来，落在她的大腿上。她似乎没有注意。“这个液体，”她继续以更怨恨的口气说，“实际上毁了我的人生，而且让我的女儿付出了生命的代价。”

威廉把自己的那杯也放下了，他想要来点烈酒的兴致一下子消失了。

“你愿意跟我说说吗？”他小心翼翼地问，“如果可以的话，我想帮你。”

她转过头来看着他，语气缓和下来：“太迟了，威廉。太迟了。我以前完全就是个白痴，对显而易见的事实视而不见，但现在我已经看清了。”

威廉再次捏捏她的手：“继续说。”

她深吸一口气，挣扎着从威廉手中抽出手来，沿着自己的大腿一直擦。

“我以前是个遭受家暴的妻子，威廉。”她开口道。他想说点什么，但她用一根手指放到他嘴边，阻止了他。“所有人都明白，除了我。格拉哈姆、我的朋友琳达、我的老板，他们都知道会发生什么事，除了我。哦，不，我相信他会改变，所以我才回到他身边，一次又一次地给他机会。他打完我之后，总是不住地道歉，变得很谦逊，对我超级好。有时候他甚至会因为打了我而痛哭，然后我就特别同情他。”

她摇摇头，顿了一下又开始讲，“当然，每次他都保证以后绝对不会再向我举起拳头，而我就像一个傻瓜一样信了他。但之后他又会被什么事情激怒，通常都是些鸡毛蒜皮的小事。他会让我相信都是我的错，这个我竟然也信了。当然，这一切归根结底都是喝酒惹的祸，但仅仅把一切罪责归咎于酗酒这一件事那也太过于简单了。他是个控制狂，无所不用其极地控制我。有很长一段时间我一直想离开他，却始终没有那个勇气。他总说他一定会找到我，我很怕他。而且，我总感觉自己像是要在他明显需要帮助的时候抛弃他。”

威廉盯着她，她的故事讲得越深，他的呼吸就变得越来越沉，越来越急促。

“不管怎样，有一天，我终于鼓起勇气离开了他。但事实却是，感到孤独的人是我。我想他。”她转身对着威廉，“你能相信吗？我竟然会想他！”

威廉摇摇头，但什么也没说。

“后来他戒酒了，似乎完全变了个人。没有我他照样活得很好，这让我有点难过。他找了一份工作，也不再骚扰我让我回到他身边。他把自己收拾得很好，变成了我一直想让他成为的那种人。他好像不再需要我了，但显然，他这是在放长线钓大鱼。后来我发现自己怀孕了，所以我没得选择，只能回到他身边。至少我是那样说服自己的。有一段时间我们真的很好，那时候我觉得特别幸福。他也是，我们都兴奋地期待着宝宝的降生。我相信自己的决定是正确的，虽然格拉哈姆和琳达都说我疯了。他们知道什么？那时候我想。”她讽刺地大笑一声，“结果证明，他们什么都知道。”

“后来怎么样了？”威廉的声音中充满了关切。

蒂娜指指玻璃杯，继续说："就是这个，他又开始喝酒了。起初只是喝一点，但后来还是滑入了万劫不复的深渊。我早就应该想到的，但我对婚姻还充满了幻想，总是给他找各种借口。现在我知道，当时我不过是在自欺欺人，但现在说这些都是事后诸葛了。怎么说都对。"

威廉硬着心肠问了下一个问题。

"你的孩子发生了什么事？你说是个女孩？她怎么会……你知道……"

蒂娜用手搓搓脸，然后抬头看着威廉。她深吸一口气，把那可怕的一天所发生的一切都告诉了他。

威廉惊呆了。"我很难受。"他小声说，"如果不是里克看到了比利的信，你的女儿也不会死。"他站起来打开框格窗，大口呼吸着外面的新鲜空气。蒂娜穿过房间，两只手放在他宽阔的肩膀上。

"我不这样想，我已经学会了不这样想。里克是个魔鬼、凶狠的恶霸，任何事情都可能会触发他的怒火。该受责备的人是他，不是别人。我也是过了好长时间才愿意接受这一点。但现在我知道，事实就是如此。正是这个信念帮助我一点点继续前行。我是受害者，我和我的女儿都是，这些都不是我的错。"

威廉转过身来，紧紧抱住她。他把头埋在她长长的黑发中，她的发间有种新割的青草加夜晚篝火的味道。

"对不起。"最后，他只说出了这句话。

/ # /

德拉蒙德神父不太习惯早起。活到了九十六岁，他感觉自己有权利愿意在床上待多久就待多久，只要他高兴，在床上躺一天都行。但是，今天早上，他的女管家兼护士兼独裁者通知他，十点钟有客人来看他，这意味着他八点钟就得折腾着起床，这样才有足够的时间洗澡、刮胡子、穿衣服。他往后一躺，不情愿地让吉娜在他脸上涂剃须泡沫。她手里拿着刮胡刀，一边拉紧他的皮肤，一边拿着刀刃在上面推。纤细的白胡子很轻松便推掉了，她用一块法兰绒巾把刀刃擦干净。第二下，她把他的皮肤稍微刮破了一点，泡沫中透出一些小血点。

德拉蒙德神父不高兴了："行行好，吉娜，你给我刮胡子就不能有一次让我不需要输血吗？"

吉娜不耐烦地啧了一声，继续手上的动作。

"别夸张了，神父，我不知道你为什么不肯用电动剃须刀。如果用电动剃须刀的话我就轻松多了。"

"我用了一辈子刮胡刀，现在也不打算改变。"

吉娜朝天花板翻了一个白眼，然后又迅速刮了几下，刮胡子的工作便完成了。

"好了，德拉蒙德神父，刮完了。"

"嗯。我的耳朵还在吗？"

吉娜没理他，开始给他脱睡衣。"你得买条新睡裤了，我都不知道你是怎么溅到前面这么多的。好了，我看看，要再穿个外套吗？"

德拉蒙德神父迷茫了一会儿，问："你说谁要来来着？"

吉娜有些恼火："我跟你说过了，他叫威廉·莱恩，是来找他母亲的。他母亲的名字叫克里斯蒂娜·斯金纳，是从英国被送到这儿来生孩子的。她跟她母亲的姐姐生活在一起，在修道院里生下了孩子，她的姨妈姓麦克布莱德。麦金太尔神父觉得你可能记得那个麦克布莱德家族，虽然我非常怀疑这一点，因为十分钟之前我刚跟你说过一遍，现在你就已经忘了。”

他瞪了一眼吉娜，她正毫不怜惜地往他胳膊底下塞粗糙的面巾。这个女人都不知道自己在说什么，他的记忆力一点问题都没有。

/ # /

吉娜热情地跟威廉和蒂娜打招呼，然后把他们带到前厅。老神父的房子非常大，里面有股霉味。蒂娜皱了皱鼻子。

“一半的屋子都锁上了。”吉娜抱歉地说，“现在这里就只有我和德拉蒙德神父住。”

“哦，不过这里很漂亮。”蒂娜看着橡木镶板说，“我的意思是，这真的是一座非常壮观的建筑。”

德拉蒙德神父正在火炉旁等他们。虽然五月的天气已经很暖和了，壁炉里还是生着很旺的炉火，老神父的腿上还裹着一条格子围毯。

威廉伸出一只手：“您好，德拉蒙德神父，我是威廉·莱恩。感谢您同意见我们。这是我的朋友蒂娜·克雷格。”

蒂娜也伸出一只手，德拉蒙德神父轻轻握了握：“抱歉我不能起身了。”

“没关系，”威廉说，“我们尽量不耽误您太长时间。我想您可能知道附近一家叫麦克布莱德的人家。”

威廉说明了他到目前为止的行程。他告诉德拉蒙德神父比利的信、蒂娜如何发誓要把它交到克里西手里，以及他们如何在曼彻斯特相遇。当威廉告诉他修道院的修女们如何不肯提供帮助时，德拉蒙德神父一直低着头。

“所以您看，神父，”他说，“您真的是我们最后的希望了。我知道这是很久以前的事了，但或许您能回想一下，告诉我们您是否记得任何关于麦克布莱德家族的事情。如果我们能找到我母亲被送去的那个农场，或许现在住在那里的人会记得她发生了什么事、去了哪里。我的故事里有什么地方让您听着耳熟的吗？”

德拉蒙德神父盯着他看了好长时间，然后揉揉自己的太阳穴，闭上了眼睛。威廉以为他睡着了。最后，老神父终于睁开眼睛，直直地看着他说：“抱歉，不知道，我不记得有你描述的那么一个麦克布莱德家族。”

/ # /

威廉和蒂娜沿着小路慢慢朝公交站走去。“哎，又是浪费时间。我们现在怎么办？”

蒂娜捏捏他的胳膊：“继续找，就这样。我们必须拓宽搜索范围，另外那三家酒吧还得去查。早晚会找到的。”

她的乐观让威廉露出了笑容：“谢谢你，蒂娜，你真的很了解怎么样可以让我振作起来。”

/ # /

德拉蒙德神父仍然坐在火炉旁。他在脑子里把这件事情过了好几遍，最后终于说服自己他的选择是对的。他答应了凯瑟琳·麦克布莱德，并且一丝不苟地完成了她的遗愿，现在重提旧事没有任何意义，她也不会希望那样。他坚定地点点头：不，这件事毫无疑问，他做的是对的。

吉娜从门口露出头来：“准备吃午饭了吗，德拉蒙德神父？”

“是的，吉娜，我想我准备好了。”

“你没帮上那对年轻人，真是太可惜了。我就说你的记忆力已经大不如前了，你还不承认。”

德拉蒙德神父暗暗笑了：“你说得对，吉娜，什么都记不住了。”

36 最亮的风景

月末的时候，威廉不情愿地做出结论：这次寻找结束了。附近没有人记得他找的那个麦克布莱德家族，所有的方法他都试过了。是时候回家了，他们明天一早就走。

威廉敲门的时候，蒂娜正在房间里仔细地把衣服叠到她的小箱子里。她捋平手里的衬衫，放在最上面。

“进来吧。”

他从门口露出头来：“你是不是快收拾完了？”

“嗯，差不多了，进来吧。”

他侧身进到屋里，一屁股坐在床上。

“你没事吧，威廉？”她一只手放在他肩膀上捏了捏。他伸出手来摸到她的手指，俩人的手指缠在一起。

“我不敢相信我们竟然找不到她，我们已经很接近了。这么近却还是找不到她，真是太令人沮丧了。”

蒂娜在他旁边坐下，头靠在他的肩膀上：“永远不要放弃，威廉，你听到了吗？”

他拍拍她的膝盖，打起精神：“我不会放弃的。走吧，好好享受我们在一起的最后一晚。”

/ # /

“我肯定会想念这个地方的。”几小时后，当两人慢慢走回家时，威廉说。“我的意思是，爱尔兰的一切都很温暖、热情。还有食物……”他心满意足地揉揉肚子，“如果我在这里待得再久一点，都要变成个大谷仓门了。”

蒂娜笑着挽起他的胳膊：“这里的每一秒我都喜欢。这正是我需要的补药，我知道我们永远都是朋友。”她停下来，抬头望着他的脸，“我们会保持联系，对吧？我的意思是，我知道我们之间隔着大西洋，但我们可以写信，或者偶尔还可以打个电话。我知道越洋电话很贵，但是——”

威廉把一根手指贴在她嘴唇上：“就让我们好好享受今晚，先别想回家的事。回弗拉纳根太太的旅馆之前，介意再走一会儿吗？”

初夏的一场阵雨过后，人行道上闪着亮光，但晚上有一种近似热带的湿度。他们穿过公园，坐在垂柳下的一张椅子上，由于垂柳的庇护，椅子上相对来说还比较干。

“真不敢相信，明天的这个时候我就在家了。”威廉说。

“你肯定盼着再见到你父母吧。”

威廉想了一下才回答：“当然，不过我觉得我好像让他们失望了。”

蒂娜皱起眉头：“怎么让他们失望了？”

“呃，他们那么支持我去找我的亲生母亲，但我知道这给他们带来了很多痛苦，可是这一切到头来却是一场空。我好像根本就不应该出来找。”

蒂娜顿了一下：“那样我们就不会相遇了。”

他想了一下："遇到你是这次旅程最亮的风景。我无法想象如果这次是我一个人来，我会是什么感觉。如果你不在我身边，找不到母亲的失落会更加难以承受。"

她伸出手，温柔地抚摸着他的脸。

"哦，威廉。"她小声说，"虽然我们才相识没多久，但我却觉得你是我生命中的一部分。在里克之后，我以为我永远都不会再相信男人了。"她转过身去，微微红了脸："我知道这听起来很荒唐，可是我知道，等你一回到美国，跟你的家人在一起，肯定会把我忘得一干二净的。"

威廉短促地笑了一声："你错了，蒂娜，我永远都不会忘记你。不管怎样，我都不会放弃寻找我的母亲。我知道有一天我肯定会再次回到爱尔兰，当然了，我的爷爷奶奶还在曼彻斯特。"

"你要去看望他们？"蒂娜满怀希望地问。

"总有一天会去的。"

"那一定要来找我。"她戳了戳他的肋骨。

他站起来，朝她伸出一只手："走吧，已经很晚了，我们最好回弗拉纳根太太那儿去。"

蒂娜从椅子上站起来。她一站好，便想把手抽回来，但威廉抓得更紧了，她知道没必要再挣扎了。

回到弗拉纳根太太的旅馆那条街时，天已经基本上黑了，他们都沉浸在自己的思绪中，过了一会儿才意识到房东太太正在前门那儿喊他们。

威廉加快了步伐，但并没有放开蒂娜的手。

"什么事，弗拉纳根太太？"他上气不接下气地问。

“可回来了。”她叫道，“我一直在等你们。”

虽然她比威廉矮了足足有一英尺多，但还是把两只手放到威廉的肩膀上，抬头看着他。

“前厅有位先生，哦，我不想让你们觉得这个时候我还会随便把陌生人放进来，但他是个例外。”

威廉皱了皱眉：“然后呢？”他催促道。

“我特许他进来，是因为他想等你们回来。你知道，我告诉他你们明天一早就要走了。”她停了一下，深吸一口气，然后露出一个异常灿烂的笑容，“威廉，现在坐在前厅的那位先生说，他认识你母亲。”

PART THREE

37 杰基的农场

三十五年间，布瑞尔农场并没有发生太大变化。不管怎样，这里是一处简单的存在，农场的两位居民对此都已习以为常。当然，农场工人来了又走，动物也是，但农场的基本生活方式还是照旧——仍然是长时间的辛苦劳作，却只能换来微薄的回报。许多年前，当克里西第一次来到这里时，她曾将这里视为短暂的停留之地。如果当时有人告诉她，她之后的三十五年也将在这里度过，她会以为那人在胡言乱语，肯定不会放在心上。

虽然老天对她并不是特别好，但周围熟悉的环境和与她一起生活的那个善良的男人让她得到了些许满足。杰基·克里维一直都是她坚强的后盾，表现出无私的忠诚和奉献，而一直无法回报他更多也让克里西心怀愧疚。这些年来，她很多次提出要走，这样他就可以正常地娶妻生子，把布瑞尔农场变成他自己真正的家，但他根本不听。她并不是不喜欢他，相反地，他才是那个她真正可以依靠的人。过去有那么多人背叛过她。一开始就是父亲首先提出把她送到爱尔兰；母亲虽然答应过要保持联系，之后却音信全无；凯瑟琳姨妈则安排把她送到了修道院，让她在那里过了三年她想都不敢想的地狱般的生活——即使是她最恨的敌人，她也不忍心让他过那样的生活。当然，还有比利。虽然已经过了这么多年，但她还是不明白他当初为什么会那么无情地抛弃她。她当时那么全心全意地爱着他，她能感觉到他也一样，那为什么一个孩子就让一切都变了呢？

孩子。克里西没有一天不想她的孩子。这些日子她一直试图在脑海里描绘他成年后的样子。或许他已经有了属于自己的家庭，不再是她记忆里那个战战兢兢的小不点。从他们把他从她身边带走，开车送往香农机场那天起，她的人生再也没有往前走，她的心彻底死了。她养育了他三年，然后被迫签下协议，把他送给一对没有孩子的美国夫妇抚养。在修道院里经受的种种欺侮和羞辱都比不上当最爱的孩子从身边被夺走时她心里那种绝望的痛苦。当她被迫同他做最后道别时，她像疯了一样死命挣扎。她好不容易克制住自己，在他被放进车里之前，最后一次抱了抱他。他从开着的车门里朝她张开小手。

“妈咪，我不想走，求你了。”

克里西伸手去抓他，但已经太迟了。车门“嘭”的一声关上，她望着那辆车在砾石路上嘎吱嘎吱地慢慢走远，感觉像是有人生生地在把她往后拽。小威廉站在后座上，望眼欲穿地看着车窗外，伤心欲绝地喊着要妈妈。虽然克里西听不到他说什么，但他脏兮兮的小红脸深深地刻在了她的记忆里。她知道他会得到很好的照顾，但她同时也知道，没有哪个母亲会比她更爱他。他们在一起度过了三年，她把自己的爱全部倾注在他身上，他就是她的全世界。比利可能不想要这个孩子，但她有足够的爱去爱他们俩。

当然，这些年克里西一直在试图找自己的孩子，但那些修女们无动于衷。她被迫签署了一份声明，上面说她对他没有任何权利，也不能在未来的任何时候试图联系他。过去这些年里，那张纸被甩在她面前好几次。

现在，她站在厨房里，等着水壶里的水烧开。这是为数不多的几个改变之一，并且非常受欢迎。以前屋子中央用来烧水的大锅不见了，一套铸铁炊具干净地安置在之前放壁炉的地方。必须承认，从沼泽里弄燃料还是需要去刮泥炭，但至少现在全都可以在炉子里面完成。克里西可以关上那扇小门，把最呛人的烟都挡在外面。她把水倒进满是茶渍的小茶壶里，等着茶泡好。透过窗户，她看到杰基正牵着马走过院子。老萨米几年前就死了，杰基三年前从马市上新买了现在这匹。这匹马差不多有十八个手掌那么高，个头非常大，深色皮毛，脸下方有一条白色条纹。杰基说过，他之所以选这匹马是因为它让他想起乔治·奥威尔的《动物农场》那匹叫“拳击手”的马。他记得小说里那匹马在面对困难时无欲无求，表现出令人难以置信的忠诚，一直任劳任怨，直到最后一刻。他告诉克里西，如果他给这匹新马取名叫“拳击手”，或许这种高尚的职业道德也能在它身上有一些体现。

可惜没有。在农场的这些年，杰基抱怨说，他就没见过像它这么固执、坏脾气还不愿干活的家伙。拳击手这个名字算是白取了，它的表现跟当初取这个名字的意愿简直是相去万里。

克里西端着两大杯茶穿过院子，递给杰基一杯。看到她过来，拳击手“哼”了一声，别过脸去不看她，还翻了个白眼。

克里西笑起来：“有时候，它看起来真像个魔鬼。”

杰基拍拍马肚子，喝了一口茶。

“它真的还不错，对吧，伙计？”杰基总能看到每个人身上的优点，不管是人还是牲口。

拳击手又“哼”了一声，用前蹄在地上刨了两下。

杰基举起茶杯。“谢谢。”他喝了一口，然后靠在篱笆上，“我一直在想，我们今晚开车去镇上吃一顿怎么样？”

“这有点奢侈吧？”

“我觉得还好，你知道，就当是给你放假了。正好你可以好好打扮一下，把头发放下来，去找找乐子。我们都好久没出去玩过了。”

可怜的杰基，他总是想着怎么让她开心。有时候，她会觉得自己不值得他这份善良和慷慨。一方面，她希望自己可以像他爱她那样真诚地去爱他，另一方面，她已经不可挽回地心碎过一次，决意不肯再重蹈覆辙。

他又喝了一口茶，等着她回答。

“那好吧。”她愉快地说，“那就去吧，管它花多少钱。”

杰基脸上露出一个灿烂的笑容，朝她眨眨眼：“好姑娘。”

被他的热情感染，克里西也笑着捏捏他的胳膊。虽然他经历过那么多辛苦劳作，但岁月并没有在他脸上留下过多痕迹。他的年纪感只是体现为因饱经风霜而添加的几道皱纹和变得粗糙的皮肤。他的红头发现在颜色浅了许多，实际上变成了微红的金黄色，同时不可避免地掺杂着些许白发。总体来说，他的身体还不错，只有在他站起来时，微驼的背才透露出他的年纪，同时做这个动作时，他总是会一边呻吟着，一边抓着背。

等所有的动物都吃饱喝足，确保晚上安全后，克里西和杰基爬上旧卡车，朝镇上开去。沿着坑坑洼洼的农场小路往前走时，卡车剧烈地左右颠簸，每次颠簸克里西都会乐得咯咯笑。一走上车道，路就平坦了许多，她终于能放开挡板，稍微放松一下。

他们走的是一条单车道，不过幸运的是，一路上几乎没遇到对面行驶的什么车辆。所以，走到转弯处时，突然冒出来两个骑自行车的人直直地朝他们骑过来，把他们吓了一大跳。杰基猛踩一下刹车，卡车滑到了树篱里。克里西两只手捂住耳朵，山楂像钉子滑过黑板一样沿着车窗刮过去。

“我的老天爷！”从不骂人的杰基大喊一声，“我真没想到会有人。”

那两个骑自行车的人大约都是三十多岁，一边摆着手道歉，一边下了自行车，推着车走到卡车这边来。

男的尤其一脸歉意：“对不起，先生，我们不应该并排骑的。”

杰基点点头，把车挂到一挡，继续往前走。

“太不正常了。”克里西思索着说，“我想知道他们要去哪儿。”

“是有点奇怪。”杰基赞同地说，“他肯定不是本地人。我觉得他有点美国口音。”

38 等故人归

走过相当危险又崎岖不平的农场小路后，威廉和蒂娜终于到达布瑞尔农场。这趟旅程花的时间比他们原先预计的要长得多。他们已经尽可能地乘巴士到达最近的地方，然后剩下的路靠自行车一路骑过来。他们费了好一番口舌说服公交车司机允许他们把自行车带上公交车。虽然只是黄昏，但他们已经比预计的晚了很多。他们把自行车靠在篱笆上，然后走到院子里。太阳快要下山了，农场所有的建筑都笼上了一层金光。夕阳光还是挺热的。除了围着院子的几段篱笆，这个地方荒凉得有些诡异。威廉两手叉着腰，查看那间小农舍。

“好像没人在家啊。”他一边用手拢着头发，一边招呼蒂娜走到农舍前，“我们最好确定一下。”

他们一起站在厚重的门前，威廉小心翼翼地敲在木板上，二人同时屏住了呼吸。他的心在胸膛里怦怦直跳，嘴巴突然干得厉害——这一刻他已经等了一辈子。门很厚，他的指关节敲在木板上几乎没有什么声音，但他还是像往常一样，恭敬地等了一会儿才又敲门。

“我觉得里面没人。”蒂娜说，“现在我们怎么办？”

威廉走到前窗，用手罩着朝小小的前厅里看：“你说得对，里面确实没人。我想我们只能等着了。我们四处看看吧。”

二人溜达到农场院子最后面的大谷仓那儿，突然听到里面传来一阵沙沙声，随即停下了脚步。威廉敲了敲门："您好，里面有人吗？"

狗恶狠狠地叫起来，砰砰地往门上撞，他俩吓得同时后退一步。狗叫得很吓人，威廉抓住蒂娜的手，头也不回地一起朝农舍的方向跑去。

"哦，如果周围有人的话，他们现在肯定知道我们在这儿了！"威廉跳上包围小花园的石头墙，心脏紧张得像是要爆炸。他把蒂娜拉上来，二人并肩坐在墙头，思考着下一步该怎么办。

"他们不可能出去一整宿。"威廉总结道，"还有这么多动物要照顾呢。"他们能听到在一个较低的谷仓里有类似猪拱鼻子"哼哼"的声音，附近的小空地上还有一匹看起来脾气很差的马。

蒂娜眯眼看着慢慢落下的太阳："至少，这个夜晚很美。"

她从墙上跳下来，跑到自行车那儿，从前面的车筐里拿出一个格子保温瓶和用防油纸包着的包裹。她把一张茶巾铺在两人之间的墙上，打开包裹。

"哦，善良的老弗拉纳根太太。瞧，姜饼蛋糕！"

威廉看看肥厚多汁的黑块。

"不行，我太紧张了，吃不下东西。"

蒂娜切了两块，正准备一口咬下去，突然改变了主意："你说得对，或许我们应该在这里好好等着。"

威廉笑了："别傻了，你自己吃吧。我那块一会儿就吃。"

蒂娜的语气严肃起来："你没事吧，威廉？"他竟然会拒绝食物，这太不正常了。她一只手放在他的膝盖上，他握住她的手，露出一个微笑。

"你在开玩笑吗？在经历了这么多年的痛苦和寻找之后，更不用说还跨越了大西洋，穿过爱尔兰海又回来，现在我终于要见到我的母亲了。我当然没事。是有点紧张，确实，不过也很兴奋。我只知道，一切都会好起来的。”

/ # /

克里西和杰基差不多快到蒂珀雷里镇郊外了，此时他们已经开着摇摇晃晃的旧卡车走了快一个小时。宁静的乡间小路现在已经变成了宽阔的公路，杰基终于可以稍微开快一点了。

“快到了。”他转身对克里西说，“饿了没？”

她撒娇地冲他笑笑：“饿死了。”

“我想我们可以去十字钥匙。”

克里西瞪大了眼睛：“十字钥匙？我们可吃不起。”

“这个我来操心好了。”他伸手拍拍她的膝盖。

克里西伸出手，温柔地摸摸他的脸，然后突然用一只手捂住嘴巴：“哦，我的天！”

杰基条件反射似的踩下刹车：“怎么了？”

“母鸡！我忘了把母鸡锁起来了！上次发生了那种事，我怎么还能忘了呢？”

上个月，一只狐狸恰好在黄昏前偷偷溜进院子，把他们那一小群母鸡全咬死了。那血腥的场面连杰基见了都不禁动容，他走进谷仓，然后一脸坚定地背着一把来复枪走了出来。那次让狐狸跑掉了，但他们俩都下定决心以后一定要更加小心。第二天，杰基去了趟市场，毅然决然地补上了所有被咬死的母鸡。

“我们必须得回去了，杰基，对不起。”

这个世界上恐怕再也没有比杰基·克里维更有耐心的人了。他亲切地望着克里西说："没关系，我们下回找个时间再出来。"

"一定，杰基，我保证。"她望着他，仔细看着他的样子。他刮了胡子，身上有柠檬香皂的香味，身上穿了一件清爽的白衬衫——这件衬衫白天几乎从来没有见他穿过。还有一条米色裤子，也是平日里不可能穿的。"真的很抱歉。"

"别道歉了。我知道，如果那些母鸡再出事的话，你肯定永远都不会原谅自己的。"

她咬住嘴唇望着窗外，杰基在路中间掉了个头。

"别担心，太阳落山之前我们应该就回去了。"他望着她，露出一个宠溺的笑容，"我保证，等我们回家的时候，绝对不会有什么令人震惊的事在等着我们。"

39 迟来的告白

克里西和杰基回到农场的时候，太阳已经落山了，克里西的心提到了嗓子眼，她一边爬下卡车，一边惊恐地四处搜寻那群小鸡。最后，她在大谷仓旁边找到了它们，它们正在无忧无虑地到处扒拉。她把它们赶到一起，然后轰进鸡窝。之后，她把狗放出来最后遛了一圈，给它们的水碗里填满水，又去检查拳击手的水槽。这时她才注意到，杰基正在那边的房子旁边跟两个陌生人说话。她想知道他们到底是谁，他们这里从来没有接待过零散的游客。她朝他们走过去的时候，手里还拎着铁桶，一开始很慢，后来稍微加快了一点步伐。听到她走过来，杰基开始朝她走来，同时伸出一只手："克里西……"

克里西感觉自己的头一下子晕了。她停在离那几个人只有几英尺远的地方，三个人同时望着她。透过泪眼，她努力想看清前方，同时张开嘴巴想说点什么，但她的声音却被突然掉在地上的铁桶的声音淹没了。

她又向前走了一步，两只手捂住脸。之后，她小心翼翼地朝那个年轻人伸出手去，年轻人也近距离地凝望着她，时光仿佛一下子回到许多年前。

"比利？哦，我的天啊，比利！我就知道你肯定会回来的。"

她一头冲到他怀里，眼泪开始哗哗地往下流。他慢慢抱住她，轻轻捏了捏她。她稍微抽出身来，望着他的脸。她想着他看起来还是那么英俊，岁月在他脸上并没有留下什么痕迹。她用手捧着他的脸，想寻找他左眉处的那道伤疤。可是那里并没有伤疤，她仿佛触电一样趔趄了一下。他当然不是比利，她怎么会这么蠢?

杰基两只手放在她肩膀上，让她转过身。“他不是比利。”他温柔地说。

她低下头。“我知道，”她小声说，“对不起。”

他抬起她的下巴，看着她的脸：“他不是比利。而是他的儿子，也是你的儿子。他是威廉。”

克里西感觉自己膝盖一软，杰基连忙抓住她的胳膊。他把她转回来，她第一次好好看了看眼前的这个陌生人。她的喉咙一紧，只发出低沉的声音：“哦，我的天。我的孩子。”

两条腿再也撑不住了，她一下子瘫倒在地上。她两只手捂住头，轻轻地前后摇着：“你找到我了。我不敢相信你竟然找到我了。”

杰基转身对着威廉说：“我们把她扶进去吧。”

农舍里既温暖又惬意，作为客人，威廉和蒂娜坐在舒服的扶手椅上，克里西和杰基则坐在硬直背椅上。这个房子显然不常招待客人。

“真不敢相信，威廉，这真是个奇迹。”克里西再次摸摸他的膝盖，“你真的到这里来了？”

“是的，我自己也不太敢相信，有好几次我们都以为永远也找不到你了。”他望着蒂娜，“如果没有这位年轻女士，我肯定做不到。”

克里西抚摸着威廉的手，仿佛他是一只丢了很久的宠物：“我从来都没有忘记过你，威廉，真的没有。我自己也试着找过你，但那些修女什么也不肯告诉我。你到底是怎么找到我的？”

威廉往椅子上一靠："呃，这个说来话长。"

他告诉她，他如何得到父母的祝福来到爱尔兰，如何去了修道院，但说好听点，修女们并没有提供什么帮助。之后，他告诉她护士格蕾丝·奎恩的事，说她还记得她。

克里西瞪大了眼睛："格蕾丝还在那儿？"

"是的，就是她告诉了我你的真名。在那之前，我只知道你叫布罗娜。她鼓励我去曼彻斯特试试，看能不能找到你的出生证明。"

"对，我跟她说过我是在曼彻斯特长大的。她对我真的很好，实际上，她对所有的女孩都很好。如果没有她，我觉得我根本无法忍受那个地方。"

威廉继续往下说："不管怎样，我去了曼彻斯特，然后在那里遇到了蒂娜。"

克里西瞥了一眼蒂娜，不知道她是怎么掺和到这些事里来的。

"如果没有这个女孩，我真不知道能不能找到你。我是在图书馆遇到她的，那里有记录显示她早就预约了一份你的出生证明。"

克里西问蒂娜："你要我的出生证明干什么？"

蒂娜瞥了一眼威廉，不知道该怎么回答，他从口袋里掏出比利的信："她想找你是因为她觉得你应该看看这个。"他用颤抖的手把信递给他母亲。她慢慢打开信，盯着那曾经熟悉，现在却早已忘却的字迹。她转身对杰基说："能帮我拿一下眼镜吗？谢谢。"

之后，在三十五年之后，她读到了那封原本可以改变她人生的信。

吉尔本特路 180 号

曼彻斯特

1939 年 9 月 4 日

亲爱的克里斯蒂娜：

正如你所知道的，我不太擅长这种事情，但此刻我的心已经碎了，这促使我必须采取行动。我昨天那样对待你真的是不可原谅，但请你理解，我当时只是太震惊了，那并不是我对你的真实感觉。过去的这几个月是我这辈子最快乐的日子。我知道我以前从来没有对你说过，但是，我爱你，克里西，如果你允许，我愿意用我们余生中在一起的每一天来向你证明。你父亲对我说你再也不想见到我了，我不怪你，但现在已经不只是我们两个人的事了——我们还要考虑未出世的孩子。我想成为一个好父亲、好丈夫。是的，克里西，这就是我笨拙的求婚。请你说你愿意做我的妻子，这样我们就可以一起将我们的孩子抚养长大。战争或许可以使我们的肉体分离，但我们的感情纽带是牢不可破的。

希望你能原谅我，克里西。我爱你。

你永远的

比利 XXX

她抬起头，农舍里死一般地寂静。她把信小心翼翼地折起来，放回信封里。之后，她转身对着蒂娜，声音有些颤抖："你是怎么得到这封信的？"

蒂娜讲述了她的故事。

"我不明白他为什么写了这样一封信却一直没有寄出去。我必须找出更多信息。”

她告诉克里西自己如何见到比利的父母，爱丽丝·斯特林记得他写了这封信然后出去寄信。“爱丽丝告诉我，他第二天又去找你，但你已经被送到爱尔兰了。你的母亲答应联系你，让你知道他去找你了，想跟你在一起。”

克里西直直地望着前方：“可是她从来没有联系过我。”

威廉不安地动了动，说：“呃，她没得选择，不是吗？”

克里西皱着眉头转过来：“那她应该更努力地试试。我一直都知道她怕我父亲，但对这样的事情知而不言是不可原谅的。”

威廉迷惑了一下，说：“可是她死了……”

“我猜她现在也应该去世了。这些年我一直在试着联系她，可你知道，她甚至连她姐姐的葬礼都没来参加！她答应我等你出生后会来陪着我，可是我一离开曼彻斯特，她就完全把我抛到脑后了。”

蒂娜和威廉互相看看。

威廉清清嗓子，轻声说：“宣战没几天她就去世了。她在灯火管制的时候被一辆汽车撞了。我还没出生她就死了。”

克里西感觉有人在她胸口敲了一锤：“什么？不可能。你的意思是，我刚到这里她就死了？我的天，我父亲为什么没告诉过我？”

现在一切都说得通了。她的母亲根本没有抛弃她，是父亲剥夺了她跟母亲好好道别的机会。

她用力吸着气，努力控制自己的怒火。她不想让客人难堪，可是根本没用。这些年对父亲的愤怒和憎恨一下子沸腾了，像火山爆发一样全喷了出来。

“上帝啊！”她叫道，“我恨那个人！怎么会有人这样对待自己的女儿？他把我送到这里来，不让我跟比利在一起还不够吗？”

泪水止不住地往下流，她用手背擦了擦鼻子。杰基抱住她，她失声痛哭，哭得差点断了气。

40 一生所爱

威廉和克里西一起出来透透气。天上的亮光已经逐渐褪去，克里西挽着威廉的胳膊一起在院子里散步，她望着清澈天空，最早出现的几颗星星已经在眨眼睛了。

“愿意告诉我剩下的故事吗？”她问。

“我想让你知道一切，这都是应该的，不过，你确定能承受得住吗？”

克里西吸了吸鼻子：“这些年我一直努力不让自己想妈妈，她抛弃了我，这一点真的让我觉得难以接受。我知道我的父亲什么事都做得出来，但她除外。我真的以为她爱我。可现在我却发现，我刚到爱尔兰她就死了。真是太不可思议了！哪个父亲会连这样的事情也瞒着女儿？”

威廉摇了摇头：“我不知道，这已经超出我能知道的范围了。”

克里西停了一会儿：“你知不知道，他是否还活着？”

威廉摇了摇头：“恐怕我们对他一无所知。蒂娜去森林花园的时候，发现所有的老房子都拆掉了。她就是在那里遇到了莫德·库特勒，是她告诉蒂娜你的母亲在灯火管制的时候死了。”

克里西轻笑一声：“莫德·库特勒，天哪，这名字我已经很多年没有听到了！”

威廉继续往下说："莫德还把你父母的名字告诉了蒂娜，所以她要得到一份你的出生证明复印件就简单多了。我们一有了出生证明还有你母亲的闺名，就立刻回到蒂珀雷里镇开始四处打听。可谁也帮不了我们，我们的一切努力似乎都是徒劳。我们甚至都已经收拾行李了。我要回美国的家，蒂娜也要回曼彻斯特。"他停了一下，半晌后才说："老天，我会想念那个女孩的。"

"那你们是怎么找到我的？"

"呃，我们出去吃最后一顿饭，等我们回到弗拉纳根太太的旅馆时，有人在她家前厅等着，说他认识我的母亲。"

克里西瞪大了眼睛："是谁？"

"一个叫帕特的家伙，他显然经常来这儿把你们的产品带到镇上去。他在一家酒吧听别人说起我们去打听过，就联系了弗拉纳根太太。"

"帕特，对，他在这片已经很多年了，我还没来之前他就在了。哦，真是太难以置信了！好人老帕特！"

"就是这样。简单来说，我们就是这样找到这里来的。"威廉一只胳膊搂住母亲的肩膀护住她。

克里西压低了声音，他好不容易才听清："还有一件事情我必须要问。"

他的心跳开始加速，他能猜到她要问什么。

"你知道比利后来怎么样了吗？"

他停下脚步，转身看着她，然后握住她的两只手："这个……很难说出口——他在1940年的一次行动中牺牲了。对不起，克里西。"

她甩开他的手，转过身去。她从袖子里掏出手帕，轻轻擦了擦眼睛。

"你知道，我那时候真的很爱他。"她转过来再次对着他，"因为他的行为，这些年我一直把他当成一个不敢承担责任的懦夫，留下我一个人自己保护自己。如果早收到他那封信，我绝对不会来爱尔兰。我们会在一起，我会一直留在曼彻斯特。我知道，只要有他的支持，我什么事情都能面对！可是，当父亲告诉我比利抛弃了我的时候，我只知道我一个人做不到。我们本来可以组成一个家庭，威廉，或许，如果他知道等战争结束，还有这么多牵挂在等他，他就不会牺牲了。或许，他只是不够小心。”她的抽泣声在安静的农场里回响。

威廉紧紧抱住她：“嘘，这么说已经没有任何意义了。”

“他为什么没把信寄出去？本来一切都可以不一样的。”

威廉耸耸肩：“我们永远都不会知道这个问题的答案了。但他确实写了这封信，不是吗？至少你知道了他是怎么想的，你知道这些就够了。”

“这真的太令人震惊了，威廉，我感觉自己好像随时会从梦中醒来。真的很谢谢你来找我，你都不知道见到你我多开心。我真希望你父亲现在也能看到你，他一定会为你自豪。你真的太像他了。我知道他肯定会是一个好父亲。”

“他母亲也是这样对蒂娜说的。”他把手伸进外套口袋里。“给，这是爱丽丝·斯特林给她的。”

克里西拿着那张比利的黑白相片，一边看一边咬住了下嘴唇：“他真的是世界上最帅的男人。看他穿着军装多帅！他到底看上我什么了？”

“他爱你，克里西，现在你知道了。”

她把照片还给威廉，但他却举起手掌拒绝了：“不，你留着吧。”

“可是这是你父亲留给你的唯一的照片。”

这一刻，威廉想起了远在佛蒙特的唐纳德。他是家里诚实、勤劳的支柱，努力给威廉一个他所期待的最好的家。唐纳德也是他的父亲，他有很多他的照片。他的寻亲之旅已经宣告结束，虽然这解答了他的一些问题，带给他一定程度的安宁，但他永远都不会认为把他养大、让他成为现在的他的那两个人的付出是理所当然的。

他把照片推给克里西："请您留着它吧。"

/ # /

威廉和蒂娜说他们真的应该回去的时候，天已经很晚了。

"可是天已经黑了，你们现在不能骑自行车回去！"克里西惊呼道，"你们可以留下，住在谷仓里。"

"谷仓？"蒂娜问。

杰基笑了："我在那里睡了好多年，会很舒服的。我还会去给你们送一杯可可。"

他和克里西交换了一个眼神，回忆往事，克里西不由得笑了，想不到这一天竟然会变成这样。她唯一的儿子回来了，还长成了一个这么优秀的年轻人。修女们确实把他送给了一对善良、慈爱的父母，这一点她必须承认。

后来，躺在床上的时候，克里西把被子拉到下巴下面。即便是在盛夏，她的房间也不会很热，所以一年到头她都得穿着法兰绒睡袍。她拿起杰基冲的可可，喝了一小口。她能听到他现在正在楼下把灰烬从炉子里扒拉出来，准备明天早上用。他还是睡在角落里的小床上，虽然克里西曾经无数次坚持让他睡卧室。当然了，他根本不听，他简直有点太绅士了。

她把比利的照片放在床头柜上，又盯着他看了看。这应该是他们最后一次见面后没几个星期照的，可他看上去似乎老了许多。或许是因为军装的缘故，她不敢想象，他是如何在不知道她和孩子发生了什么事的情况下就奔赴战场的。她又拿起他的信从头到尾看了一遍，然后贴到鼻子上，试图寻找信纸上可能残留的他的气息。最后，她把信折起来，把照片塞到信里。

“哦，比利，”她叹息道，“我真的好爱你。”

/ # /

第二天醒来的时候，克里西的思绪一片混乱。她试着回忆昨天发生的事情，想到这一切可能不过是一场梦，瞬间慌了神。她坐在床上，在昏暗中摸索着床头柜。指尖感觉到皱皱的纸后，她把比利的信紧紧抱在胸前，如释重负地舒了一口气。这些年她一直在想，肯定是她自身有什么问题，否则一个男人为什么会遗弃自己的爱人和孩子呢？当然，那些修女根本没有提供什么帮助，一直在说服她这一切确实都是她的错。她曾感觉自己一无是处，所经历的那些羞辱直到今天仍历历在目。她把信展开，又读了一遍，那些字她早就熟记于心了，但比利那小小的、稚嫩的字体她永远都看不厌。归根结底，她一直都值得被爱。除此之外，她感觉自己也可以去爱别人了。她为失去的挚爱痛苦了将近一辈子，不给自己任何接受其他男人的机会。而那个男人这么多年一直陪在她身边，他的奉献从未动摇，他的耐心也从未丧失。她沉浸在自己的痛苦中，却让他们丧失了真正获得幸福的机会。是时候该把一切纠正过来了，她已经准备好了。

她裹着毯子轻轻走到楼下，厚袜子让她的脚不会因踩在冰冷的石头地面上而疼痛。虽然现在天还早，但杰基早就起床了，正在炉子上用平底锅煎鸡蛋和培根。火已经着了，搁架上的水壶喷出一缕热气，让她知道早茶差不多好了。杰基背对着她，并不知道她过来了，她突然觉得小屋里有种异样的光芒。当然，屋里并没有几件像样的家具，但窗户上已经没有黑麻袋了，而是换成了红色的条纹棉布窗帘。那是杰基用鸡蛋换来的几块布片，然后把它们缝在一起，做成了炉子旁边的窗帘。炉子前面粗糙的石头地面上铺了一张旧毯子，那是他从旧货店淘来的，这样她做饭的时候寒气就不会侵袭到她腿上。培根的香味惹得她口水都流出来了，杰基把培根叉进盘子里。他给自己切了一大片她昨天烤好的面包，放到平底锅里吸培根煎出来的油。

克里西再次看了看这个小屋，第一次把它当成了一个真正的家。她悄无声息地穿过屋子，生怕惊到杰基，然后把脸靠在他的背上，抱住了他。

41 长情信·长恨书

把钥匙插进锁眼的时候，蒂娜的手冷得直哆嗦。天气已经很冷了，但天空还是很清澈，人行道上结了一层厚厚的霜，把地面变成了包着糖霜的闪光混凝土板，总是让她想起奶司饼干。门终于开了，她差点跌进去。她拿起门后面的一堆垃圾邮件和免费报纸，还有台阶上的一品脱牛奶，看到小鸟为了喝到表面的多脂奶油又把银箔啄破了，她无奈地啧了两声。

身上一暖和过来，她便坐到柜台后面的凳子上，从包里掏出一个长长的淡蓝色信封。里面有几张薄薄的纸。想到马上就要读到威廉的消息，她不由得笑了。距离他们分别已经有六个月了，但他们几乎每周都要通信。

她正全神贯注地看着信，慈善店的门铃突然响了，吓了她一大跳。

“对不起，亲爱的，”格拉哈姆说，“没想到会吓到你。”

“别担心，没关系，我正在看威廉的信。显然他那边的温度已经是零下 15 摄氏度了，但天气预报说还会更冷，真是无法想象！”

“我必须说，听起来太糟糕了。”

他坐在对面的凳子上，望着正在看信的蒂娜。她的脸红红的，嘴角一直保持上弯。

“啊。”她说。

“他说什么了？”

“他说他很想我，每天都想我。”

格拉哈姆看着天花板问：“那你也是这样吗？”

蒂娜叹了口气：“我不能再重蹈覆辙，格拉哈姆。我当然想他。我们俩一起在爱尔兰的时候，我们之间变得非常亲密，可是现在，他远在三千英里之外。我们不过是笔友罢了。”

“这不过是暂时的，我担心你会不告而别，跑去找他。”

蒂娜放下信，问道：“那样很糟糕吗？”

“对于我来说，是的。我不想失去你。”

蒂娜拉起他的两只手，说：“格拉哈姆，我非常爱你，你对我也非常重要。你是一个非常亲密的朋友，是我的后盾，但我不是你的，你也不会失去我。”

格拉哈姆似乎有些局促：“我知道。我只是想保护你，毕竟你经历了那么多。”

蒂娜抬起一只手制止了他：“不，我们不回忆过去，记住了吗？”

“当然，可是现在已经差不多一年了，自从……你知道……”

“自从我没了孩子？我记着呢，格拉哈姆，谢谢提醒。”她发现自己听起来开始有点不耐烦了，“威廉让我很开心，好吗？这难道不是你想要的吗？”

格拉哈姆缓缓地点点头：“这比什么都重要，蒂娜，这是你应得的。”

“很好，那我现在可以看完这封信了吗？”

格拉哈姆跳下凳子：“那我去开门了。”

蒂娜翻过她拿着的那一页。

“哦，我的天！”她用一只手捂住嘴巴。

“怎么了？”

“克里西和杰基结婚了！就在几周前，在附近的小教堂里，就他们俩。是不是很浪漫？威廉说他收到寄过来的一张照片，他们俩看起来都很幸福，很开心。哦，我真为他们感到高兴。她似乎终于能够放下比利，继续生活了。她一定会幸福的，杰基是一个非常好的男人。”她鼻子不由得一酸，然后使劲吸了吸鼻子，“真是太好了！”

格拉哈姆站在她身后，两只手放在她的肩膀上。她本能地往后一靠，他在她头顶上重重地吻了一下。

“谢谢你，格拉哈姆。”

“谢我什么？”

“谢谢你关心我。虽然你比父亲、兄长、缓刑官这些全加起来还要糟糕，但我真的很感激。”

他大笑着关上门，然后从窗口抛来一个飞吻。

蒂娜的注意力再次回到威廉的信上。读到最后一段的时候，她差点从凳子上掉下来。她感觉自己从脸一直红到了脖子根，后脖颈也热得刺痛。她庆幸格拉哈姆没有看到她现在的样子。

/ # /

临近圣诞节，店里总是很忙，今天也不例外。这段日子所有人都需要淘点便宜货，蒂娜店里的生意忙得不可开交。店里有五六个客人，这让小小的房间显得特别拥挤。大家都裹着厚厚的冬外套，至少有三个人还不明智地推了购物车。蒂娜挤过去，在货架上多填一些衣服。一位时不时总来的老人正在跟另一位客人说话，他肯定得有八十多岁了，但声音却依旧洪亮，只是略微有些沙哑。他头上戴着一顶毡帽，鼻梁上架着一副厚厚的黑边眼镜，虽然有点驼背，但蒂娜能看出他以前个子非常高。他从口袋里掏出一块有污渍的灰白手帕擦擦鼻子，然后又摘下眼镜擦了擦泪汪汪的眼睛。他应该有好些天没有刮胡子了，而且从身上的味道来判断，也很多天没洗过澡了。他的大手指像香蕉一样，冻得发青，手背上有几处冻疮。虽然他个头很大，但身影却很孤独，蒂娜立刻觉得有点可怜他。翻看衣服的时候，他缓缓地拖着步子，大部分重量都靠在手中的拐杖上。

“您有什么特别想找的吗？”蒂娜友善地问。

他转过来对着她，她注意到他褪色的蓝眼睛里，眼白已经变成了黄色，瞳孔也模糊不清。“哦，你知道，就是随便看看，让自己有点事做。”

“哦，那如果需要帮忙的话请您叫我。”

他点点头，注意力再次回到货架上。蒂娜拿起一堆破旧的平装书，把它们摆在旁边的货架上。老人从她旁边的货架上拉出一件西装，把它拎在一臂远的地方仔细看了看。

“上帝啊！”他不知道在朝谁喊，“这个你们怎么还没卖出去？我都捐了好几年了。这个质量很好的，真不知道为什么没有人买。”

他把衣服放回货架上，蒂娜继续往货架上放东西。她在想威廉新寄来的那封信，克里西和杰基终于有情人终成眷属，真是太好了，他们俩这一生都经历了太多痛苦，现在终于可以幸福地一起共度余生，她为他们感到高兴。如果不是她在那件西装里发现了那封信，这一切都不会发生。等等，西装……

她顿了一下，然后在脑子里过了一遍刚才发生的事情，随后，她慌忙把剩下的平装书扔在货架上，转身去找那个老人。这家店虽然很小，却是一片混乱，她过了一会儿才发现他已经走了。她猛地一下推开门，一阵北极风吹进来，她看到他正沿着结冰的人行道慢慢往远处走。

“等一下！”她喊道。没有任何回应。

她冲到寒风里，沿着人行道追过去，薄薄的缎子衬衫紧紧贴在皮肤上。走到他跟前，她又喊了一声。

“打扰一下。”这一次他转过身来了，一脸迷茫地看着她。“抱歉打扰了，不过您介意回店里稍微待一小会儿吗？”

老人似乎很不解：“哪家店？”

“我的店。就是您刚才去的慈善店。”

“你认为我偷你的东西？从一家慈善店？”

蒂娜惊慌地往后退了一步，继续解释道：“不不，当然不是，不过一会儿您的惊讶程度绝对不亚于此。不是，我想知道能不能容我说几句话。”

老人似乎还有疑虑。

“拜托了，这很重要。”她恳求道。

“好吧。”他勉强说道。她扶着他的胳膊肘，把他带回了商店里。

一走到店里，她便邀请他坐下，然后等客人们都走了之后，她便闩上门，把牌子翻到“停止营业”那一面。

“到底是怎么回事？”老人怀疑地问。

“别担心，我不是要囚禁您，我只是不想被别人打扰。”

她坐在柜台对面，双手扣在两人之间的柜台上，她突然感觉自己像是个警察在审嫌疑犯，于是便往椅子上一靠，摆出一个更随意的姿势。

“那边那件西装，就是您之前拿起来的那件，您说那是您捐的？您确定吗？”

老人似乎生气了：“当然确定了！我可能是有点老眼昏花，但我可以向你保证，我的脑袋清醒得很。”

“当然。”蒂娜充满歉意地说，“我想知道，您能不能告诉我您是怎么得到那件衣服的？”

“哦，那是很久以前的事了，是丁斯盖特街的一个裁缝给我做的。当时特别贵，不过质量真的很好，所以我才惊讶，它竟然还没有被人买走。”

“那我总结一下，也就是说，这件西装是属于您的？”

“我刚才已经说过了。”

蒂娜清了清嗓子：“请问，比利·斯特林这个名字，对您有什么特别的意义吗？”

老人瞪大了眼睛：“你这是什么意思？”

“麻烦您耐心点……先生，呃，抱歉，我还不知道您的名字。”

“斯金纳。斯金纳医生。”

蒂娜的嘴巴张得大大的，一个字也说不出来。

“怎么了？”斯金纳医生问。

她揉揉自己的太阳穴：“没事，我只是试着把碎片拼起来。”

“你刚才问，比利·斯特林这个名字我有没有印象？我不确定你为什么想知道，不过是的，我很不幸地认识你说的这个人。”

“您是怎么认识他的？”

“许多年前，他曾经追求过我的女儿，直到后来她怀孕了，我不得不把她送走。这本来是为了她好，但最后却毁了我的家庭。因为他，我失去了妻子和女儿，现在一无所有。”

所有的碎片都拼起来了。“斯金纳医生，您知道一封写给您女儿的信吗？就在那件西装口袋里，是比利·斯特林写的。”

斯金纳医生不屑地说：“是的，我记得。那是战争爆发的时候，他一直在纠缠我女儿，我劝他放手，他根本不听，还一直想要联系她。我必须把他们分开。他对她一点儿好处也没有，可是她却看不清。我成功地阻止了他们见面，可是后来他竟然又给她写了封信。我当时正要去找他，确定他明白不能再联系克里西，而他正要去寄信。还好我走运，及时绊住了他。我提出亲自把信交给克里西，他同意了。不过，他并不相信我，还说第二天要去我家看看我是不是真的把信给她了。那个混蛋，他就是不肯放弃。当然，我一回到家就安排把克里西送走了。我把信放在口袋里，之后就完全忘了这事了。”他耸耸肩，继续说：“这就是比利·斯特林这个名字对我的全部意义。”

“您从来没有看过那封信，是吗？我的意思是，我找到那封信的时候，信是封着的。”

斯金纳医生冉次耸耸肩。

“我想知道如果您看了那封信，对比利态度会不会有所不同？”

“我不觉得。”

蒂娜想到因为这个自私的举动而被毁掉的所有那些人的人生：比利毫无希望地奔赴战场；克里西有家不能回，母爱被剥夺，被迫放弃自己的孩子；她想起威廉在寻找自己生母时承受的那些痛苦和愧疚；还有杰基，耐心地等待他挚爱的女人，直到她明白自己一直苦苦追寻的就在身边。

“您不认为克里西有权看到那封信吗？”

“你不认为我有权保护我的女儿吗？”

蒂娜无视他的问题：“您说您已经一无所有。那您有想过克里西和她的孩子吗？您就不想知道他们后来怎么样了吗？”

斯金纳医生低下头：“我已经很多年不想他们了。我妻子死后，我就让自己拼命工作。有这样一个任性的女儿对于我这种地位的人来说是一种耻辱。随着时间的流逝，我慢慢强迫自己忘记她和她的孩子。”

蒂娜居高临下地看着老人沧桑的面孔。

“我看了那封信，斯金纳医生。我知道那封信不是写给我的，但我必须看。我知道克里西在哪儿，我也知道您的外孙在哪儿。我把那封很多年前她就应该看到的信交到了她手上。她不明白比利为什么会抛弃她，我们所有人都不明白比利为什么没有寄出这封信。哦，现在我们全都知道了，不是吗？他们本来可以成为一家人，他们应该成为一家人，可是因为你粗暴的干涉，一切都毁了。”

不知道这个消息是否让斯金纳医生感到惊讶，但他并没有表现出来。他只是耸耸肩：“就像我之前说的，这是为了她好。”

“为了她好？你根本不知道你让她多么痛苦，是吗？你的女儿憎恨你，斯金纳医生，你毁了她最好的年华。谢天谢地，看了比利的信之后，她现在终于找回了安宁。她已经和她的儿子团聚，也最终得到了幸福，尽管你曾经费尽心思阻挠她得到这一切。”

斯金纳医生再次掏出旧手帕，擦了擦眼睛：“你当时不在场，年轻人，你根本不知道自己在说什么。你在掺和你根本不了解的事情。”

蒂娜想到他如何偷偷将克里西送走，以及她在修道院里所经受的一切。知道威廉是如何从他母亲身边被带走之后，蒂娜自己也感受到一种切身之痛，因为她太清楚失去孩子的那种绝望和痛苦了。她也想到了比利，一个优秀的年轻人看到了自己的错误，愿意站在他深爱的女孩身边，为他们建一个牢固的家。在战争中牺牲的比利永远都不知道，他有一个威廉那样优秀的儿子。如果坐在她面前的这个人当年做了正确的事，把那封信给了他女儿，一切都会大不一样。

她站起来深吸一口气："斯金纳医生，我这辈子从来没见过比你更恶毒的人，相信我，我对恶毒的混蛋还是有点了解的。比利真诚地写下那封信，就应该被看到，可是你自私的行为改变了那么多人的人生，包括你自己。"

斯金纳医生试图清一清嗓子，但上了年纪的他还是发出沙哑的声音。他低下头，小声说："她怎么样了？"

"克里西？哦，你现在又关心她了，是吧？"

"我一直都很关心她，所以我才会那么做。"

他起身离开时，拐杖掉到了地上。蒂娜弯腰捡起拐杖，放在他粗糙的手上。

"她是我的女儿，不管你怎么想，我真的爱她。"

蒂娜帮他打开门："再见，斯金纳医生。"

/ # /

斯金纳医生走后，蒂娜拿过包，又把威廉的信掏出来看了一遍。她看了一遍又一遍，薄薄的蓝色航空信纸都已经破了，但看到最后一段，她的脸上还是会露出灿烂的笑容。

我这辈子从来没有这样爱过一个人。我无法想象没有你的余生该怎样度过。我永远都不会像爱你这样再爱别人了。求你了，蒂娜，来美国做我的妻子吧。

她半笑半哭地把信抓在胸口。

很久以前，一个年轻人在他人生的转折点也给自己心爱的人写了一封类似的信。如果不是他的信，她此刻不会站在这里，与自己心爱的男人一起展望未来。

她抬头望着天花板，泪水喷涌而出。

“谢谢你，比利。”她小声说。

后记　今时今日

此刻，她们坐在前廊的秋千座椅上，俯瞰着香草园。薰衣草浓烈的香味飘荡在温暖的微风中，蒂娜喝了一小口冷茶，每尝一口，嘴角都会不自觉地上扬。她从来没有想过，一个土生土长的英国北部女孩竟然会喝不加奶、不加糖，只有一片柠檬的冷茶！

“真是个悲伤的故事，奶奶。”艾娃用吸管使劲吸完最后一点自制柠檬水，把空杯子放在两个膝盖之间。她的小腿太短了，还碰不到地，所以让奶奶帮她荡秋千。

蒂娜立刻开始卖力地、轻轻地前后摇晃座椅。艾娃说得对，这是个悲伤的故事，不过蒂娜早就安慰自己，至少结局是圆满的，不管怎样。如果比利寄出了那封信，她永远都不可能与威廉相遇。很多年前她就已经接受了这个事实：有克里西的“失”，才有她的“得”。

她望了一眼丈夫，这么多年依然如初的浓浓爱意和激情再次令她心跳加速，双颊绯红。他捕捉到她的目光，随即拿起修枝剪剪下一朵粉色的大玫瑰。他深吸一口玫瑰的芳香，然后举着花朝她的方向走来。虽然听不到他在草坪那边说什么，但她心里却清楚地知道肯定是那一句：

我爱你。

致谢

真诚地感谢我的家人和朋友，是他们一直激励我坚持到最后，尤其是那些读过最早的初稿，并与我分享他们的智慧、知识和经验的人。其中包括：

我的丈夫罗伯特·休斯、女儿艾伦、儿子卡梅伦和我的父母奥黛丽·沃特金和戈登·沃特金。

放弃其他事情抽出时间来帮我的朋友们：伊冯·朗格、凯特·劳、格蕾丝·希金斯以及海伦·威廉姆斯。还要特别感谢温迪·贝特曼的鼓励和充满感染力的热情。

感谢海德兰的整个团队，尤其是雪利斯·霍布斯和贝丝·艾农。

同样感谢我的经纪人安妮·威廉姆斯，感谢她在出版过程中的全程指导并耐心解答我无穷无尽的问题。

最后，虽然圣布里奇特修道院完全是虚构的，但类似的机构确实是存在的，在此，我向所有经受过这种残酷制度的女孩致敬。克里西的故事反映了三万多名女孩的真实遭遇，这些人中有许多至今仍在承受那些伤痛。

K.H.

图书在版编目（CIP）数据

长恨书 / (英) 凯瑟琳·休斯 (Kathryn Hughes) 著;
张源译. -- 南京 : 江苏凤凰文艺出版社, 2018.10

书名原文: The Letter

ISBN 978-7-5594-2599-7

Ⅰ.①长… Ⅱ.①凯… ②张… Ⅲ.①长篇小说-英国-现代 Ⅳ.①I561.45

中国版本图书馆CIP数据核字（2018）第171797号

First published in paperback in 2015
by HEADLINE REVIEW
An imprint of HEADLINE PUBLISHING GROUP

书　　名	长恨书
作　　者	（英）凯瑟琳·休斯 (Kathryn Hughes)
译　　者	张源
责任编辑	邹晓燕　黄孝阳
出版发行	江苏凤凰文艺出版社
出版社地址	南京市中央路 165 号，邮编：210009
出版社网址	http://www.jswenyi.com
发　　行	北京时代华语国际传媒股份有限公司　010-83670231
印　　刷	北京中科印刷有限公司
开　　本	880×1230 毫米　1/32
印　　张	10
字　　数	200 千字
版　　次	2018 年 10 月第 1 版　2018 年 10 月第 1 次印刷
标准书号	ISBN　978-7-5594-2599-7
定　　价	42.00 元